中國學術思想 研究輯刊

初 編
林 慶 彰 主編

第 8 冊
先秦儒家詩教研究

林 耀 潾 著

花木蘭文化出版社

國家圖書館出版品預行編目資料

先秦儒家詩教研究／林耀潾 著 — 初版 — 台北縣永和市：花
木蘭文化出版社，2008〔民 97〕

序 2+ 目 4+184 面；19×26 公分

（中國學術思想研究輯刊 初編：第 8 冊）

ISBN：978-986-6657-80-1（精裝）

1. 詩經　2. 儒家　3. 注釋　4. 研究考訂

831.18　　　　　　　　　　　　　　　　97016009

ISBN - 978-986-6657-80-1

9 789866 657801

中國學術思想研究輯刊

初　編　第　八　冊　　　　　　ISBN：978-986-6657-80-1

先秦儒家詩教研究

作　　　者	林耀潾
主　　　編	林慶彰
總 編 輯	杜潔祥
出　　　版	花木蘭文化出版社
發 行 所	花木蘭文化出版社
發 行 人	高小娟
聯絡地址	台北縣永和市中正路五九五號七樓之三
	電話：02-2923-1455／傳眞：02-2923-1452
網　　　址	http://www.huamulan.tw 信箱 sut81518@ms59.hinet.net
印　　　刷	普羅文化出版廣告事業
封面設計	劉開工作室
初　　　版	2008 年 9 月
定　　　價	初編 28 冊（精裝）新台幣 46,000 元

版權所有・請勿翻印

先秦儒家詩教研究

林耀潾　著

作者簡介

林耀潾，1960 年生，臺北縣貢寮鄉人。國立成功大學中國文學系畢業（1982）、國立高雄師範大學國文系碩士（1985）、博士（1995）。現任國立成功大學中國文學系副教授。著有《先秦儒家詩教研究》、《西漢三家詩學研究》（文津出版社，1996）及學術論文數十篇。研究專長是《詩經》學及儒學。近年來，計發表臺灣儒學論文六篇。近二年來因執行教育部頂尖大學計畫，已完成實用中文論文四篇。總體而言，主要的研究領域是《詩經》學及儒學。

提　　要

　　本論文以「先秦儒家詩教研究」為題，全文共分六章。

　　第一章詩教之意義。旨在闡明詩教之義及儒家特重詩教之因。此章分四節。

　　第一節，由《詩經》之成書以論詩教之義。

　　第二節，由詩經之內容以論詩教之義。

　　第三節，在說明詩教之二層意義，乃全篇論文之綱維：「禮樂用途之詩教」即詩、禮、樂三者相需為用之詩教，此第二章第一、二節所述者；「義理用途之詩教」即僅取詩意以說之詩教，此第二章第三、四節及第三、四、五章所述者也。

　　第四節，由孔子教人先以詩、諸家與儒家相較，及儒家六經之學以《詩經》為重為要三端，以說儒家之特重詩教。

　　第二章周代詩之運用與詩教。旨在探驪詩教之大本源。此章分四節。

　　第一節，論典禮用詩與詩教之關係。

　　第二節，論賦詩言志與詩教之關係。

　　第三節，論獻詩陳志與詩教之關係。

　　第四節，論言語引詩與詩教之關係。詩為義理之府，可以導廣顯德，耀明人志，故言語中多引之，或引詩以論人，或引詩以論事，或引詩以證言，無不條達情義，至其引用之方式則有直用詩義、引申詩義、斷章取義及引詩譬喻四種；殆為孟、荀以下「著述引詩」之先河，關乎詩教極大。

　　第三章孔子之詩教。旨在闡發孔子詩教之體、詩教之用及詩教之效。此章分五節。

　　第一節，在說明孔子詩教之體為「思無邪」：孔子云：「詩三百，一言以蔽之，曰：思無邪。」詩教之體，於此見之，其大義則可分二端言之，一曰重真情流露，自然質樸之表達；二曰重歸於人類性情之正；本節復對漢儒之「以刺諱淫」及宋儒之「以淫為戒」，有所駁正，以為祗經一書無所謂「淫詩」者也。

　　第二節，在析論孔子興觀群怨之詩教。

　　第三節，在析論事父事君之詩教。

　　第四節，闡明多識於鳥獸草木之名之詩教意義，一為作為比興之興，一為增益博物知識，而實以道德教化為本，知識之學殆為緒餘耳。第二節至第四節所述乃孔子詩教之用。

　　第五節，在釐清詩教「溫柔敦厚而不愚」之確切意義：以為溫柔敦厚而不愚有二層性質，一為婉曲不直言，一為憤而不失其正，以前者為常，以後者為變，而變之所以生，由於「政治上之大利大害」及「禮教上之大是大非」，明乎此，方足以言「不愚」。此詩教之效。

　　第四章孟子之詩教。此章分三節。

　　第一節，以孟子性善說之論據以明以意逆志之義，殆以讀詩者之意逆作詩者之志，常可得詩之本旨，此孟子說〈北山〉、〈凱風〉、〈小弁〉三詩之正確運用也。

第二節，在說明孟子所以言「王者之迹熄而詩亡，詩亡然後春秋作」者，以其有「知人論世」之認識也，復以「知人論世」之法論詩篇之作者及時代。

第三節，在闡述孟子詩教之大宗乃爲「以詩證學」，故雖有「以意逆志」及「知人論世」之矩矱，而不免亂斷詩意者，以其牽於己之性善學說及王道思想也。

第五章荀子之詩教。旨在由荀子之論詩及引詩以探尋其詩教之義。此章分二節。

第一節，由荀子之論詩以論其詩教之義，厥有三者，一曰隆禮義而殺詩書，二曰詩爲中聲之所止，三曰詩言聖道之志。

第二節，由荀子之引詩以論其詩教之義：荀子以爲「詩書故而不切」，無統類可尋，故貶抑之，然由其引詩觀之，亦似有統類可尋者，考察之，厥有七者：論勸學、論專壹、論慎身、論君子之德、論禮儀之重要、論仁人用國之效、論生無所息。此其大較也。

第六章結論。旨在言當代「文學之詩經」之獨盛，「經學之詩經」之偏枯，而思有以濟之也。蓋由《詩經》之成書、內容、運用及儒家巨擘之論說觀之，《詩經》本始卽具教化意義，近人斥道德爲落伍者，乃未見《詩經》之源頭活水也。

目次

自　序

　　五四以還，舊學中衰，西潮東漸之餘，吾國學者始而疑古，繼而輕己，竟於吾縣縣之文化，棄之如敝屣，其研究《詩經》，競闢新境，而不能免於譁眾取寵，立異標新，以社會學研究者有之，以民俗學研究者有之，以性心理學研究者亦有之，遂視先秦之說詩為芻狗，以毛鄭之解詩為糟粕，苟有以道德教化論詩，則群起而嗤之，以為科學文明之世，仁義道德之說已落伍矣。余於斯等新奇之論，始而驚之，終而疑之，常忖思：果科學文明之世，人類社會卽不需仁義道德者乎！前人之說詩，為不足珍之敝帚乎！

　　余研讀《詩經》既久，窮思苦索，覺此等論說，多悖眞理。蓋吾人由《詩經》之成書、內容及太史、孔子之整理訂定觀之，莫不有教化之義存焉；由周代對《詩經》之運用及由孔、孟、荀之所論觀之，亦莫不有教論之深旨。探本尋源，《詩經》乃以道德教化始，余固樂見以各種觀點研究《詩經》，然沿波討源，《詩經》研究亦必以道德教化為歸也。

　　有「自然之眞實」，有「道德之眞實」，自然眞實者，人類不能已之食色欲望也；道德眞實者，人類求群居協和平治之嚮企也；人不能止於一「自然人」，需更有「道德人」之踐履。詩三百，一言以蔽之，曰：思無邪。思無邪者，發乎情，止乎禮義者也，發乎情，所以滿足自然之眞實，止乎禮義，所以不踰越道德之矩範，而體現道德之眞實也。〈易傳〉曰：「鼓天下之動者，存乎辭。」又曰：「修辭立乎誠。」葩經所載，直抒胸臆，乃眞情之流露，又不失其情性之正，明乎此，則漢儒「以刺諱淫」、宋儒「以淫為戒」雖有偏失，近人之以道德仁義之詩教為詬者，尤知今而不知古，故《詩經》足以鼓天下之動，非惟其辭而已也。

　　余秉此自信，遂敢以「先秦儒家詩教研究」爲題，撰爲斯篇。首章言詩教之意義，由《詩經》之成書、內容而觀其詩教之義，並述詩教「禮樂用途」及「義理用途」之二層意義，復言儒家特重詩教之因。次章言周代詩之運用與詩教之關係，以明詩在先秦確有禮樂教化之用途。三章以下，分述孔子、孟子、荀子之詩教，綱舉目張，先秦儒家巨擘詩教之義，概見乎此。末章結論，言《詩經》本始即具教化之義，遂爲信而有徵矣。

　　余撰斯篇，歸納與演繹兼用，綜合與分析並施，引證則特重《詩經》本文及《論語》、《孟子》、《荀子》，旁及《左傳》、《國語》、《儀禮》等上古之典籍，漢宋以下諸儒及今人之說，亦多有採擇，要在不泥於今古，而衡之於實理耳。

　　余之草就此篇，雖殫精竭慮，數易其稿，然才識駑鈍，力不逮心之處所在多有，唯望海內賢達、高明長者有以教之。撰寫期間，多蒙杜師　松柏之殷殷指導，點化匡正，方得成此學步之作，今後但求夕惕若厲，孜勉志學，以報浩蕩之師恩耳。攻讀研究所期間，諸師長先進，不棄愚魯，時予提攜慰勉，尤所銘感。高堂慈親，三年來之督教憂勞，中夜思之，幾欲潸然。同門諸友之砥礪鞭策，獲益亦多。凡此種種，亦何敢忘。斯篇之成，或有一愚之得，尚不足報諸師長親友之情於萬一也。

林耀潾謹誌於民國七十九年七月

第一章　詩教之意義

　　《詩經》為六經之一，今文學家並以之為《六經》之首，由是書，吾國上古之社會民情、禮樂制度、風俗教化可得而觀，匪止於一文學作品，以此；其列經部，並居《六經》之首，亦以此。

　　吾國自古即一重詩教之民族，以詩教薰炙之下，培成愛好和平、溫柔敦厚之民族性。本章由《詩經》之成書、內容二端，論其教化之意義。而郊廟祭祀、宴饗賓客，必奏詩樂以成禮，此詩、禮、樂三者相需為用之狀也，即其後，詩脫離禮樂，僅以詩辭美刺諷諭為教，然三者合一之時，亦詩教也，本章將述此詩教之二層意義。儒家乃一重人文禮樂化成之宗派，較諸先秦各家，若泰山之於培塿，江海之於行潦，有不可同日而語者。故先申論先秦儒家詩教之起。以見吾文化之源流。

第一節　由《詩經》之成書論詩教

　　詩三百篇之成書，有采詩、獻詩二種。〈國風〉多由采詩而得，以其多屬民歌之故也，〈雅〉、〈頌〉多用之宗廟朝廷，乃士大夫所獻也。古者聖王之所以不出戶牖而盡知天下所苦樂，不下堂而知四方之風教者，蓋閭巷之歌，性情之唱，征夫思婦之作，小民賤隸之辭，得上達也。而太師陳其詩，比其音，使天子得以觀民風，探民情，恤民隱，察民瘼，知民之所需，然後施政，以勸善懲惡而民嚮化也。至若在廟堂之位則憂其君，處江湖之遠則憂其民，士人大夫憫朝政之陵夷，視國君之所為，中心或喜或悼，憂以天下，樂以天下，又不能不佈肝膽，獻忠心，此獻詩以諫之所繇也。

一、采 詩

夫采詩之說首見《左氏》襄公十四年傳、師曠對晉侯語：

> 自王以下，各有父兄子弟以補察其政，史爲書，瞽爲詩，工誦箴諫，大夫規誨，士傳言，庶人謗，商旅於市，百工獻藝，故〈夏書〉曰：遒人以木鐸徇於路。官師相規，工執藝事以諫，正月孟春，於是乎有之，諫失常也。

> 杜預注：「逸書：遒人，行人之官也；木鐸，木舌金鈴，徇於路，求歌謠之言。」孔穎達《正義》云：「此在〈胤征〉之篇，其本文云：每歲孟春，遒人以木鐸徇于路，官師相規，工執藝事以諫，其或不共，邦有常刑。」

又《尚書大傳》：

> 見諸侯，問百年，太師陳師，以觀民風。〔註1〕

又《禮記・王制篇》：

> 天子五年一巡守。歲二月東巡守，至于岱宗。……見諸侯，問百年者就見之。命太師陳詩，以觀民風。……五月南巡守，至于南嶽，如東巡守之禮。八月西巡守，至于西嶽，如南巡守之禮。十有一月，北巡守，至于北嶽，如西巡守之禮。

又《周禮・春官・小行人職》曰：

> 使通四方……如禮俗、政事、教治、刑禁之逆順爲一書。……凡此物者，每國辨異之，以反命于王，以周知天下之故。

上引諸條，雖未明言「采詩」，然《左傳》之「遒人以木鐸徇於路。」至「諫失常也。」杜預注謂「遒人即行人之官；徇于路，求歌謠之言。」至爲可信，且上文明言「瞽爲詩」，瞽乃樂工之稱，能爲詩，非能作詩也，能演奏唱誦也，奏誦遒人所采之詩也。夫如是天子得以「經夫婦，成孝敬，厚人倫，美教化，移風俗。」〔註2〕《左傳》遒人即《周禮》之小行人，亦即《漢書》之行人，同爲采風問俗之官也。《尚書大傳》、《禮記・王制》所言「太師陳詩，以觀民風。」采詩之制，更昭然可見，太師必先得諸采詩而後可陳觀也。《左氏》襄公二十九年傳《正義》云：「及武王伐紂定天下，巡守述職，陳諸國之詩，以觀民風俗，其六州所作詩，其得聖人之化者，謂之〈周南〉，其得賢人之化者，

〔註1〕《白虎通・巡守篇》引。
〔註2〕〈詩大序〉。

謂之〈召南〉。」《毛詩正義》云：「巡守陳詩者，觀其國之風俗，故采取詩，以爲黜陟之漸。」乃知天子巡狩，其旨在於觀國之風俗，以作發政施仁之依據。而民間之詩，又爲徑情直發之作，無所飾隱，最足以知人心之哀樂、政教之宜否、風俗之情況。是以《漢書・藝文志》云：

> 古有采詩之官，王者所以觀風俗，知得失，自考正也。

雖文有增飾，亦據古事近情理，蓋知一國及天下之民情以後，必繼以興革之政治措施也。同書〈食貨志〉云：

> 男女有不得其所者，因相與歌詠，各言其傷。……孟春之月，群居者將數，行人振木鐸徇于路以采詩，獻之太師，比其音律，以聞於天子，故曰：王者不窺牖戶而知天下。

所云又更詳備，縱有出於推想者，然非無據之言，蓋根柢於《左傳》、《尚書大傳》、《周禮》。太師所以能陳詩，必待采詩或獻詩，然後方能協比音律，聞於天子也。

《公羊》宣公十五年傳何休注：

> 從十月盡正月止，男女有所怨恨，相從而歌，饑者歌其食，勞者歌其事。男年六十，女年五十無子者，官衣食之，使之民間求詩，鄉移於邑，邑移於國，國以聞於天子，故王者不出牖戶，盡知天下所苦，不下堂而知四方。〔註3〕

是何休之注，亦近於〈食貨志〉所云，不云采詩之官，而云以年老無子之男女充當，意謂如是方可采輯周備也。

劉歆〈與楊雄從取方言書〉中云：

> 詔問：三代、周、秦軒車使者，遒人使者，以歲八月巡路，宋代語、僮謠、歌戲，欲得其最目，因從事郝隆，求之有日，篇中但有其目，無見其文者。

楊雄答書云：

> 嘗聞先代輶軒之使，奏籍之書，皆藏於周、秦之室；及其破也，遺棄無見之者。獨蜀人有嚴君平、臨邛林閭翁孺者，深好訓詁，猶見輶軒之使所奏言。

楊雄之言，不能無疑者，蓋周秦破敗之後，何以所藏反入於偏僻之蜀中？

《華陽國志》：

〔註3〕「什一行而頌聲作矣」下注。

林閭，字翁孺，臨邛人也。善古學。古者，天子有輶軒之使。自漢
興以來，劉向之徒，但聞其官，不詳其職，惟閭與嚴君平知之，曰：
此使考八方之風雅，通九州之異同，主海內之音韻，使人主居高堂
而知天下風俗也。楊雄聞而師之，因此作《方言》。〔註4〕

是可釋吾人之疑矣，蓋楊子《方言》，苟無此憑藉，則不能成其爲不朽之作矣。

以上所引，或明言「采詩」，或稱「求詩」、「宷僮謠」、或言「考風雅」，
名稱雖殊，要之，在采民間詩謠，以爲天子聽政正風之資。史跡斑斑可考，
古有采詩之制，不容置疑，然有故作異說，以爲采詩之說乃出自後人臆度者，
其中最著者莫如崔述，其通論十三國風言太史采風之說不可信，總其所論，
約歸三點，茲辨析如後：

（1）舊說「周太史掌采列國之風，自邶鄘以下十二國風，皆周太史行巡
之所采也。」余按克商以後，下逮陳靈，近五百年，何以前三百年所采殊少，
後二百年所采甚多？（《讀風偶識》）

按克商之時，固已有詩作，然而，此時作詩之風未盛，觀王國維之金文
著錄表列近代出土之宗周彝器，不下數千之眾，而容庚《金文編》，卻無「詩」
一字，可見詩作尚未流行，且其時之詩又多限於雅頌之類，專供朝廷宗廟燕
饗祭祀之用，乃貴族文人之專產品，若夫民間之作，可謂極少。而犬戎入鎬，
平王東遷，部分又散逸，則前期作品寡而後期作品眾，固必然之事也。且後
期文人得前期作品之感染，承受其藝術遺產，創作量必大增。而崔氏所謂「歷
時浸久，則散軼者亦多。」「爲時尚近，則湮沒者亦少。」「世近則人多誦習，
世遠則漸就湮沒。」益可證前寡後眾，乃合理之現象。

（2）周之諸侯國千八百國，何以獨此九國有風可采，而其餘皆無之？

按周之諸侯千八百國，乃見載於《讀史方輿紀要》，謂武王觀兵，有千八
百國，東遷之初，尚餘千二百國，迄獲麟之末，二百四十二年，諸侯更相吞
滅，其見於春秋經傳者凡百餘國，而會盟征伐，章章可紀者，實止十四君。
其言千八百國，於《左傳》無稽，他書未載，殊不足深信。《左氏》昭公二十
八年傳成鱄曰：「武王克商，光有天下，其兄弟之國者十有五人，姬姓之國者
四十人。」是武王第一次封建僅有五十五國。《荀子‧儒效篇》謂：「周公兼
制天下，立七十一國，姬姓獨居五十三人。」是周公二次封建僅有七十一國。
《春秋大事表》所載並古國合計二百有九。可見千八百之數，殊無徵驗。近

〔註4〕卷十上，蜀郡士女三。

人童世亨作《歷代州域形勢通論》，將春秋書中之一百多國，鈔列一處，已見其地域之微少，若將千八百國置於江河之間，則一國之地恐不及今之鄉鎮，其較偏遠之淺化部落，此時尚無文化，縱有一二歌謠，恐亦幷入鄰近之大國矣。且風詩雖僅採自邶、鄘、衛、鄭、齊、魏、唐、秦、陳、檜、曹、豳等十二國，然已包有雍、冀、豫、青、兗五州，二南之詩又涉及荊州，佔周代國土已八分有六，益以王風，十五國風正足以代表周代各地歌謠矣。

（3）而春秋之策，王人至魯，雖微賤，無不書者，何獨不見有采詩之使？乃至《左傳》之廣搜博采，而亦無之，則此言出於後人臆度無疑也。

按《左氏》襄公十四年傳曾明引〈夏書〉「遒人以木鐸徇于路」一語，而上文又有「瞽爲詩」等語，則遒人乃采詩之官，其言至明，何得言《左傳》無載？而春秋不見有采詩之使，以其時王者之迹已熄，而輶軒之制早付闕如也。

雖然，崔氏力詆采詩之不足信，其通論二南中卻云：「蓋成王之世，周公與召公分治，各采風謠以入樂章，周公所采則謂之〈周南〉，召公所采則謂之〈召南〉耳。其後周公之子世爲周公，召公之子世爲召公，蓋亦各率舊職而采其風，是以昭穆以來，下逮東遷之初，詩皆有之。」（《讀風偶識》）是亦主采詩之說矣，何前後之矛盾耶？據上所述，古有采詩之事，乃確鑿無疑矣。

二、獻　詩

《毛詩・卷阿》傳：「明王使公卿獻詩以陳其志，遂爲工師之歌焉。」所謂獻詩陳志，不外諷與頌，亦即美刺得失也。如〈小雅・節南山〉：「家父作誦，以究王訩。」方玉潤《詩經原始》：「此詩家父刺師尹也。」又如〈大雅・烝民〉：「吉甫作誦，穆如清風。」〈詩序〉：「〈烝民〉，尹吉甫美宣王也。任賢使能，周室中興焉。」朱子《詩集傳》：「宣王命樊侯仲山甫築城於齊，而尹吉甫作詩送之。」復如〈大雅・崧高〉：吉甫作誦，其詩孔碩。〈詩序〉：「〈崧高〉，尹吉甫美宣王也。天下復平，能建國親諸侯，褒賞申伯焉。」上舉三例可見獻詩陳志之一斑。

此外，獻詩之說，復有文獻可徵。《國語・周語上》邵公諫厲王曰：

為川者決之使導，為民者宣之使言。故天子聽政，使公卿至於列士獻詩，瞽獻曲，史獻書，師箴，瞍賦，矇誦，百工諫，庶人傳語，近臣盡規，親戚補察，瞽史教誨，耆艾修之，而後王斟酌焉。是以

事行而不悖。

《國語・晉語六》范文子戒趙文子：

> 吾聞古之王者政德既成，又聽於民，於是乎使工誦諫於朝，在列者獻詩，使勿兜，風聽臚言於市，辨祅祥於謠，考百事於朝，問謗譽於路，有邪而正之，盡戒之術也。

按〈周語〉所謂「瞽獻曲，師箴，瞍賦，矇誦，百工諫，士人傳語……。」〈晉語〉所謂「風聽臚言於市，辨祅祥於謠；考百事於朝，問謗譽於路……。」與《左傳》「史為書，瞽為詩，工誦箴諫，大夫規誨，士傳言，庶人謗……。」又吻合無間。又，《尚書大傳》：

> 五載一巡守，群后德讓，貢正聲，而九族具成。（鄭注：族當為奏，言諸侯貢其正聲，而天子九奏之，樂乃具成也，今詩〈國風〉是也。）雖禽獸之聲，猶悉關于律樂者，人情之所自有也。故聖王巡十有二州，觀其風俗，習其性情。〔註5〕

所言「貢正聲」，乃於天子巡守之時，獻詩於天子也，其言與〈王制〉合。而采詩獻詩之目的，實同歸而殊塗，或「補察其政」，或「官師相規」，或「以觀民風俗」，或「辨祅祥」。

以《詩經》之內容觀之，則國風、二雅多由采獻而言，其有諸侯獻其所采之詩於天子者，即諸侯之太師采民間之歌謠，由諸侯獻之天子，王朝有太師，見《周禮・春官》，諸侯亦有太師，如《論語・八佾》：「子語魯太師樂」《左》襄十四年傳：「衛獻公使太師歌〈巧言〉之卒章」是也。其獻詩之方法，一則於述職之時，所謂「在列者」，一則天子巡守之時，所謂「貢正聲」、「太師陳詩」也。至若頌之來源，〈詩大序〉云：「頌者，美盛德之形容，以其成功告於神明者也。」鄭康成云：「頌之言容，天子之德，光被四表，格於上下，無不覆幬，無不持載，此之謂容。於是和樂興焉，頌聲乃作。」鄭樵《詩辨妄》云：「頌者初無諷誦，惟以鋪張勳德而已。其辭嚴，其聲有節，不敢瑣語褻言，以示有所尊，故曰頌。」蓋〈頌〉多為祭祀廟樂或歌功頌德之樂章，其不必得諸采可知，然必為王朝或魯、宋二國太師所作，亦可視為「獻詩」之一種。

由上所述，《詩經》之來源，厥有二塗，采詩其一，獻詩其二，然既采之也，既獻之也，又如何而成垂傳至今之《詩經》？蓋《詩經》之編定整理，

〔註5〕通鑑前編帝舜條引。

孔子乃一關鍵人物。《史記‧孔子世家》載：

> 古者，詩三千餘篇；及至孔子，去其重，取可施於禮義，……三百
> 五篇，孔子皆弦歌之，以求合韶武雅頌之音。禮樂自此可得而述，
> 以備王道，成六藝。

史遷孔子刪詩之說出，從之者固多有，懷疑者亦復不尠，竊以爲孔子斷無刪
詩之事，試析之於下。

班固《漢書‧藝文志》云：

> 孔子純取周詩，上采殷下取魯，凡三百五篇。

陸德明《經典釋文》云：

> 孔子最先刪錄，既取周，上兼商頌，凡三百十一篇（包括笙詩六篇）。

歐陽修曰：

> 馬遷謂古詩三千餘篇，孔子刪存三百；鄭學之徒，以遷爲謬，予考
> 之，遷說然也。今書傳所載逸詩，何可數也？以鄭康成〈詩譜圖〉
> 推之，有更十君而取一篇者，又有二十餘君而取其一篇者，由是言
> 之，何啻三千？

又曰：

> 刪詩云者，非止全篇刪去，或篇刪其章，或章刪其句，或句刪其字。
> 如「常棣之華，偏其反而！豈不爾思？室是遠而」，此〈小雅‧棠棣〉
> 之詩也。夫子謂其以室爲遠，害於兄弟之義，故篇刪其章也。「衣錦
> 尚絅，文之著也」，此〈鄘風‧君子偕老〉之詩也。夫子惡其盡飾之
> 過，恐其流而不返，故章刪其句也。「誰能秉國成？不自爲政，卒勞
> 百姓」，此〈小雅‧節南山〉之詩也。夫子以能字爲意之害，故句刪
> 其字也。

王應麟《困學紀聞》云：

> 朱子發曰：「詩全篇削去者，二千六百九十四首，如狸首、曾孫之類
> 是也。篇中刪章者，如『唐棣之華，偏其反而！豈不爾思？室是遠
> 而』之類是也。」

上引四家，贊同史遷孔子刪詩之說也，然史遷孔子刪詩之說，基於下列理由，
實難令人信服。

（1）由現在書傳所引，亡逸詩甚少，證明刪詩之說不確。

鄭氏《詩譜‧序》孔穎達疏云：

按書傳所引之詩，見在者多，亡逸者少，則孔子所錄，不容十分去
九，……。

據清人趙翼就《國語》、《左傳》二書引詩統計，計《國語》所引逸詩，約佔
刪存之詩三十分之一，《左傳》所引逸詩，約佔刪存之詩二十分之一，逸詩均
遠較刪存之詩爲少，刪孔氏所言，不爲無見。(見《陔餘叢考》卷二)

（2）由孔子刪詩之說，僅見於《史記》，孔子未嘗自言，證明刪詩之說
不確。

崔述《讀風偶識》云：

孔子刪詩，孰言之？孔子未嘗自言之也，《史記》言之耳。孔子曰鄭
聲淫，是鄭多淫詩也。孔子曰誦詩三百，是詩止有三百，孔子未嘗
刪也。學者不信孔子所自言，而信他人之言，甚矣，其可怪也。

又《洙泗考信錄》云：

子曰：「詩三百，授之以政，不達，使於四方，不能專對，雖多，亦
奚以爲？」子曰：「詩三百，一言以蔽之，曰思無邪。」玩其詞意，
乃當孔子之時，已止此數，非自孔子刪之而後爲三百也。

王士禎《池北偶談》云：

《論語》一則曰「詩三百」，再則曰「誦詩三百」；《家語》載「哀公
問郊，亦曰臣聞誦詩三百，不可以不獻」；知古詩本有三百，非孔子
手定也。又左氏列國卿大夫燕饗賦詩，率在三百篇中，多在孔子之
前，其非夫子刪定，了然可見。

刪詩之說，僅見於《史記》，孔子未嘗自言，且孔子既屢言詩三百，足見詩三
百於孔子時已爲通行版本，因孔子信而好古，曾慨嘆文獻不足，決不致將可
貴之詩歌十去其九，亦決不致常將自己所刪之本如此嘖嘖稱述也。

（3）以季札觀樂所見之詩，與今本略同，證明刪詩之說不確。

鄭樵《六經奧論》云：

季札聘魯，魯人以雅頌之外所得十五國風盡歌之。及觀今三百篇，
於季札所觀與魯人所存，無加損也。

崔述《洙泗考信錄》云：

春秋傳云：「吳公子札來聘，借觀於周樂。」所歌之風，無在今十五
國外者，是十五國之外，本無風可采；否則有之，而魯逸之，非孔
子刪之也。

按季札至魯觀樂，乃魯襄公二十九年事，所見之詩，已與今本略同，僅〈國風〉次第略異，及〈頌〉未分周、魯、商而已。是時孔子方八歲，自不能有刪詩之事。

（4）以詩之爲王朝、諸侯列國所用，任何人皆不能以一己之意加以改變，證明刪詩之說，不足憑信。

朱彝尊《經義考》云：

> 詩者，掌之王朝，頒之侯服，小學大學之所諷誦，冬夏之所教，莫之有異。故盟會聘問燕享，列國之大夫賦詩見志，不盡操其土風，使孔子以一人之見，取而刪之，王朝列國之臣，其孰信而從之者？……。又子所雅言，一則曰詩三百，再則曰誦詩三百，未必定爲刪後之言，況多至三千，樂師矇瞍，安能徧爲諷誦？竊疑當日掌之王朝，頒之侯服者，亦止於三百餘篇而已。

據《左傳》、《國語》所載，詩之運用，正如朱氏所言「不盡操其土風」，則孔子刪詩自爲不可能之事。

據上所論，孔子確未曾刪詩，然史遷言古詩有三千餘篇，有無可能？苟古詩確有三千餘篇，至孔子時爲何僅存三百五篇？王崧云：

> 蓋古詩不止三百五篇，東遷以後，禮壞樂崩，詩或有句而不成篇者，無與於弦歌之用。……。故詩所傳之逸詩，有太師比音律時所棄者，有孔子正樂時所削者，所采既多，其原作流傳誦習，後人得以引之，是則古詩三千餘篇，去其重，取其可施於禮義，乃太史所爲，司馬遷傳聞孔子正樂時，於詩嘗有所刪除，而遂以歸之孔子，此其屬辭之未密，或文字有所脫誤耳。〔註6〕

王氏以爲古詩確有三千餘篇，然去其重，取其可施於禮義，乃太史所爲，非孔子所爲也。竊以爲王氏之言雖無信證而理可從，詩在孔子前確有三千餘篇，然至孔子時已有三百篇之定本，孔子復將此三百篇之本予以整理刊定，弦歌之，以求合韶武雅頌之音。孔子以後，詩三百篇遂成公認之本，觀《墨子・公孟篇》：「儒者誦詩三百，弦詩三百，歌詩三百，舞詩三百。」、《莊子》：「孔子誦詩三百，歌詩三百，弦詩三百。」等語可知。

綜本節所述，《詩經》乃經由采、獻而來，復經太史、孔子予以整理編定而成也。然其爲何而有采詩、獻詩之舉？曰：或補察其政，或官師相規，或

〔註6〕《史記會注考證・孔子世家》第十七，頁742引，中新書局，1978年9月。

以觀風俗，或辨祅祥也，此王者不出戶牖而盡知天下所苦樂，不下堂而知四方風教之大業也。而太史、孔子之所以整理刊定，其目的亦不外以求合韶武雅頌之音，以使禮樂可得而述，以備王道，以成六藝。吾人觀《論語》所載，孔子一則曰：「詩，可以興，可以觀，可以群，可以怨，邇之事父，遠之事君，多識於鳥獸草木之名。」再則曰：「女為〈周南〉〈召南〉矣乎？人而不為〈周南〉〈召南〉，其猶正牆面而立也與！」三則曰：「不學詩，無以言。」四則曰：「誦詩三百，授之以政，不達；使於四方，不能專對，雖多，亦奚以為？」詩教於政治、倫理、知識有如此宏大效用，其必費心戮力於斯可知。蓋《詩經》之成書，詩教之意義存焉。

第二節　由《詩經》之內容論詩教

　　《詩經》之內容，可分為十五〈國風〉、二〈雅〉、三〈頌〉。十五〈國風〉即：〈周南〉、〈召南〉、〈邶〉、〈鄘〉、〈衛〉、〈王〉、〈鄭〉、〈齊〉、〈魏〉、〈唐〉、〈秦〉、〈陳〉、〈檜〉、〈曹〉、〈豳〉。二雅即〈小雅〉、〈大雅〉。三頌即〈周頌〉、〈魯頌〉、〈商頌〉。

　　《說文》云：「風，八風也。風動虫生，故虫八日而化，從虫凡聲，引申為風化之風。」〈詩大序〉云：「風，風也，教也；風以動之，教以化之，……上以風化下，下以風刺上，主文而譎諫，言之者無罪，聞之者足以戒，故曰風。」《周禮‧春官》鄭注：「風言聖賢治道之遺化也。」又引申為風教、風俗、風刺之風；蓋風教、風刺，皆聖賢治道遺化之所存，而風俗之成，實風教風刺之所養：故詩之為風，有三義焉。」此就詩之性質言，因其具有風化、風俗、風教、風刺之性質，故名為風。〈周南〉、〈召南〉乃采自南國之詩，〈詩大序〉云：「〈關雎〉〈麟趾〉之化，王者之風，故繫之周公。南，言化自北而南也。〈鵲巢〉〈騶虞〉之德，諸侯之風，先王之所以教，故繫之召公。」崔述《讀風偶識》通論二南云：「蓋成王之世，周公與召公分治，各采風謠以入樂章，周公所采則謂之〈周南〉，召公所采則謂之〈召南〉耳。其後周公之子世為周公，召公之子世為召公，蓋亦各率舊職而采其風，是以昭穆以來，下逮東遷之初，詩皆有之。」此二南之由來也。〈邶〉、〈鄘〉、〈衛〉三風，鄭玄云：「邶鄘衛者，殷紂畿內地名，屬古冀州。自紂城而北曰邶，南曰鄘，東曰衛，在汲郡朝歌縣。時康叔正封於衛，其末子孫稍并兼彼二國，混其地而名

之。作者各有所傷，從其本國而異之，故有邶鄘衛之詩。」〔註7〕魏源云：「左氏載季札觀樂：『爲之歌〈邶〉〈鄘〉〈衛〉，曰：美哉！……吾聞衛康叔武公之德如是，是其〈衛風〉乎？』三名一實，連而不分。」〔註8〕此〈邶〉、〈鄘〉、〈衛〉三國風之由來也。〈王風〉之「王」乃「王城」二字之省文，胡承珙《毛詩後箋・卷一八》云：「『駕言徂東』傳，『東，洛邑也。』序下箋云『東都，王城也。』承珙案：《漢書地理志》，河南故郊鄏地，是爲王城；雒陽，周公遷殷民，是爲成周。傳箋似各言一處，然王城成周相去不過數十里，周人通謂之東都。」以是知〈王風〉乃東遷後采於王畿之作也。〈豳風〉，鄭玄〈詩譜〉云：「豳者，后稷之曾孫曰公劉者自邰而出所徙戎狄之地名，……。公劉以夏后大康時失其官守，竄於此地，猶修后稷之業，勤恤愛民，民咸歸之，而國成焉。……至商之末世，大王又避戎狄之難而入處於岐陽，民又歸之……，成王之時，周公避流言之難，出居東都二年，思公劉大王居豳之職，憂念民事至苦之功，以比序己志，後成王迎而反之，攝政致太平，其出入也一德不回，純似於公劉太王之所爲，大師述其志，主於豳公之事，……。」據此，則〈豳風〉爲豳地之詩，其地在今陝西省涇水兩岸。〈鄭〉、〈齊〉以下八國風，則各采自該國之土風也。大抵〈國風〉多出於里巷歌謠之作，多小夫賤隸婦人女子之言，其意雖遠，而其言淺近重複。

〈詩大序〉云：「言天下之事，形四方之風，謂之〈雅〉。雅者，正也，言王政之所由興廢也。政有小大，故有〈小雅〉焉，有〈大雅〉焉。」孔穎達云：「王者政教有大小，詩人述之，亦有大小，故有〈小雅〉焉，有〈大雅〉焉。歌其大事，制爲大體；述其小事，制爲小體。」此以政之大小別雅之大小也，然吾人觀二雅之詩，覺此說扞格難通。《禮記・學記》云：「大學始教……宵雅肄三。」指〈小雅鹿鳴〉、〈四牡〉、〈皇皇者華〉三篇，大學始教必讀之，所謂「官其始也。」可見其重要，然均列〈小雅〉。如〈大雅・既醉〉，〈詩序〉：「〈既醉〉，大平也。醉酒飽德，人有士君子之行焉。」朱傳：「此父兄所以答〈行葦〉之詩。」〈行葦〉亦不過燕父兄耆老之詩，較之前引〈小雅〉三篇，又何大政之有？類此者尚多，不一一舉。是以〈雅〉之大小非以政之大小分也，然則〈雅〉之大小據何而分乎？《左傳》襄公二十九年季札觀樂，爲之歌〈小雅〉，曰：「美哉！思而不貳，怨而不言，其周德之衰乎？猶有先王之

〔註7〕《經典釋文・毛詩音義上》引。
〔註8〕《詩古微》卷三，〈邶鄘衛義例篇上〉。

遺民焉。」為之歌〈大雅〉，曰：「廣哉！熙熙乎！曲而有直體，其文王之德乎？」《禮記·樂記》引師乙之言曰：「廣大而靜，疏達而信者，宜歌〈大雅〉。恭儉而好禮者，宜歌〈小雅〉。」以是知二〈雅〉之分當以音樂別之，非以政之大小論也。然〈小雅〉中猶有類似〈國風〉之作何也？章俊卿《詩說》云：「〈小雅〉非復風之體，然亦間有重複，未至渾厚大醇。〈大雅〉則渾厚大醇也。」朱熹《詩集傳》云：「以今考之，正〈小雅〉，宴饗之樂也；⋯⋯及其變也，則事未必同，而各以其聲附之。」宴饗以外之詩，於〈小雅〉中甚多，如勞人思婦之詩〈杕杜〉、〈黃鳥〉、〈采綠〉；棄婦之詩，如魚藻之什之〈白華〉；男女期會之詩如〈隰桑〉；怨憤之詩如〈巷伯〉、〈節南山〉，此即「事未必同，而各以其聲附之」也，以其屬中夏正聲，非采諸土風，故歸之〈小雅〉而不在〈國風〉也。

　　〈詩大序〉云：「〈頌〉者，美盛德之形容，以其成功告於神明者也。」鄭康成云：「頌之言容，天子之德，光被四表，格於上下，無不覆幬，無不持載；此之謂容。於是和樂興焉，頌聲乃作。」鄭樵《詩辨妄》云：「頌者初無諷誦，惟以鋪張勳德而已。其辭嚴，其聲有節，不敢瑣語褻言，以示有所尊，故曰〈頌〉。」〈周頌〉多周王室祭祀歌頌先王及祭社稷之詩。〈魯頌〉凡四篇，或頌揚時君，或歌詠時事，審其體裁，與〈頌〉不類，卻與〈風〉〈雅〉相近，以其本諸侯國，因周公輔成王，有大勳勞於天下，成王乃封周公之長子伯禽於魯，並賜以天子之禮樂，於是乎魯亦有〈頌〉，以為廟樂，而〈國風〉未有〈魯風〉也。《國語·魯語》云：「昔正考父校商之名頌十二篇於周大師，以〈那〉為首。」《史記·宋世家》云：「宋襄公之世，修行仁義，欲為盟主。其大夫正考父美之，故追道契、湯、高宗，殷之所以興，作〈商頌〉。」蓋以宋國乃殷商之後，特准修其禮樂，以奉商祀也。

　　上略述《詩經》之由來與〈風〉〈雅〉〈頌〉之內容，然則吾人於其中何以觀其詩教之意義？歸納之可得六端，述之如下：

一、重視夫婦之際，教導倫常大節

　　《易經·家人卦》云：「女正乎內，男正乎外。男女正，天地之大義也。家人有嚴君焉，父母之謂也。父父、子子、兄兄、夫夫、婦婦，而家道正，正家而天下定矣。」《易》序卦更廣其義曰：「有天地然後有萬物，有萬物然後有男女，有男女然後有夫婦，有夫婦然後有父子，有父子然後有君臣，有

君臣然後有上下，有上下然後禮義有所錯。」《詩經‧大雅‧思齊》云：「刑於寡妻，至於兄弟，以御于家邦。」〈中庸〉云：「君子之道，造端乎夫婦，及其至也，察乎天地。」《史記‧外戚世家‧序》云：「故《易》基乾坤，《詩》始《關雎》，《書》美釐降，《春秋》譏不親迎。夫婦之際，人道之大倫也；禮之用，唯婚姻為兢兢。夫樂調而四時和，陰陽之變，萬物之統也，可不慎與？」《漢書‧匡衡傳》云：「妃匹之際，生民之始，萬福之原；婚姻之禮正，然後品物遂而天命全。」蓋中國國家之發達，由家庭而擴充，國家之基礎即建築於家庭之上，所謂「一室之不治，何以天下國家為？」又有「孝乎！惟孝，友於兄弟，施於有政，是亦為政，奚其為為政」之說。吾人考《詩經》所載，關於婚姻男女之際之詩篇甚夥，其善者足以為法，其不善者足以為戒，莫不有教化之義存焉，此即〈詩大序〉所云：「先王以是經夫婦」也。

　　孔子於《論語‧八佾篇》云：「〈關雎〉，樂而不淫，哀而不傷。」於〈泰伯篇〉云：「師摯之始，〈關雎〉之亂，洋洋乎！盈耳哉！」又於〈陽貨篇〉語其子伯魚云：「女為〈周南〉〈召南〉已乎？人而不為〈周南〉〈召南〉，其猶正牆面而立也與！」朱注：「〈周南〉、〈召南〉、諸首篇名，所言皆修身齊家之事。」程頤云：「〈周南〉〈召南〉，陳正家之道，人倫之端，王道之本。」孔子欲人慎於夫婦婚姻之際，故重二南如此。王安石云：

> 王者之治，始之於家。家之序，本於夫婦正。夫婦正者，在求有德之淑女為后妃，以配君子也，故始之以〈關雎〉。夫淑女所以有德者，其在家本於女工之事，故次以〈葛覃〉。有女工之本，而后妃之職盡也，則當輔佐君子，求賢審官；求賢審官者，非所能專，有志而已，故次之以〈卷耳〉。有求賢審官之志以助其外，則於其內治也，其能有嫉妒而不逮下乎？故次之以〈樛木〉。無嫉妒而逮下，則子孫眾多，故次之以〈螽斯〉。子孫眾多，由其不妒忌，則致國之婦，亦化其上，則男女正，婚姻時，國無鰥民也，故次之以〈桃夭〉。國無鰥民，然後好德，賢人眾多，故次之以〈兔罝〉。好德賢人眾多，是以室家和平，婦人樂有子，則后妃之美具矣，故次之以〈芣苢〉。后妃至於國之婦人樂有子者，由文王之化行，使南國江漢之人，無思犯禮，此德之廣也，故次之以〈漢廣〉。德之所及者廣，則化行乎汝墳之國，能使婦人閔其子，而勉之以正，故次之以〈汝墳〉。婦人能勉君子以正，則天下無犯非禮，雖衰世公子，皆能信厚，此〈關雎〉之應也，

故次之以〈麟之趾〉。〔註9〕

此王氏敍〈周南〉所以如是排列之因由也，其言「子孫眾多，由其不妒忌，則致國之婦，亦化其上，則男女正，婚姻時，國無鰥民也」、「后妃至於國之婦人樂有子者，由文王之化行，使南國江漢之人，無思犯禮，此德之廣也。」云云，一是皆以男女婚姻為言，雖〈召南〉排列因由未必如此，然可依而推之。朱熹於《詩集傳》亦有如是領會，其言曰：

> 按此篇（即〈周南〉）首五詩，皆言后妃之德。〈關雎〉舉其全體而言也。〈葛覃〉〈卷耳〉，言其志行之在己；〈樛木〉〈螽斯〉，美其德惠之及人，皆指其一事而言也。其辭主於后妃，然其實則所以著明文王身修家齊之效也。至於〈桃夭〉〈兔罝〉〈芣苢〉，則家齊而國治之效。〈漢廣〉〈汝墳〉，則以南國之詩附焉，而見天下已有可平之漸矣。若〈麟之趾〉，則又王者之瑞，有非人力所致而自至者，故復以是終焉。

其於〈召南〉首篇〈鵲巢〉下注云：「南國諸侯被文王之化，能正心修身以齊其家，其女子亦被后妃之化，而有專靜純一之德……猶〈周南〉之有〈關雎〉也。」皆言女子專靜純一之德也，謂如是賢德哲婦配以君子，方足以興家邦，致太平。《孔叢子載》孔子之言曰：「吾於〈周南〉〈召南〉，見周道之所以盛也。」以其能致「經夫婦」之教，故孔子三致意焉。

然則〈邶風‧綠衣〉「綠兮衣兮，綠衣黃裡。心之憂矣，曷維其已。」、「綠兮衣兮，綠衣黃裳。心之憂矣，曷維其亡！」此莊公之夫人莊姜失位自傷之詩，夫婦乖違之作也。〈邶風‧終風〉「終風且暴，顧我則笑。謔浪笑敖，中心是悼！」、「終風且霾，惠然肯來，悠然我思。」、「終風且曀。不日有曀。寤言不寐，顧言則嚏。」、「曀曀其陰，虺虺其雷。寤言不寐，願言則懷！」此女子不得丈夫真愛而怨訴之詩也。〈邶風‧谷風〉「宴爾新婚，如兄如弟。」、「宴爾新昏，不我屑以。」則女子遭夫遺棄，不與己同甘共苦而怨訴之作也。〈鄘風‧牆有茨〉，所可道者，「言之醜也。」「言之辱也。」宮中淫亂，倫常敗壞如是，故〈桑中〉序云：「衛之公室淫亂，男女相奔，至於世族在位，相竊妻妾，期於幽遠；政散民流而不可止，此衛之所以見滅於狄也。」他如〈鄭風〉之〈溱洧〉、〈齊風〉之〈南山〉、〈敝笱〉，〈陳風〉之〈株林〉，無不嘆息禮教之亡，以至喪亂宏多，家國不保。此亦可資之以教導倫常大節乎？曰：

〔註9〕轉引自黃振民《詩經研究》頁115，正中書局，1981年初版。

然。蓋明乎此，見其善者而行之，見其不善者而內訟焉，庶免其咎，亦足以教導倫常大節也。

家庭爲國家之本，夫婦爲人倫之始，「文定厥祥，親迎于渭」知周之所以興；「俟我於著乎而，俟我於庭乎而，俟我於堂乎而」知齊之所由亂；「刑於寡妻，至於兄弟，以御於家邦」言家齊而後國治也；「以爾車來，以我賄遷，士也罔極，二三其德」言始不愼者終必仳離也。和好之家庭，則如鼓瑟琴；乖離之家庭，則有洸有潰。見如鼓瑟琴，和樂且耽，則心嚮慕焉；觀有洸有潰，二三其德，則心戒懼焉，其善其惡皆有教化之義存焉。

二、贊頌農桑事功，告誡稼穡艱難

吾人由〈大雅〉〈生民〉、〈公劉〉、〈緜緜瓜瓞〉諸詩考之周族似即農業之發明者，亦明示其乃以農業而興盛者。〈生民篇〉所載之后稷，其誕生之神奇，及遍識各種農作物之種植，儼然一農業之神，再如公劉之居豳，古公亶父之居岐山，亦均以農業而得發榮滋長，《史記·周本紀》云文王「遵后稷公劉之業，則古公王季之法，而教化大行。」此農業經濟助長社會發展之說明也。《史記·貨殖列傳》又云：

> 關中自汧雍以東至河華，膏壤沃野千里。自虞夏之貢，以爲上田。
>
> 而公劉適邠，大王王季在岐，文王作豐，武王治鎬，故其民猶有先
>
> 王之遺風，好稼牆，植五穀。

其所言虞夏之貢，雖不足採信，然其地適宜農業，確屬實情，周人挾祖先之經驗及沃野膏壤之賜，遂有其發達之農業矣。文王便以此國力先行將四周之犬戎、密須、耆國、崇侯虎予以征服，由岐山遷於豐邑，進行其翦商之大業，至武王之世，乃奄有天下，而建國焉。吾人觀《周書·梓材》「若稽田，既勤敷菑，惟其陳修，爲厥疆畎。」及〈無逸〉「君子所其無逸，先知稼穡之艱難，乃逸；則知小人之依。」所載，知其殷殷告誡者，無非重農功業，欲其子孫永保斯業，而無有隕替衰落也。

〈豳風·七月〉一詩載農村工作及生活最爲詳盡，吾人由此詩可考見周代農人生活之一斑。「晝爾于茅，宵爾索綯，亟其乘屋，其始播百穀。」此農人晝夜辛勤也。〈小雅·甫田〉：「倬彼甫田，歲取十千，我取其陳，食我農人，自古有年。今適南畝，或耘或耔，黍稷薿薿。攸介攸止，烝我髦士。」此農人或耘或耔之況也。〈小雅·大田〉：「既方既皁，既堅既好，不稂不莠，去其

螟螣，及其蟊賊，無害我田穉，田祖有神，秉畀炎火。」此農人祭祀所禱之願望，欲其穀物既堅既好，不稂不莠，不有蟲災，而能得豐收也。而「彼有不穫穉，此有不斂穧。彼有遺秉，此有滯穗，伊寡婦之利。」所云，乃有寡婦者，無田可耘，聊拾遺秉滯穗以為利也。

及其豐年，則有祭祀，〈周頌・豐年・序〉云：「〈豐年〉，秋冬報也。」其詩曰：

> 豐年多黍多稌，亦有高廩，萬億及秭。為酒為醴，烝畀祖妣，以洽百禮，降福孔皆。

〈周頌・載芟・序〉云：「〈載芟〉，春籍田而祈社稷也。」其詩曰：

> 載芟載柞，其耕澤澤。千耦其耘，徂隰徂畛。侯主侯伯，侯亞侯旅，侯彊侯以。有嗿其饁，思媚其婦，有依其士，有略其耜，俶載南畝。播厥百穀，實函斯活。驛驛其達，有厭其傑。厭厭其苗，緜緜其麃。載穫濟濟，有實其積，萬億及秭。為酒為醴，烝畀祖妣，以洽百禮，有飶其香，邦家之光。有椒其馨，胡考之寧。匪且有且，匪今斯今，振古如茲。

其言豐收之狀則「亦有高廩，萬億及秭。」、「有實有積，萬億及秭。」、「其崇如墉，其比如櫛。以開百室，百室盈止。」（〈周頌・良耜〉），其言報神則「為酒為醴，烝畀祖妣，以洽百禮。」其言欣喜則「匪且有且，匪今斯今，振古如茲。」、「以似以續，續古之人。」（〈周頌・良耜〉）欲其歲歲豐收，無有間斷也。

周人經濟，專恃農業，讀〈七月〉及〈公劉〉之詩，知其以農立國，源遠流長，所謂「〈七月〉，陳王業。」、「〈公劉〉，成王將涖政，戒以民事，美公劉之厚於民也。」由〈周頌・豐年〉、〈載芟〉、〈良耜〉，見其讚頌農功有如是其盛者，其告誡稼穡艱難之義亦因是存焉。

三、祭天配以先祖，訓誨慎遠情操

周朝江山，得自征伐，為求王權之穩固，必有一理由以服殷人，以統眾庶，於是吾國史上首次出現「王者受命於天」之觀念，王者既受命於天，然天何獨命於周王而不命於殷王？為解此懸疑，復引發二觀念，一曰天命靡常，一曰天僅授命於有德者，前者之例證如《詩經・大雅・文王》：「侯服于周，天命靡常。」後者之例證如《尚書・多方》：「惟我周王，克堪用德，惟典神

天，天惟式教我用休，簡畀殷命，尹爾多方。」天命既爲靡常，爲鞏固王權，得天命長久眷顧，唯有修德一途，所謂「若德裕乃身，不廢在王命。」（《尚書・康誥》）〔註10〕《詩經》〈大雅〉及〈周頌〉中，基於此一理由，歌頌其先祖得天命之不易及修德之毖勉，俯拾皆是，一來以收無念爾祖、愼終追遠之效，一來告誡聿修厥德，自求多福之義，蓋「殷之未喪師，克配上帝。宜鑒于殷，駿命不易。」（〈大雅・文王〉）既以之服殷人，復以之教子孫。

《國語・魯語上》記展禽之言曰：「夫聖王之制祀也，法施於民則祀之，以死勤事則祀之，以勞定國則祀之，能禦大災則祀之，能扞大患則祀之。」周之始基，在於后稷，王業之成，在於文、武，是以〈大雅〉、〈周頌〉歌頌文武之德獨多，以其能「法施於民」、「以死勤事」、「以勞定國」也。〈周頌・思文〉：

思文后稷，克配于天。立我烝民，莫匪爾極，貽我來牟，帝命率育。

無此疆爾界，陳常于時夏。

〈詩序〉云：「〈思文〉，后稷配天也。」后稷爲周始祖，其誕生及生平功業，〈大雅・生民〉有詳盡描述，以其有播種百穀之功，以啓周之基業，故推以配天焉。

〈大雅・文王〉云：「穆穆文王，於緝熙敬止。假哉天命，有商孫子。商之孫子，其麗不億。上帝既命，侯于周服。」此謂商君失德，故上帝降命，使其臣服于周。蓋「維此文王，小心翼翼，昭事上帝，聿懷多福。厥德不回，以受方國。」（〈大雅・大明〉）故得受命于天也，所謂「有命自天，命此文王」文王有此明德，故〈周頌〉中祭祀文王之詩篇甚夥。如〈維天之命〉：

維天之命，於穆不已。於乎不顯，文王之德之純。假以溢我，我其收之，駿惠我文王，曾孫篤之。

又，〈維清〉：

維清緝熙，文王之典。肇禋，迄用有成，維周之禎。

又，〈我將〉：

我將我享，維羊維牛。維天其右之。儀式刑文王之典，日靖四方。

伊嘏文王，既右饗之，我其夙夜，畏天之威，于時保之。

又，〈雝〉：

有來雝雝，至止肅肅，相維辟公，天子穆穆。於薦廣牡，相予肆祀。

〔註10〕參看韋政通《中國思想史》上冊，頁38至39，大林出版社，1983年6月再版。

假哉皇考，綏予孝子。宣哲維人，文武維后，燕及皇天，克昌厥後，綏我眉壽，判以繁祉。即右烈考，並右文母。

一則曰：「維天之命，於穆不已。於乎不顯，文王之德之純。」此祭祀之中，益之以道德意識，謂文王所以得天命者以道德丕顯而感天命也。再則曰：「維清緝熙，文王之典。」謂文王乃子孫則效之典型也。三則曰：「畏天之威，于時保之。」此以文王配上帝也。四則曰：「宣哲維人，文武維后，燕及皇天，克昌厥後。」謂文王文武全才，宜為人君，上能感皇天，下能昌後嗣也。他若〈清廟〉，〈詩序〉云：「〈清廟〉，祀文王也。周公既成洛邑，朝諸侯，率以祀文王焉。」亦祭祀文王之詩也。

武王為繼體守文之君，牧野一役，天下底定，天命歸周，故〈周頌〉祭祀武王之詩亦夥。如〈時邁〉：

時邁其邦，昊天其子之。實右序有周，薄言震之，莫不震疊，懷柔百神，及河喬嶽。允王維后。明昭有周，式序在位。載戢干戈，載櫜弓矢。我求懿德，肆于時夏，允王保之。

謂其能求懿德，肆于時夏，故能止干戈，藏弓矢也。又，〈執競〉：

執競武王，無競維烈，不顯成康，上帝是皇。自彼成康，奄有四方。斤斤其明，鐘鼓喤喤，磬筦將將，降福穰穰。降福簡簡，威儀反反。既醉既飽，福祿來反。

謂功業之盛，天下莫能與之比侔者。又，〈武〉：

於皇武王，無競維烈。允文文王，克開厥後，嗣武受之，勝殷遏劉，耆定爾功。

又，〈酌〉：

於鑠王師，遵養時晦。時純熙矣，是用大介。我龍受之，蹻蹻王之造，載用有嗣，實維爾公，允師。

又，〈桓〉：

綏萬邦，婁豐年，天命匪解。桓桓武王，保有厥土，于以四方，克定厥家。於昭于天，皇以閒之。

皆歌頌武王之功，言其能「勝殷遏劉，耆定爾功」而「保有厥土，于以四方，克定厥家」也。

《禮記·祭義》云：

宰我曰：「吾聞鬼神之名，不知其所謂。」子曰：「氣也者神之盛也，

魄也者鬼之盛也。合鬼與神，教之至也。……明命鬼神，以爲黔首則，百眾以畏，萬民以服。聖人以是爲未足也，築爲宮室，設爲宗祧，以別親疏遠邇，教民反古復始，不忘其所由生也。眾之服自此，故聽且速也。」

考祭祀之詩，於神則陳敬天畏祇之訓，於祖則見愼終追遠之義，而〈周頌〉之中，尤追述文武之德，言殷失德失國之故，以勸撫殷人，無有貳心，天命在周，祭祀亦係重要之政治活動也。宗廟會同之餘，歌詩頌美鬼神之際，假神道爲教喻之意存焉。此即〈祭義〉所謂「以爲黔首則，百眾以畏，萬民以服。」、「教民反古復始，不忘其所由生也。」孔子云：「禮云禮云，玉帛云乎哉？樂云樂云，鐘鼓云乎哉？」蓋玉帛鐘鼓之外有深旨存焉，是知詩之與教化相關，已由〈頌〉〈雅〉始矣。

四、追述祖先歷史，則效開拓精神

劉大杰於其《中國文學發展史》中云：「把祖先們創造國家的功業，和種種奮鬥的歷史，交織著神話傳說的材料，有意地記述下來，一面作爲統治者的楷模，一面爲不忘記祖先的功德，而傳給後代子孫們以祖先的影子，這自然是必要的。在這種要求之下，於是民族英雄的史詩，接著宗教詩而出現了。無論從任何方面說，這是一種人的事業，而不是神的事業。很明顯的超越了宗教的階段，而帶有濃厚的歷史觀念了。」〔註11〕是以周人假神道以設教外，又有人文主義之歷史觀念，〈大雅・生民〉、〈公劉〉、〈緜〉、〈皇矣〉、〈大明〉五篇，歷述后稷、公劉、古公亶父及文王、武王，周朝開國史於是存焉。蓋「後事不忘前事之師」子孫追述祖先開拓歷史，見其篳路藍縷，以啓山林之艱辛，而後興臨深履薄之志，知創業維艱，守成亦復不易，則不敢偷惰懈怠而有逸心也。

〈大雅・生民〉：

厥初生民，時維姜嫄。生民如何？克禋克祀。以弗無子。履帝武敏歆，攸介攸止，載震載夙，載生載育，時維后稷。

誕彌厥月，先生如達。不坼不副，無菑無害，以赫厥靈。上帝不寧。不康禋祀。居然生子。

〔註11〕頁 40，華正書局，1979 年 5 月版。

誕置之隘巷，牛羊腓字之。誕置之平林，會伐平林。誕置之寒冰，鳥覆翼之。鳥乃去矣，后稷呱矣。實覃實訏，厥聲載路。

誕實匍匐，克岐克嶷。以就口食，蓺之荏菽，荏菽旆旆，禾役穟穟，麻麥幪幪，瓜瓞唪唪。

誕后稷之穡，有相之道。茀厥豐草，種之黃茂，實方實苞，實種實襃，實發實秀，實堅實好，實穎實栗，即有邰家室。

誕降嘉種，維秬維秠，維穈維芑。恒之秬秠，是穫是畝。恒之穈芑，是任是負，以歸肇祀。

誕我祀如何？或舂或揄，或簸或蹂。釋之叟叟，烝之浮浮。載謀載惟，取蕭祭脂，取羝以軷。載燔載烈，以興嗣歲。

卬盛于豆，于豆于登。其香始升，上帝居歆，「胡臭亶時」！后稷肇祀，庶無罪悔，以迄于今。

首章載姜嫄履帝跡而生后稷。次章謂上帝樂受姜嫄之禋祀，使其生子不坼不副，無菑無害。三章言后稷以無父而生，人以爲不祥，故屢次棄之，而有諸神異之遭遇也。四章言后稷幼穉之時，已能種植荏菽、麻麥及瓜果。五章言青年時期之后稷，于農業特具天才與經驗，故其播種之物，均極理想，並於邰地成其家室也。六章言上帝降秬秠穈芑等嘉種於后稷，后稷徧植之，收穫極豐，並始用於祭獻。七章言后稷祭祀之狀，並祈求嗣歲亦能豐收。末章言上帝享其祭祀，並稱美其供獻之物。《史記·周本紀》云：「周后稷名弃，其母有邰氏女，曰姜原。姜原爲帝嚳元妃。姜原出野，見巨人跡，心忻然說，欲踐之。踐之而身動，如孕者。居期而生子。以爲不祥，棄之隘巷，馬牛過者，皆辟不踐。徙置之林中，適會山林多人。遷之而弃渠中冰上，飛鳥以其翼覆薦之。姜原以爲神，遂收養長之。初欲弃之，因名曰弃，弃爲兒時，仡如巨人之志。其游戲好種樹麻菽，麻菽美。及爲成人，遂好耕農，相地之宜，宜穀者稼穡焉。民皆法則之。帝堯聞之，舉弃爲農師，天下得其利，有功。帝舜曰：『弃！黎民始飢，爾后稷，播時百穀。』封弃於邰，號曰后稷，別姓姬氏。」即據此而舖述者也。〈大雅·公劉〉：

篤公劉，匪居匪康，迺埸迺疆，迺積迺倉，迺裹餱糧，于橐于囊，思輯用光，弓矢斯張，干戈戚揚，爰方啓行。

篤公劉，于胥斯原，既庶既繁，既順迺宣，而無永歎。陟則在巘，

復降在原。何以舟之？維玉及瑤，鞞琫容刀。

篤公劉，逝彼百泉，瞻彼溥原，迺陟南岡，乃覯于京。京師之野，
于時處處，于時廬旅，于時言言，于時語語。

篤公劉，于京斯依，蹌蹌濟濟，俾筵俾几，既登乃依，乃造其曹，
執豕于牢，酌之用匏，食之飲之，君之宗之。

篤公劉，既溥既長，既景迺岡，相其陰陽，觀其流泉，其軍三單，
庶其隰原，徹田為糧。度其夕陽，豳居允荒。

篤公劉，于豳斯館，涉渭為亂，取厲取鍛，止基迺理，爰眾爰有。
夾其皇澗，遡其過澗，止旅迺密，芮鞫之即。

首章言公劉迺積迺倉，迺裹餱糧，弓矢斯張，干戈戚揚，率其眾遷於豳地。
次章言至豳地後，人口昌庶，產業繁盛，復相土地之宜。三章言公劉擇建京
都之地，可安置長居也。四章言所用群臣，人才濟濟，威儀蹌蹌，公劉乃執
豕為殽，犒勞之也。五章言公劉所拓之地，既溥既長，復相其陰陽，建其軍
旅。末章言公劉復涉渭取石，以為奠基之用，皇澗、過澗之地亦有民人居焉。
《史記・周本紀》云：「公劉雖在戎狄之間，復脩后稷之業，務耕種，行地宜，
自漆度渭，取材用。行者有資，居者有畜積，民賴其慶，百姓懷之，多徙而
保歸焉。周道之興，自此始。故詩人歌樂思其德。」史遷所云「詩人歌樂思
其德」即此〈大雅・公劉篇〉也。〈大雅・緜〉：

緜緜瓜瓞，民之初生，自土沮漆。古公亶父，陶復陶穴，未有家室。

古公亶父，來朝走馬，率西水滸，至于岐下。爰及姜女，聿來胥宇。

周原膴膴，菫荼如飴。爰始爰謀，爰契我龜，曰止曰時，築室于茲。

迺慰迺止，迺左迺右。迺疆迺理，迺宣迺畝。自西徂東，周爰執事。

乃召司空，乃召司徒。俾立室家。其繩則直，縮版以載，作廟翼翼。

捄之陾陾，度之薨薨。築之登登，削屢馮馮。百堵皆興，鼛鼓弗勝。

迺立皋門，皋門有伉。迺立應門，應門將將。迺立冢土，戎醜攸行。

肆不殄厥慍，亦不隕厥問。柞棫拔矣，行道兌矣，混夷駾矣，維其
喙矣。

虞芮質厥成，文王蹶厥生。予曰：「有疏附。」予曰：「有先後。」
予曰：「有奔奏。」予曰：「有禦侮。」

〈詩序〉云：「〈緜〉，文王之興，本由大王也。」方玉潤《詩經原始》云：「〈緜〉，追述周室之興始自遷岐民附也。」屈萬里《詩經詮釋》云：「此美太王及文王之詩。」按〈緜〉詩共九章，一至七章述古公亶父遷岐下，娶妻姜女及築室定居、從事農產、委任官吏及大修宗廟之事。八、九兩章則述文王，按《孟子‧梁惠王下篇》有「文王事昆夷」事，故知此第八章「混夷駾矣，維其喙矣。」乃文王時也，第九章紀虞、芮質成及群下歸附奔奏事，此即〈毛傳〉所載：

> 虞芮之君，相與爭田，久而不平，乃相與朝周。入其境，則耕者讓
> 畔，行者讓路；入其邑，男女異路，斑白者不提攜；入其朝，士讓
> 爲大夫，大夫讓爲卿。二國之君，感而相謂曰：「我等小人，不可以
> 履君子之境。」乃相讓以其所爭田爲閒田，而退。天下聞之而歸者，
> 四十餘國。

是知〈大雅‧緜篇〉除主述古公亶父事外，亦兼及文王之功也。他若〈大雅‧皇矣〉：「作之屛之，其菑其翳。修之平之，其灌其栵。啓之辟之，其檉其椐。攘之剔之，其檿其柘。」此太王居岐開荒之功業也。〈大雅‧大明〉：「殷商之旅，其會如林。矢于牧野：『維予侯興，上帝臨女，無貳爾心。』」、「牧野洋洋，檀車煌煌。駟騵彭彭。維師尚父，時維鷹揚，涼彼武王，肆伐大商，會朝清明。」此武王克殷之事也。

〈大雅‧生民〉、〈公劉〉、〈緜〉、〈皇矣〉、〈大明〉五篇，歷述周之肇興發榮及武王壹戎衣以定天下之事，可謂乃一極完整之周人開拓史。周之子孫，一則仰懷先祖勳業，一則俯思剔厲精進，以光大祖先基業，教諭之義因以存焉。

五、內華夏外夷狄，蘊涵春秋大義

春秋大義，內華夏而外夷狄，團結華夏，抵禦外侮，於《詩經》篇章中亦可見。周室中衰，備受夷狄侵擾，宣王執政，勵圖自強，戎狄是膺，荊舒是懲，爲詩人所歌頌。

〈小雅‧出車〉：

> 王命南仲，往城于方。出車彭彭，旐旆央央。天子命我：城彼朔方。
> 赫赫南仲，玁狁于襄。
>
> 喓喓草蟲，趯趯阜螽。未見君子，憂心忡忡。既見君子，我心則降。
> 赫赫南仲，薄伐西戎。

　　春日遲遲，卉木萋萋。倉庚喈喈，采蘩祁祁。執訊獲醜，薄言還歸。
　　赫赫南仲，玁狁于夷。

〈小雅・出車〉凡六章，以上所引爲此詩之第三、五、六章，此詩乃南仲奉
王命征伐玁狁凱歸而作之詩也。

　　〈小雅・六月〉：

　　四牡修廣，其大有顒。薄伐玁狁，以奏膚功。有嚴有翼，共武之服。
　　共武之服，以定王國。

　　玁狁匪茹，整居焦穫。侵鎬及方，至於涇陽。織文鳥章，白旆央央。
　　元戎十乘，以先啓行。

　　戎車既安，如輊如軒。四牡既佶，既佶且閑。薄伐玁狁，至于大原。
　　文武吉甫，萬邦爲憲。

〈小雅・六月〉凡六章，以上所引爲此詩之第三、四、五章，三章言將士用
命，恭武之服，以定王國，四章言玁狁孔熾，非羸弱之師，侵鎬及方，至於
涇陽也，五章言文武全才之吉甫，奮其英勇，薄伐玁狁至於太原。〈詩序〉
云：「〈六月〉，宣王北伐也。」蓋玁狁爲周朝北方大患，屢屢犯邊，周人爲求
王基穩固，征伐玁狁，遂爲大事。

　　〈小雅・采芑〉：

　　蠢爾蠻荊，大邦爲讎。方叔元老，克壯其猶。方叔率止，執訊獲醜。
　　戎車嘽嘽，嘽嘽焞焞，如霆如雷。顯允方叔，征伐玁狁，蠻荊來威。

〈小雅・采芑〉凡四章，以上所引爲此詩之第四章，此詩乃讚頌方叔征伐荊蠻
而作也。〈詩序〉云：「〈采芑〉，宣王南征也。」以荊蠻寇周南邊，故有此師旅
之舉也。

　　〈大雅・江漢〉：

　　江漢浮浮，武夫滔滔。匪安匪遊，淮夷來求。既出我車，既設我旟。
　　匪安匪舒，淮夷來鋪。

　　江漢湯湯，武夫洸洸，經營四方，告成于王。四方既平，王國庶定。
　　時靡有爭，王心載寧。

　　江漢之滸，王命召虎，式辟四方，徹我疆土，匪疚匪棘，王國來極，
　　于疆于理，至於南海。

〈大雅・江漢〉凡六章，以上所引爲此詩之前三章，此詩乃讚美召穆公虎平

淮夷之作。淮夷既平,江漢之滸乃克有定而靡有爭也。

〈大雅・常武〉:

> 王旅嘽嘽,如飛如翰,如江如漢,如山之苞,如川之流,綿綿翼翼,
> 不測不克,濯征徐國。

> 王猶允塞,徐方既來,徐方既同,天子之功。四方既平,徐方來庭,
> 徐方不回,王曰還歸。

〈大雅・常武〉凡六章,以上所引爲第五、六章。姚際恒《詩經通論》云:「此宣王自將以伐徐夷,命皇父統六軍以平之,詩人美之作此詩。」徐夷爲亂,宣王竟自帥軍士討之,其重邊寇之事如此,以是知屏之四夷,不與同中國之大義也。

孔子於《論語》中一則稱管仲小器,〔註12〕再則稱其不知禮,〔註13〕三則稱其不儉,〔註14〕然亟許其仁,以其九合諸侯,不以兵車,復能佐桓公尊王攘夷也。「微管仲,吾其被髮左衽矣。」孔子所重者,炎炎胄夏不可爲胡夷蹂躪踐踏也。然吾人觀上所述,此內華夏外夷狄之春秋大義,於東遷之初早已有之,孔子特發皇之耳。《孟子・滕文公篇上》云:「吾聞用夏變夷者,未聞變於夷者也。」不變於夷,春秋之大義也。

六、天神信仰式微,人文思想肇興

周人祭天配以先祖,已有人文思想之端萌,以天神雖「臨下有赫,監視四方。」然先祖功業,粒我烝民,拓我疆場,亦克配天也。其後道德意識興起,人可由自身之德左右天命,此時人已有極大之自主也。然則,周人既以王權託之天命,君上之施政,無異天命之「信用狀」,當天下有道,民庶自能對天命心存敬畏,若天下無道,君上之施政致黔首於顛沛流離、匱乏困窮之境,則蒼生亦必懷疑天命、抱怨天命矣。〔註15〕《詩經》中所謂變風變雅之詩,即人民怨嗟天命之作也。

〈邶風・北門〉:

〔註12〕《論語・八佾篇》,孔子云:「管仲之器小哉!」。

〔註13〕同前註,孔子云:「邦君樹塞門,管氏亦樹塞門。邦君爲兩君之好友反坫,管氏亦有反坫,管氏而知禮,孰不知禮?」。

〔註14〕同註12,孔子云:「管氏有三歸,官事不攝,焉得儉?」。

〔註15〕參看註10所揭書,頁44~46。

　　出自北門，憂心殷殷。終窶且貧，莫知我艱。已焉哉！天實爲之，
　　謂之何哉！

〈詩序〉云：「〈北門〉，刺仕不得志也。言衛之忠臣，不得其志爾。」然則吾爲何而不得志哉？實天命爲之耳，此時已有怨嗟天命之意。

　　〈小雅·節南山〉：

　　天方薦瘥，喪亂弘多。民言無嘉，憯莫懲嗟。

又：

　　昊天不傭，降此鞠訩。昊天不惠，降此大戾。

又：

　　不弔昊天，亂靡有定。式月斯生，俾民不寧，憂心如酲。

又：

　　昊天不平，我王不寧。

按〈節南山〉一詩乃家父所誦，以究王訩之作，刺太師及尹氏謀國不忠，任用姻亞小人也。設若王權得之天命，昊天降此大戾，喪亂弘多，俾民不寧，憂心如酲，則此天命亦不足賴也。民言無嘉，憯莫懲嗟，必當然也。

　　〈小雅·雨無正〉：

　　浩浩昊天，不駿其德。降喪饑饉，斬伐四國。昊天疾威，弗慮弗圖。
　　舍彼有罪，既伏其辜。若此無罪，淪胥以鋪。

又，〈小雅·巧言〉：

　　悠悠昊天，曰父母且，無罪無辜，亂如此憮。昊天已威，予愼無罪！
　　昊天泰憮，予愼無辜！

蓋天命非但不足賴，且令人咒詛也。天道福善而禍淫，此民庶之信仰也，今則不然，舍彼有罪，且蔽其辜，若此無罪，淪胥以鋪。《史記·伯夷叔齊列傳》云：「或曰：『天道無親，常與善人。』若伯夷、叔齊，可謂善人者，非邪？積仁絜行如此而餓死，且七十子之徒，仲尼獨薦顏淵爲好學，然回也屢空，糟穅不厭，而卒蚤夭。天之報施善人，其何如哉！盜蹠日殺不辜，肝人之肉，暴戾恣睢，聚黨數千人，橫行天下，竟以壽終，是遵何德哉？」史遷之惑亦周人之惑，于天神之信仰已不復初時之誠篤也。

　　〈小雅·小旻〉：

　　昊天疾威，敷於下土。謀猶回遹，何日斯沮？

又，〈小雅·小弁〉：

惟桑與梓，必恭敬止。靡瞻匪父，靡依匪母，不屬於毛，不離於裏，

天之生我，我辰安在？

如是可怨嗟之天命，其疾威何日沮息？悠悠蒼天，遵何德哉？但自嘆生不遇辰耳。至此假神道以設教服人之宗教活動式微矣，周人知「下民之孽，匪降自天。噂沓背憎，職競由人。」唯有人方能主宰己之生命，方是邀福招禍之關鍵。儒家人文思想之發皇即於此基礎之上，化宗教意義之歌功頌德為人文意義之道德哲學，孔子云：「不怨天，不尤人，下學而上達，知我者，其天乎！」孟子云：「盡心則知性矣，知性則知天矣。」人若能經由道德之修養，自能上契天道，而不必有謂天蓋高，不敢不跼之卑微矣。《易傳》云：「夫大人者，與天地合其德，與日月合其明，與四時合其序，與鬼神合其吉凶。」人自可參贊天地之化育，而為一擴天擴地之人格。吾人觀《詩經》所載，人文思想已於東周之初肇興矣。

綜本節所述，吾人由《詩經》之內容論其詩教之意義，可得此六端。蓋周代國家政治之基礎在家庭，家庭之始基在夫婦，故夫婦之際，倫常大節，不可不教導之，以「一世夫婦，百代祖妣。」能不慎哉！國家經濟之基礎在農業，周人復以農業奠其開國之基，故稼穡艱難，不可不告誡之。《左傳》云：「國之大事，在祀與戎。」教忠教孝，慎終追遠，在祀；內華夏，外夷狄，固守領土完整，開拓疆場田畝，在戎；是故祭天配以先祖，復教之以春秋大義也。而天命靡常，固僅授之於有德者，苟所授者無德，不能登斯民於袵席之上，反使之流離失所、貧窶勞苦，則黔首必不信曩昔之所謂天命也，天神信仰式微之際，即人文思想肇興之始也。

第三節　詩教之二層意義

詩教有二層意義，其一為禮樂用途之詩教，其二為義理用途之詩教。周公制禮作樂，以化成天下，蓋以禮樂為國，治天下可示諸掌矣；然徒禮而無詩，禮必拘謹而束縛，徒樂而無詩，又何足以至一唱而三嘆！故《禮記·仲尼燕居》云：「不能詩，於禮繆；不能樂，於禮薄。」又云：「志之所至，詩亦至焉；詩之所至，禮亦至焉；禮之所至，樂亦至焉。」古於祭祀朝聘宴享必歌詩以成禮，此禮樂用途之詩教也。及至詩樂分離，雅頌失所，典禮不復用詩；而天下之士，縱橫捭闔，但騰口說，以邀富貴，其言務以直言論難詭

譎利害之說眩迷人主，春秋以前賦詩之風，已成過往黃花，其於樂也，人君徒有俗樂新曲之好，南風雅頌之音，至孔子時已趨式微；詩既不與樂合，學者遂徒究詩義，孔子見其端倪，孟子踵事增華，荀子挹流揚波，下至兩漢，乃以后妃文王之化、人倫政教之用說詩，此義理用途之詩教也。

一、禮樂用途之詩教

　　《禮記・樂記》云：「詩言其志也，歌詠其聲也，舞動其容也。三者本於心，然後樂器從之。」古者詩、歌、舞三位一體，詩與樂之關係，極為密切，《方樂經》未亡，《詩經》之詩與樂之關係，可由《樂經》得見，其後《樂經》熸於秦火，三百篇與樂之關係，遂不得其詳。然則，欲探尋詩教之禮樂用途，詩與樂之關係，無由見也，學者乃有三百篇部分入樂或全體入樂之論說。

　　考首先主張三百篇部分入樂、部分不入樂者，為南宋程大昌，其所著《詩論》云：

> 《論語》曰：「夫子自衛反魯，然後樂正，雅頌各得其所。」夫雅頌得所於樂正之後，非樂而何？子謂伯魚曰：「女為〈周南〉〈召南〉矣乎？」「為」之為言，有「作」之義，既曰「作」，則翕、純、皦、繹，有器有聲，非但歌詠而已。……吾是以合而言之，知二南、二雅、三頌之為樂無疑也。

又云：

> 春秋戰國以來，諸侯卿大夫士賦詩道志者，凡詩雜取無擇；至考其入樂，則自〈邶〉至〈豳〉無一詩在數。享之用〈鹿鳴〉，鄉飲酒之笙、〈由庚〉、〈鵲巢〉，射之奏〈騶虞〉、〈采蘋〉；諸如此類，未有或出南、雅之外者。然後知南、雅、頌之為樂詩，而諸國之為徒詩也。

程氏以南、雅、頌為樂詩，古時宴享、祭祀所常應用，它詩則否，故主張二南、二雅、三頌為樂詩，其餘自〈邶〉至〈豳〉十三國風為徒詩。其後陳暘、焦竑等皆從程說。至清顧炎武亦主詩三百不能全部入樂之說，惟顧氏主張與程氏略有不同。《日知錄》云：

> 〈鼓鐘〉之詩曰：「以雅以南」。子曰：「雅頌各得其所。」夫二南也，〈豳〉之〈七月〉也，〈小雅〉正十六篇，〈大雅〉正十八篇，頌也，詩之入樂者也。〈邶〉以下十二國之附於二南之後，而謂之風，〈鴟鴞〉以下六篇之附於〈豳〉，而亦謂之〈豳〉，〈六月〉以下五十八篇

之附於〈小雅〉,〈民勞〉以下十三篇之附於〈大雅〉,而謂之變雅,詩之不入樂者也。

又云:

〈周南〉、〈召南〉,南也,非風也。〈豳〉謂之「豳詩」,亦謂之「雅」,亦謂之「頌」,而非「風」也。南、豳、雅、頌為四詩,而列國之風附焉。此詩之本序。

蓋顧氏沿襲正變之說又以南、豳、雅、頌為四詩,故主張二南,〈豳〉之〈七月〉、正〈小雅〉十六篇、正〈大雅〉十八篇及三頌為入樂之詩,餘皆不入樂也。此三百篇部分入樂部分不入樂之論說,可以程大昌、顧炎武二家為代表也。至若以詩三百篇全部入樂作為主張,首見南宋鄭樵《通志》:

三百篇之詩,皆可被之弦歌,故琴中有鵲巢操、騶虞操、伐檀操、白駒操,皆今詩文。又古人謂之雅琴、頌琴。古之雅頌,即今之琴操。……如《文中子》:「歸而援琴,鼓蕩之什。」乃知聲至隋末猶存。

又云:

古之達禮三,一曰燕,二曰享,三曰祀。所謂吉凶軍賓嘉,皆主此三者以成禮。古之達樂三,一曰風,二曰雅,三曰頌。所謂金石絲竹匏土革木,皆主此三者以成樂。禮樂相須以為用,禮非樂不行,樂非禮不舉。自后夔以來,樂以詩為本,詩以聲為用,八音六律為之羽翼耳。仲尼編詩,燕享祭祀之時用以歌,而非用以說義也。古之詩,今之詞曲也。

鄭樵以琴中之操多今詩文,又以「樂以詩為本,詩以聲為用」、「古之詩,今之詞曲也」之理論,證三百篇皆屬樂歌。其後,元朝吳徵、清朝陳啓源、魏源、皮錫瑞諸學者因相繼起,亦紛主此說。吳徵〈校定詩經序〉云:

〈國風〉乃國中男女道其情思之辭,人心自然之樂也。故先王采以入樂,而被之絃歌。朝廷之樂歌曰〈雅〉,宗廟之樂曰〈頌〉,於燕饗焉用之,於朝會焉用之,於享祀焉用之,因是樂之施於是事而作為辭也。然則風因詩而為樂,雅頌因樂而為詩,詩之先後於樂不同,其為歌辭一也。

吳氏以為〈雅〉,〈頌〉係「因樂而為詩」,〈國風〉係「因詩而為樂」,其入樂雖有先後之不同,然其屬樂詩者則一。陳啓源《毛詩稽古篇》云:

風、雅、頌之名,其來古矣。不獨大敘言之也;見《周禮》大師之

職，又見樂記乙答子貢之言，又見《荀子‧儒效篇》，歷歷可據也。又三百十一篇，皆古樂章也。二南、雅、頌之入樂，載於《儀禮》之燕禮、鄉飲禮及內、外傳列國燕享所歌，無論已；至魯人歌周樂，則十三國繼二南之後。〔註16〕《周禮》籥章：迎寒暑則龡豳詩，祈年則龡豳雅，祭蜡則龡豳頌。《大戴投壺禮》稱「可歌者八篇」，則〈魏風〉之〈伐檀〉在焉。

陳氏以《左傳》季札至魯所觀周樂、《周禮》籥章所龡豳詩、豳雅、豳頌，《大戴投壺禮》所載可歌者八篇〈伐檀〉在焉等作為依據，證明詩三百篇，不僅二南、雅、頌之為樂詩，即十三國風亦無不入樂。魏源《詩古微》云：

詩有為樂作不為樂作之分。且同一入樂，而有正歌散歌之別。古聖人因禮作樂，因樂作詩之始也。欲為房中之樂，則必為房中之詩，而〈關雎〉〈鵲巢〉等篇作焉。欲吹豳樂，則必為農事之詩，而豳詩豳雅豳頌作焉。欲為燕享祭祀之樂，則必為燕享祭祀之詩，而正雅及諸頌作焉。……自唐以來，惟孔氏《正義》謂「詩本樂章。禮樂既備，後有作者，無緣增入。其二雅正經而外，雖用於樂，或為無算之節，或隨事類而歌，又在制樂之後，樂不常用」云云。可謂深悉源流矣。

魏源承吳徵之說，分詩有為樂作者，有不為樂作者。其為樂而作者，入之於樂，謂之正歌；其不為樂而作者，入之於樂，謂之散歌。《詩經》之詩皆可入樂，即不為樂而作之變風變雅，「凡事抒情」之詩，亦皆入樂，不過其所入之樂，非屬正歌，乃散歌也，即「或為無算之節」「或隨事類而歌」者。皮錫瑞《經學通論》云：

詩之入樂，有一定者，有無定者。如〈鄉飲酒禮〉，間歌〈魚麗〉，笙〈由庚〉；歌〈南有嘉魚〉，笙〈崇丘〉；歌〈南山有臺〉，笙〈由儀〉。合樂〈周南〉〈關雎〉、〈葛覃〉、〈卷耳〉；〈召南〉〈鵲巢〉、〈采蘩〉、〈采蘋〉。〈鄉射禮〉合樂同。燕禮間歌歌鄉樂，與〈鄉飲酒禮〉同。大射歌〈鹿鳴〉三終。《左氏傳》云：「〈湛露〉，王所以宴樂諸侯也。〈彤弓〉，王所以燕獻功諸侯也；〈文王〉，兩君相見之樂也（亦升歌〈清廟〉）；〈鹿鳴〉〈四牡〉〈皇華〉，嘉鄰國君勞使臣也。」——此詩之入樂有一定者也。〈鄉飲酒禮〉正歌備後，有無算樂，注

引春秋襄二十九年吳公子札來聘，請觀於周樂，此國君之無算。然則《左氏傳》列國君卿賦詩言志，變風變雅，皆當在無算樂之中——此詩之入樂無定者也。若惟正風正雅入樂，而變風變雅不入樂，吳札焉得而觀之？列國君卿焉得而歌之乎？

皮氏似隱然從魏氏正歌、散歌之說得到啓示，而將入樂之詩分爲有定、無定二類，前者正風、正雅屬之，後者變風、變雅是也。主張詩三百篇全部入樂者，大抵可以上擧鄭樵、吳徵、陳啓源、魏源、皮錫瑞諸家爲代表。

然則，詩三百篇全部入樂或部分入樂部分不入樂乎？推究其理，當以全部入樂爲是，試證說如下。

二南、雅、頌屬樂詩，諸家似無異議，推其所以如此者，蓋因頌爲宗廟祭祀之歌，爲世所周知，而南、雅見《儀禮》記載，係屬燕享所用，於《左傳》、《國語》所載，係爲燕享所歌，且〈鼓鐘〉之詩亦明言「以雅以南，以籥不僭」，明言雅、南乃屬樂歌。復就詩歌產生時代言，因古時詩、歌、舞，率皆三位一體，是以凡時代愈古之詩，則其與樂舞關係亦愈爲密切，詩三百篇中，以頌，雅之詩產生爲最早，其屬樂詩，乃極合情理之事。至於豳詩，因《周禮》籥章有「迎寒暑則歙豳詩，祈年則歙豳雅，祭蜡則歙豳頌」之語，是豳詩之爲樂詩，亦爲學者所共認。三百篇中入樂部分令學者懷疑者，厥爲二南豳外之風詩，然基於下列六論證，此類風詩亦皆爲入樂之詩也。

（1）由《左傳》《國語》所賦之詩考之，除以南、雅之詩爲最多外，亦間有賦鄭衛之詩者。按賦詩雖不同於歌詩，然南雅之詩既多屬樂詩，則所賦鄭衛之詩，自亦不例外。況《左傳》襄公十四年敍衛獻公使太師歌〈巧言〉之卒章，而太師遂誦之，是更足證凡賦、誦之詩皆可入樂。南、雅之詩如此，其他國風之詩亦必如此。

（2）由《左傳》襄公二十九年載季札請觀周樂觀之，魯太師所歌之詩，除二南、雅、頌外，其他國風亦皆在焉，是亦足證詩三百俱皆可歌，並不限於二南、雅、頌。

（3）由《墨子・公孟篇》：「儒者誦詩三百，弦詩三百，歌詩三百，舞詩三百。」《荀子・勸學篇》：「詩者，中聲之所止也。」《史記・孔子世家》：「三百五篇孔子皆弦歌之，以求合韶、武、雅、頌之音。」觀之，足證今日所傳《詩經》之詩，於古時俱爲可歌，不獨二南、雅、頌爲然。

（4）由〈周官〉：「太師教六詩而以六德爲之本，以六律爲之音。」《漢

書》：「行人振木鐸徇於路以采詩，獻之太師。」所載觀之，足證行人所採之詩均係上之太師，令太師譜成樂歌，且太師以六詩教人時亦確已將六詩調以六律，是知三百篇皆樂詩也。

（5）由《大戴投壺禮》所稱可歌者八篇，而〈魏風〉〈伐檀〉在焉，及漢末杜夔能記雅樂，將〈伐檀〉之詩與〈鹿鳴〉、〈騶虞〉、〈文王〉並列，更足具體證明入樂之詩除二南、雅、頌外，其他國風亦無不皆然。

（6）近人顧頡剛氏曾以《左傳》、《國語》、《論語》、《莊子》、《孟子》所引之春秋徒歌，〔註17〕與三百篇作一比較，證明三百篇亦俱皆可歌之詩。顧氏發現春秋時徒歌多作一方面敍述，甚少重奏複沓之章，而三百篇則常作多方面敍述，極多重奏複沓之章。顧氏以爲三百篇之所以與徒歌有此差異者，極可能係當時樂工將三百篇中原有徒歌，改爲樂歌之際，爲使其音律諧和，特予改作使然。

綜上所述，詩三百篇俱爲樂詩也。至其入樂之先後，一般說來，雅、頌、二南應屬在前，而其他國風則在後。就其「有爲樂而作」、「有不爲樂而作」而言，則前者似以雅、頌爲最多，後者似以國風爲最多。而魏源所分「正歌」、「散歌」，皮錫瑞所分「有定」、「無定」，前者雅、頌、二南屬之，後者正歌備後，所稱之無算樂屬之，前者祭祀燕享之所奏，後者則爲《左傳》《國語》所載之賦詩言志。典禮用詩及賦詩言志乃周代《詩經》運用之二端，在本論文之第二章第一、二兩節將予論述。此由《詩經》三百篇之入樂，見其禮樂用途之詩教也。

二、義理用途之詩教

禮樂用途之詩，有爲樂而作者，有不爲樂而作者。爲樂而作之詩，二雅三頌之篇多屬之，其用雖主於聲，然亦兼及義也，《論語・八佾篇》載「三家者以雍徹」孔子譏之曰：「『相維辟公，天子穆穆』奚取於三家之堂？」此頌詩之〈雍〉僭爲私家徹祭之樂歌，孔子特引詩辭以正之，他若「吉甫作誦，穆如清風」，〈大雅〉中祭祀文王、武王之詩，亦兼及詩義也。不爲樂而作之詩，如〈周南〉〈召南〉之樂可爲鄉樂，可爲房中樂，可爲天子樂，雖似但取其聲不取其義，然二南多爲婚姻男女之什，用諸房中樂，亦非全與詩意無涉；

〔註17〕見《古史辨》第三冊下，〈論詩經所錄全爲樂歌〉頁 625～628。

《左傳》、《國語》所載，享後之宴有賦詩言志事，此乃屬無算樂之節次，斷章取義，各遂己用，更與詩義相關，非徒用其聲而已。是以禮樂用途之詩雖以聲律爲主，而不能不兼取其義也。

然則，禮樂用途之詩教雖亦兼取其義，究不以義爲主，以義理爲主之詩教，蓋始於獻詩陳志及言語引詩，最後詩樂分離，雅頌失所，學者說詩但以義理爲主，儒家巨擘孔、孟、荀即以義理說詩者也。獻詩陳志乃卿士大夫憫國異政，傷家殊俗，其蘊於胸中之感憤有不能已於言者，歌詠而爲詩篇，冀君上宰輔有以察其微意，而發政施仁焉；言語引詩或引詩以論人，或引詩以論事，或引詩以證言，無不條達情義；孔子一則曰「詩三百，一言以蔽之，曰思無邪。」再則曰：「詩，可以興，可以觀，可以群，可以怨，邇之事父，遠之事君，多識於鳥獸草木之名。」三則曰：「女爲〈周南〉〈召南〉矣乎？人而不爲〈周南〉〈召南〉，其猶正牆面而立也與！」四則曰：「不學詩，無以言。」孟子則以詩證其性善學說與王道思想；荀子則以詩持其禮治學說。此皆義理用途之詩教也。

《論語‧泰伯篇》記孔子之言曰：「師摯之始，〈關雎〉之亂，洋洋乎盈耳哉！」〈八佾篇〉載曰：「〈關雎〉樂而不淫，哀而不傷。」此上言樂而下言詩，上形容聲之郅盛，下言義之無邪，一則言聲，一則言義，主其聲者爲禮樂用途之詩教，主其義者爲義理用途之詩教。孔穎達於《禮記經解正義》云：「詩爲樂章，詩樂是一而教別者，若以聲音干戚以教人，是樂教也；若以詩辭美刺諷諭以教人，是詩教也。」然樂教不能離詩而獨存，是樂教亦詩教也。此詩教之二層意義也。本論文第二章第三、四兩節，第三、四、五三章於義理用途之詩教，將予論述。

第四節　儒家特以詩爲教

詩教形成之歷程，孔子實處於一關鍵地位。但詩教內容之提出，雖自孔子始，然非濫觴於孔子，亦非形成之終結。周公曾作〈七月〉以陳王業之艱難，作〈鴟鴞〉以救亂；據《國語‧周語》，〈時邁〉、〈棠棣〉、〈思文〉三詩，亦周公所作以明教戒。〔註18〕推而廣之，由周室之史所編之詩，均含有教戒

〔註18〕《國語‧周語》：「襄公十三年，鄭人伐滑。王使游孫伯請滑，鄭人執之。王怒，將以狄伐鄭。富辰諫曰：『不可。……周文公之詩曰：兄弟鬩於牆，外禦其侮。若是，則鬩乃内侮，而雖鬩不敗親也。』」所引「兄弟鬩於牆，外禦其侮。」即〈棠棣〉詩句。又：「周文公頌曰：『載戢干戈』」所引即〈時邁〉詩

之意義。即《國語》、《左傳》二書中所載賦詩言志及言語引詩之運用，亦有詩教之義存焉。其時雖無「詩教」一詞之提出，然乃詩教形成之始，孔子生於春秋末年，遂明確規撫詩教之內容，而立詩教之說矣。孔子以後之戰國兩漢儒者，即以此規模，踵事增華，以人倫教化說詩，將「文學之《詩經》」予政治道德之運用，於是詩教之主張遂日益擴展，後之言詩者幾全據以說解詩義矣。近人徐復觀氏云：

> 由詩在春秋時代的盛行，詩對人生所發生的功用，當然當時的賢士大夫已經感受到。但一直到孔子「詩可以興，可以觀，可以群，可以怨，邇之事父，遠之事君，多識於鳥獸草木之名」的提出，詩對人生社會政治的功用，才完全顯現出來。詩的所以有此功用，乃來自詩得以成立的由個體感情通向群體感情的激動。興觀群怨的功能的陳述，即是詩的本質的陳述；這是一針到底的對詩的把握，用現代語來表達，這是對詩的深純徹底的批評。詩的本質是永恆的，孔子對詩的批評也是永恆的。〔註19〕

徐氏所言「詩的本質是永恆的，孔子對詩的批評也是永恆的。」深切其要，又以為孔子所云「興觀群怨，事父事君，多識於鳥獸草木之名」等等之提出，「詩對人生社會政治的功用，才完全顯現出來。」亦極確實，此即孔子詩教之綱維與本質也。蓋孔子集吾國上古文化之大成，其學說思想又為儒家之源頭活水，其對詩教之建立，既上有所承，復下有所啟，衣被後世儒者不尠，遂成儒家薪盡火傳，千古不磨之見，孟子以詩說其性善學說及王道理想，荀子以詩支持其以禮為中心之思想系統，〈大學〉〈中庸〉之引詩證學，益屢見不鮮，兩漢儒者更以《詩經》作諫書。《詩經》一書遂成為儒家經學之一。儒家特以詩為教，其故可得而論也。

　　夫孔子教人往往先之以詩，《大戴禮》「衛將軍文子問於子贛曰：吾聞夫子之施教也，先以詩。」〈學記〉亦曰：「大學之教也，時教必有正業，退息必有居學，不學操縵，不能安弦，不學博依，不能安詩。」近人朱東潤云：

> 春秋戰國之間，言詩者多矣，而儒家獨以詩名，何也？曰：斯不難知也。傳習之士，未成宗派，則不得以斯名，及至儒墨之教，中分天下，雖稱習詩書，兩家多同，而墨家數傳，其後遂絕，遂使儒家

　　句。又：「周文公之為頌曰：『思文后稷，克配彼天』」所引即〈思文〉詩句。
〔註19〕《中國經學史的基礎》，頁8～9，學生書局，1982年5月初版。

獨擅斯名，分固然矣。觀《莊子・天下篇》「其在於詩書禮樂者，鄒魯之士，搢紳先生，多能明之。」其傳習之盛可知。《莊子・外物篇》又云：『儒以詩禮發塚，大儒臚傳曰『東方作矣，事之何若？』小儒曰『未解裙襦，口中有珠。詩固有之曰：「青春之麥，生於陵陂，生不布施，死何含珠爲？」莊子此言，語多調詼，然儒家之以詩教人，及其傳習之盛，有教無類，於此亦見。〔註20〕

朱氏言儒家獨以詩教人，遂以詩名，甚合情實。而墨家學說持「薄葬」、「非禮」、「非樂」之論，其立說一以「功利」爲準，與儒家學說自多扞格之處，然《墨子》書中亦迭引詩以立論，如〈尚賢篇〉云：

> 詩曰：「告女憂卹，誨女予爵，誰能執熱，鮮不用濯。」則此語古者國君諸侯之不可以不執善承嗣輔佐也，譬之猶執熱之有濯，將休其手焉。

按《墨子》所引之詩見〈大雅・桑柔〉，然今本《詩經》作「告爾憂恤，誨爾序爵，誰能執熱，逝不以濯。」文字頗多不同，此或傳本不同，而有此異文也。

又，〈天志篇下〉：

> 於先王之書，大夏之道亦然：「帝謂文王，予懷明德，毋大聲以色，不識不知，順帝之則。」

又，〈明鬼篇〉：

> 《周書・大雅》有之，〈大雅〉曰：「文王在上，於昭于天。」

〈天志篇〉所引雖言先王之「書」而所稱卻爲「大夏之道」（即大雅）〈明鬼篇〉所引又周書大雅連文，考《墨子》所以詩書觀念相混雜者，或彼乃儒家之典籍，故不深察也。然其所引之詩均見《詩經・大雅》則無可疑也，墨子苟不重視詩教，何以引詩乎？

《韓非子・顯學篇》曰：

> 自墨子之死也，有相里氏之墨，有相夫氏之墨，有鄧陵氏之墨。

《莊子・天下篇》曰：

> 相里勤之弟子，五侯之徒，南方之墨者，苦獲、己齒、鄧陵子之屬，俱誦墨經，而倍譎不同，相謂別墨。以堅白同異之辯相訾，以觭偶不仵之辭相應。以巨子爲聖人，皆願爲之尸，冀得爲其後世，至今不決。

〔註20〕《古詩說攟遺》，頁92，《國立武漢大學文哲季刊》第六卷第一號。

胡適《中國古代哲學史》「墨學結論」云：

> 那轟轟烈烈，與儒家中分天下的墨家，何以消滅得這樣神速呢？這
> 其中的原因，定然很複雜，但我們可以懸測下列的幾個原因：（1）
> 由於儒家的反對；（2）由於墨家學說之遭政客猜忌；（3）由於墨家
> 後進的詭辯太微妙了。〔註21〕

方授楚〈墨學源流〉言其衰微之因，則謂：「（1）墨學自身矛盾也；（2）理想
之過高也；（3）組織之破壞也；（4）擁秦之嫌疑也。」〔註22〕李紹崑《墨子
研究》言其絕滅之因，則謂：「（1）自墨子死後，墨家缺乏德學兼備的領袖。
我們從中外歷史可以證明，凡是一團體或一學派之興衰，和該團體該學派的
領袖及其繼承衣鉢者皆有密切的關係。……（2）自墨子死後，墨學已失了真
傳。……（3）墨學有忤於統治者的利益，必受當時王公大人的嫉恨與迫害。……
墨學有超於常人的能力，非但不易理解，而且難於實現。」〔註23〕

　　蓋戰國時，墨已分三家，雖俱誦墨經，而倍誦不同，相謂別墨，復有如
胡適、方授楚、李紹崑三家所言之因素，其稱習詩書，注重詩教，雖與儒家
多同，然以其數傳而絕，遂使儒家獨擅詩名也。

　　墨家因數傳而絕，遂使儒家獨擅詩名，已如上述，其他諸家又如何？據今
人劉克雄統計，道家之管子引詩二，然一與今本《詩經》異，一為逸詩；〔註24〕
莊子引詩一，即為逸詩。法家之韓非子反儒墨，反古代文化，其引詩四，一與
今本《詩經》同，三與今本《詩經》異，而引其詩乃作適合一己思想之解釋，
與儒家之說迥異其趣。雜家之呂氏春秋，成於眾手，其引詩共十八，然逸詩已
居其五，而引詩之方式亦龐雜，有如春秋之斷章，有戰國時之「詩」，〔註25〕
有詩序式，有怪誕之傳說，其不以詩為教明矣。至於老子、商君、慎子、公孫
龍子，皆未引詩。〔註26〕夫於詩未究明其本然之義，未引援釋說，自不能進而

〔註21〕引自韋政通編著《中國哲學辭典》頁713，大林出版社，1983年7月30日五
　　　　版。
〔註22〕同前註。
〔註23〕同前註。
〔註24〕《漢書‧藝文志》將管子列於道家，劉氏此處當從漢志之說。
〔註25〕〈行論篇〉云：「詩曰：將欲毀之，必重累之，將欲踣之，必高舉之。」〈愛
　　　　士篇〉云：「此詩之所謂曰：君君子則正以行其德，君賤人則寬以盡其力。」
　　　　此均戰國時之「詩」也。
〔註26〕見劉克雄〈據先秦諸子引詩論孔子刪詩之說〉一文，此文收入孔孟學會主編
　　　　之《詩經研究論集》中，黎明文化公司，1982年10月再版。

形成詩教矣，據劉克雄所統計，儒家引詩共二一四，而各家合計僅三十四，儒家較他家引詩乃多出數倍至數十倍。儒家之特以詩爲教，於此復見。

儒家經典中，詩乃居六經之首。段玉裁《說文解字敍注》中云：

> 周人所習之文，以禮樂詩書爲急。故《左傳》曰：「說禮樂而敦詩書」〔註27〕〈王制〉曰：「春秋教以禮樂，冬夏教以詩書。」而《周易》，其用在卜筮，其道取精微，不以教人。春秋則列國掌於史官，亦不以教人。故韓宣子適魯，乃見易象與魯春秋；此二者非人所常習明矣。〔註28〕

近人朱自清申論段氏之意云：

> 段氏指出易、春秋不是周人所常習，確切可信。不過周人所習之文，似乎只有詩、書；禮樂是行，不是文。禮古經等大概是戰國時代的記載，所以孔子還只說「執禮」；樂本無經，更是不爭之論。而詩在樂章，古籍中屢稱「詩三百」，似乎都是人所常習；書不便諷誦，又無一定的篇數，散篇斷簡，未必都是人所常習。詩居六經之首，並不是偶然的。〔註29〕

二人所云，甚符實際，可謂《大戴禮》所言「夫子之教人也，先以詩。」殊非虛語。然則，何以六經之學以《詩經》之教爲最重最要？

《漢書·藝文志》云：「凡三百五篇，遭秦而全者，以其諷誦，不獨在竹帛故也。」詩因諷誦而傳，更因諷誦而廣傳，致無亡佚，以詩流傳最廣也。又以詩語簡約，可以觸類引伸，斷章取義，便於引證，不惟助其流傳，而尤涉及詩教之廣被。清朝勞孝輿《春秋詩話》卷之三云：

> 春秋時自朝會聘享以至事物細微，皆引詩以證其得失焉。大而公卿大夫，以至輿臺賤卒，所有論說，皆引詩以暢厥旨焉。……可以誦讀而稱引者，當時止有詩、書。然傳之所引，易乃僅見，書則十之二三。若夫詩，則橫口之所出，觸目之所見，沛然決江河而出之者，皆其肺腑中物，夢寐間所呻吟也。豈非詩之爲教所以浸淫人之心志而厭飫之者，至深遠而無涯哉？

〔註27〕僖公二十七年。
〔註28〕許冲〈上說文解字表〉「六藝群書之詁」句下段玉裁注，見《說文解字注》卷一五下。
〔註29〕《詩言志辨·詩教》，頁101～102，漢京文化公司，1983年元月5日初版。

上引勞氏之言，詩諷誦於人口中，誠為事實，而詩之所以能如是其盛者，全賴其以比興為體，蘊涵多義，董仲舒云：「詩無達詁」，蓋人人可以援為己用也，詩之便於引證如此。以是知詩因諷誦而廣傳，復因其易簡便於證用，故於六學中為最重最要也。

　　據上所述，詩教之形成歷程，孔子居一關鍵地位，其上有所承，下有所啓，成一縣延不絕之詩教學統。諸家與儒家相較，其不注重詩教，或不以詩名，益彰彰昭明。而儒家六經之學，復以詩教為最重最要。於此，可見儒家之特以詩為教也。陳季立〈讀詩拙言〉曰：「詩也者，辭可歌，意可繹，可以平情，可以畜德，孔門所以言詩獨詳也。」〔註30〕旨哉斯言！本論文第三、四、五章即就先秦儒家之詩教予以論述也。

〔註30〕陳澧《東塾讀書記》卷六「詩」引。

第二章　周代詩之運用與詩教

　　周代詩之運用，大略可依典禮用詩、賦詩言志、獻詩陳志、言語引詩四端言之。典禮用詩除《詩經》本文有明文記載者外，其最信而有徵者，見於《儀禮》〈鄉飲酒禮〉、〈鄉射禮〉、〈燕禮〉、〈大射儀〉四篇。賦詩言志則為燕享之禮「正歌備」之後，「鄉樂唯欲」及「無算樂」之節目，賓主之間可隨己意賦詩，以表達其忱款與意願，乃燕享之禮煞尾部分，亦「典禮用詩」者也，因其於詩教有深義焉，故另立「賦詩言志」一節。獻詩陳志除由《詩經》本文可明見者外，其見於《左傳》《國語》之記載者，亦復不尟。言語引詩則多為時人或政治人物對《詩經》之運用，或引詩以論人，或引詩以論事，或引詩以證言，其運用方式大抵為斷章取義，或觸類引申，與賦詩言志之方式頗相同者。

　　周公制禮作樂，以化成天下，蓋以禮樂為國，治天下可示諸掌矣；然徒禮而無詩，禮必拘謹而束縛，徒樂而無詩，又何足以至一唱而三嘆！故《禮記·仲尼燕居》云：「不能詩，於禮繆；不能樂，於禮薄。」又云：「志之所至，詩亦至焉；詩之所至，禮亦至焉；禮之所至，樂亦至焉。」古於祭祀朝聘宴享必歌詩以成禮，此典禮用詩之所由也。《左傳》云：「國之大事，在祀與戎。」祭祀為重要之政治活動，詩之寓教喻作用，於此見焉。而宴享之際亦必歌樂以成禮，以收賓主盡歡，融融洩洩之效。此即第一章第三節所云「禮樂用途之詩教」也。

　　春秋之際，各國聘問交涉繁多，行人出使，若能賦詩得體，動不失儀，則可稱物喻志，不辱君命。一詩之賦，乃賓主情志之陳述與酬答，効用如今之外交文書，且談笑間外交困難迎刃而解；苟有不知者，則蒙「無儀無體，

不死何爲！」之譏，蓋「宴語之不懷，寵光之不宣，令德之不知，同福之不受。」〔註1〕辱莫大焉。故孔子云：「誦詩三百，授之以政，不達；使於四方，不能專對，雖多，亦奚以爲？」（《論語・子路》）此折衝樽俎之際，行人必賦詩以言志之所繇也。

「昊天不平，我王不寧，不懲其心，覆怨其正。」〔註2〕故「家父作誦，以究王訩。」〔註3〕「爲鬼爲蜮，則不可得。有靦面目，視人罔極。」〔註4〕故「作此好歌，以極反側。」〔註5〕自王以下，各有父兄子弟以補察其政，使工誦諫於朝，在列者獻詩，言之者無罪，聞之者足以戒；傷人倫之廢，哀刑政之苛，冀在上者有以知得失，自考正，此獻詩陳志之所繇也。

孔子云：「不學詩，無以言。」《禮記・學記》：「不學博依，不能安詩。」以詩乃冬夏之所諷誦，國子童而習之之科，口之所出，目之所見，沛然莫之能禦者，皆其肺腑中物，所有論說，皆引詩以暢厥旨，此言語引詩之所繇也。

典禮用詩、賦詩言志、獻詩陳志、言語引詩，此周代《詩經》運用之大端也。典禮用詩即「禮樂用途之詩教」，獻詩陳志、言語引詩則爲「義理用途之詩教」，賦詩言志爲宴享之禮以後歌樂之節目，其所賦之詩均取義理以說，則兼「禮樂用途」及「義理用途」二層也。觀夫周代於詩之運用，詩教之義存焉。

第一節　論典禮用詩與詩教

典禮用詩可析爲對鬼神之祭祀及對人之宴享二種。而燕享之禮更用之邦國焉，用之鄉人焉，故有燕禮有鄉飲酒禮：「君子無所爭，必也射乎！」有以射而選與祭者之事，此亦用之邦國焉，用之鄉人焉，故有大射儀有鄉射禮。

一、明見於《詩經》本文者

古之大事，惟祀與戎。故宗廟祭祀之詩，頌美鬼神之作爲最古。周之始基，在於后稷，王業之成，在於文、武，是以〈大雅〉〈周頌〉中歌頌文、武之德獨多。於第一章第二節第三目「祭天配以先祖，訓誨愼遠情操」已有論

〔註1〕左昭公十二年傳。
〔註2〕〈小雅・節南山〉。
〔註3〕同前註。
〔註4〕〈小雅・何人斯〉。
〔註5〕同前註。

述，其祭后稷者有〈周頌・思文〉，其祭文王者有〈清廟〉、〈維天之命〉、〈維
清〉、〈我將〉、〈雝〉，其祭武王者有〈時邁〉、〈執競〉、〈武〉、〈酌〉、〈桓〉。
他若〈天作〉：

> 天作高山，大王荒之。彼作矣，文王康之。彼徂矣，岐有夷之行，
> 子孫保之。

〈詩序〉云：「〈天作〉，祀先王先公也。」蓋此詩兼祀大王、文王，故云先王
先公也。又，〈昊天有成命〉：

> 昊天有成命，二后受之，成王不敢康，夙夜基命宥密，於緝熙，單
> 厥心，肆其靖之。

〈詩序〉云：「〈昊天有成命〉，郊祀天地也。」然詩中所言並無郊祀天地之文，
姚際恆《詩經通論》云：「小序謂郊祀天地，妄也。……此詩『成王』自是為
王之成王。」方玉潤《詩經原始》云：「〈昊天有成命〉，祀成王也。」姚、方
二氏所言得之，此詩乃云成王承文、武之業，夙夜匪懈，靖恭厥心，以緝熙
王業。類此均祭祀祖先之詩篇。

〈商頌・那〉：

> 猗與那與，置我鞉鼓。奏鼓簡簡，衎我烈祖。湯孫奏假，綏我思成。
> 鞉鼓淵淵，嘒嘒管聲。既和且平，依我磬聲。於赫湯孫，穆穆厥聲。
> 庸鼓有斁，萬舞有奕。……。顧予烝嘗，湯孫之將。

此詩乃一隆重祀典所用之樂章，其內容正記此祀典用樂之過程，三百篇有關
樂次之篇什中，此乃唯一具體而較完整者。〈詩序〉云：「〈那〉，祀成湯也。」
又〈商頌・烈祖〉：

> 嗟嗟烈祖，有秩斯祜。申錫無疆，及爾斯所。既載清酤，賚我思成。
> 亦有和羹，既戒既平。鬷假無言，時靡有爭，綏我眉壽，黃耇無疆。
> 約軧錯衡，八鸞鶬鶬。以假以享，我受命溥將。自天降康，豐年穰
> 穰。來假來饗，降福無疆。顧予烝嘗，湯孫之將。

〈詩序〉云：「〈烈祖〉，祀中宗也。」姚際恆《詩經通論》云：「此篇與上篇
（那）末皆云湯孫之將，疑同為祀成湯。」方玉潤《詩經原始》云：「〈烈祖〉，
祀成湯也。」朱熹《詩集傳》云：「此亦祀成湯之樂。」又，〈商頌・長發〉：

> 濬哲維商，長發其祥。洪水芒芒，禹敷下土方，外大國是疆。幅隕
> 既長，有娀方將，帝立子生商。

> 玄王恒撥，受小國是達，受大國是達。率履不越，遂視既發。相土

烈烈，海外有截。

帝命不違，至於湯齊。湯降不遲，聖敬日躋。昭假遲遲，上帝是祗。帝命式于九圍。

受小球大球，爲下國綴旒。何天之休。不競不絿，不剛不柔。敷政優優，百祿是遒。

受小共大共，爲下國駿厖。何天之龍。敷奏其勇。不震不動，不戁不竦，百祿是總。

武王載斾，有虔秉鉞，如火烈烈，則昔我敢曷。苞有三蘗，莫遂莫達，九有有截。韋顧既伐，昆吾夏桀。

昔在中葉，有震且業。允也天子，降予卿士，實維阿衡，實左右商王。

〈詩序〉云：「〈長發〉，大禘也。」朱熹《詩集傳》云：「序以此爲大禘之詩。蓋祭其祖之所出，而以其祖配也。蘇氏曰：『大禘之祭，所及者遠，故其詩歷言商之先君，又及其卿士伊尹，蓋與祭於禘者也。』《商書》曰：『茲予大享于先生，爾祖其從與享之。』是禮也，豈其起於商之世歟？今按大禘不及羣廟之主，此宜爲祫祭之詩。」觀此詩凡七章，一章言有娀氏女之子契封于商，二章言玄王（即契）受小國是達，受大國是達，又言契之孫相土使四方諸侯，截然聽命，三、四、五、六章言湯敬祗天命，荷天之休，荷天之龍，伐昆吾夏桀而奄有九州，爲下國法式表率，七章言賢臣伊尹輔佐商王。蓋此詩雖主祀商湯而兼及契、相土，又及其卿士伊尹，朱熹所言「此宜爲祫祭之詩」是也。〈商頌〉〈那〉、〈烈祖〉、〈長發〉均祭祀商湯之詩也。他如〈商頌·玄鳥〉，〈詩序〉云：「〈玄鳥〉，祀高宗也。」蓋宋襄公之世，修行仁義，聿懷祖德，宗廟之上遂有諸祭祀先公先祖之樂，此與〈周頌〉諸什祭周之先祖先公，同有慎終追遠之義。皆祭祀祖先神典禮所用之詩。

周之經濟，依恃農業，故於稼穡艱難不可不告誡之，而祭社稷，祈豐年，亦爲重要之活動也。〈豐年序〉云：「秋冬報也。」〈載芟序〉云：「春籍田而祈社稷也。」〈良耜序〉云：「秋報社稷也。」皆祭祀社稷神典禮所用之詩。（參見第一章第二節第二目）

一般言之，〈小雅〉多怨刺之作或燕饗之詩，然〈楚茨〉一詩亦爲祭祀之詩，〔註6〕其詩凡有六章：

〔註6〕姚際恒《詩經通論》云：「此農事既成，王者嘗、烝以祭宗廟之詩。」。

楚楚者茨，言抽其棘。自昔何爲，我藝黍稷。我黍與與，我稷翼翼。
我倉既盈，我庾維億。以爲酒食，以享以祀。以妥以侑，以介景福。

濟濟蹌蹌，絜爾牛羊。以往烝嘗，或剝或亨。或肆或將，祝祭于祊。
祀事孔明，先祖是皇。神保是饗。孝孫有慶，報以介福，萬壽無疆。

執爨踖踖，爲俎孔碩。或燔或炙，君婦莫莫。爲豆孔庶，爲賓爲客。
獻醻交錯，禮儀卒度。笑語卒獲。神保是格，報以介福，萬壽攸酢。

我孔熯矣，式禮莫愆。工祝致告，徂賚孝孫。苾芬孝祀，神嗜飲食。
卜爾百福，如幾如式。既齊既稷，既匡既勅。永錫爾極，時萬時億。

禮儀既備，鐘鼓既戒。孝孫徂位，工祝致告。神具醉止，皇尸載起。
鼓鐘送尸，神保聿歸。諸宰君婦，廢徹不遲。諸父兄弟，備言燕私。

樂具入奏，以綏後祿。爾殽既將，莫怨具慶。既醉既飽，小大稽首。
神嗜飲食，使君壽考。孔惠孔時，維其盡之。子子孫孫，勿替引之。

此詩言祭祀之禮節，第一章言黍稷之享，第二章言牛羊之祭，第三章言享賓，第四章言皇尸祝福，第五章言樂備送尸，第六章言祭畢燕於寢。

　　此外大小雅之中，無及祭祀者。考祭祀之詩，於神則陳敬天畏祇之訓，於祖則見慎終追遠之義，宋雖亡國之餘，然宋襄之世亦不忘歌頌其先祖商湯，而〈周頌〉之中，尤追述文武之德，言殷失德失國之故，以勸撫殷人，無有貳心，天命在周，祭祀亦係重要之政治活動。宗廟會同之餘，詩歌頌美鬼神之祭，假神道爲教喻之意存焉。故孔子云：「禮云禮云，玉帛云乎哉！樂云樂云，鐘鼓云乎哉！」以鐘鼓玉帛之外，有教化之大旨也，是詩與教化相關，已由祭祀之頌詩始矣。

　　夫朝會燕享，乃禮之大者，蓋君臣之際，賓主之禮，古之所重，修禮之時，必歌詩以見意，故《禮記・學記》云：「大學始教……宵雅肄三，官其始也。」宵雅肄三者，〈燕禮〉所云：「工歌〈鹿鳴〉、〈四牡〉、〈皇皇者華〉」是也。

〈小雅鹿鳴〉：

呦呦鹿鳴，食野之苹。我有嘉賓，鼓瑟吹笙。吹笙鼓簧，承筐是將。
人之好我，示我周行。呦呦鹿鳴，食野之蒿。我有嘉賓，德音孔昭，
視民不恌，君子是則是效。我有旨酒，嘉賓式燕以敖。呦呦鹿鳴，
食野之芩。我有嘉賓，鼓瑟鼓琴。鼓瑟鼓琴，和樂且湛。我有旨酒，
以燕樂嘉賓之心。

〈詩序〉云:「〈鹿鳴〉,燕群臣嘉賓也。既飲食之,又實幣帛筐篚以將其厚意,然後忠臣嘉賓,得盡其心矣。」以〈鹿鳴〉爲燕群臣嘉賓之詩也。

〈四牡〉:

> 四牡騑騑,周道倭遲。豈不懷歸?王事靡盬,我心傷悲。四牡騑騑,嘽嘽駱馬。豈不懷歸?王事靡盬,不遑啟處。翩翩者鵻,載飛載下,集于苞栩。王事靡盬,不遑將父。翩翩者鵻,載飛載止,集于苞杞。王事靡盬,不遑將母。駕彼四駱,載驟駸駸。豈不懷歸?是用作歌,將母來諗。

〈詩序〉云:「〈四牡〉,勞使臣之來也。有功而見知,則說矣。」由其詩文不見燕享之意,然此詩用之典禮,非直取其意,蓋用其樂耳,此即姚際恒《詩經通論》所云:「此使臣自咏之詩,王者采之,後或因以爲勞使臣之詩焉。」亦屈萬里《詩經詮釋》所云:「此當是出征者思歸之作,而用爲勞使臣之詩也。」又,〈皇皇者華〉:

> 皇皇者華,于彼原隰。駪駪征夫,每懷靡及。我馬維駒,六轡如濡。載馳載驅,周爰咨諏。我馬維騏,六轡如絲。載馳載驅,周爰咨謀。我馬維駱,六轡沃若。載馳載驅,周爰咨度。我馬維駰,六轡既均。載馳載驅,周爰咨詢。

〈詩序〉云:「〈皇皇者華〉,君遣使臣也。送之以禮樂,言遠而有光華也。」直觀詩文,〈詩序〉所云得之,其用之燕享之禮亦與〈四牡〉同也,非直取其詩意,乃用其樂耳。

〈常棣〉:

> 常棣之華,鄂不韡韡。凡今之人,莫如兄弟。死喪之威,兄弟孔懷。原隰裒矣,兄弟求矣。脊令在原,兄弟急難。每有良朋,況也永歎。兄弟鬩於牆,外禦其務。每有良朋,烝也無戎。喪亂既平,既安且寧。雖有兄弟,不如友生。儐爾籩豆,飲酒之飫。兄弟既具,和樂且孺。妻子好合,如鼓瑟琴。兄弟既翕,和樂且湛。宜爾室家,樂爾妻帑。是究是圖,亶其然乎!

〈詩序〉云:「〈常棣〉,燕兄弟也。閔管蔡之失道,故作〈常棣〉焉。」姚際恒《詩經通論》云:「此周公既誅管蔡而作,後因以爲燕兄弟之樂歌。」王靜芝《詩經通釋》云:「此敍兄弟之情,以勸兄弟相親之詩,故引用爲燕兄弟之樂歌。」蓋〈常棣〉詩文有勸兄弟相親之意,其後引用爲燕兄弟之樂歌也。

〈伐木〉：

> 伐木丁丁，鳥鳴嚶嚶。出自幽谷，遷于喬木。嚶其鳴矣，求其友聲。
> 相彼鳥矣，猶求友聲，矧伊人矣，不求友生？神之聽之，終和且平。
> 伐木許許，釃酒有藇。既有肥羜，以速諸父，寧適不來，微我弗顧。
> 於粲洒埽，陳饋八簋。既有肥牡，以速諸舅。寧適不來？微我有咎。
> 伐木於阪，釃酒有衍，籩豆有踐，兄弟無遠。民之失德，乾餱以愆。
> 有酒湑我，無酒酤我。坎坎鼓我，蹲蹲舞我。迨我暇矣，飲此湑矣。

〈詩序〉云：「〈伐木〉，燕朋友故舊也。自天子至于庶人，未有不須友以成者。親親以睦，友賢不棄，不遺故舊，則民德歸厚矣。」觀其「伐木許許，釃酒有藇。既有肥羜，以速諸父」「於粲洒埽，陳饋八簋。既有肥牡，以速諸舅。」「有酒湑我，無酒酤我。」知其待朋友故舊之深厚，其詩文本有睦親友賢之義，復用之於燕朋友故舊之樂歌。

〈天保〉：

> 天保定爾，亦孔之固。俾爾單厚，何福不除？俾爾多益，亦莫不庶。
> 天保定爾，俾爾戩穀。罄無不宜，受天百祿。降爾遐福，維日不足。
> 天保定爾，以莫不興。如山如阜，如岡如陵。如川之方至，以莫不增。吉蠲爲饎，是用孝享。禴祠烝嘗，于公先王。君曰：「卜爾萬壽無疆！」神之弔矣，詒爾多福。民之質矣，日用飲食。群黎百姓，徧爲爾德。如月之恒，如日之升；如南山之壽，不騫不崩；如松柏之茂，無不爾或承。

〈詩序〉云：「〈天保〉，下報上也。君能下下以成其政，臣能歸美以報其上焉。」朱熹《詩集傳》云：「人君以〈鹿鳴〉以下之詩燕其臣，臣受賜者，歌此詩以答其君。」朱熹之意，人君以〈鹿鳴〉、〈四牡〉、〈皇皇者華〉、〈常棣〉、〈伐木〉五詩燕其臣，臣受其賜而以〈天保〉詩答其君也，觀「如山如阜，如岡如陵。如川之方至，以莫不增。」「如月之恒，如日之升；如南山之壽，不騫不崩；如松柏之茂，無不爾或承。」九如之頌，亦善頌善禱之樂歌也。蓋燕享之際，君臣故舊之間，歌此和諧之樂歌，和樂且湛，融融洩洩，以燕樂嘉賓之心，情由是敦篤淳厚焉，詩教之效有如是者。他若〈蓼蕭〉，方玉潤《詩經原始》云：「〈蓼蕭〉，天子燕諸侯而美之也。」朱熹《詩集傳》云：「此天子燕諸侯之詩。」王靜芝《詩經通釋》云：「此天子燕諸侯而美之之詩，後引以爲燕諸侯之樂歌。」〈湛露〉，〈詩序〉云：「〈湛露〉，天子燕諸侯也。」屈

萬里《詩經詮釋》云：「文公四年《左傳》記寧武子云，昔諸侯朝正於王，王宴樂之，於是賦〈湛露〉。〈詩序〉…蓋本《左傳》爲說。」又，〈瓠葉〉，〈詩序〉云：「〈瓠葉〉，大夫刺幽王也。上棄禮而不能行，雖有饔餼，不肯用也。故思古之人，不以微薄廢禮焉。」其詩曰：

> 幡幡瓠葉，采之亨之。君子有酒，酌言嘗之。有兔斯首，炮之燔之。
> 君子有酒，酌言獻之。有兔斯首，燔之炙之。君子有酒，酌言酢之。
> 有兔斯首，燔之炮之。君子有酒，酌言醻之。

〈詩序〉所云，蓋以古喻今，以古之人不以微薄廢宴飲之禮，而幽王不能行也，朱熹《詩集傳》云：「此亦燕飲之詩。」詩文簡而易解，其爲燕饗之詩明矣。

一般言之，燕饗之詩多在〈小雅〉篇什，然〈大雅〉中亦有之。〈大雅·行葦〉，〈詩序〉云：「〈行葦〉，忠厚也。周家忠厚，仁及草木，故能內睦九族，外尊事黃耇，養老乞言，以成其福祿焉。」姚際恒《詩經通論》云：「是詩者，固燕同、異姓父兄、賓客之詩，而醻酢、射禮亦並行之，終之以尊優耆老焉。」朱熹《詩集傳》云：「此祭畢而燕父兄耆老之詩。」則此〈行葦〉詩既用之祭祀復用之燕饗也。又，〈大雅·既醉〉：

> 既醉以酒，既飽以德。君子萬年，介爾景福。既醉以酒，爾殽既將。
> 君子萬年，介爾昭明。昭明有融，高朗令終。令終有俶，公尸嘉告。
> 其告維何？「籩豆靜嘉，朋友攸攝，攝以威儀。」「威儀孔時，君子
> 有孝子，孝子不匱，永錫爾類。」「其類維何？室家之壼。君子萬年，
> 永錫祚胤。」「其胤維何？天被爾祿。君子萬年，景命有僕。」「其
> 僕維何？釐爾女士，釐爾女士，從以孫子。」

朱熹《詩集傳》云：「此父兄所以答〈行葦〉之詩。」觀其四稱「君子萬年」又祝其有孝子、室家親睦、釐賜賢女，亦善頌善禱也。亦皆宴享典禮所用之詩。

至若〈小雅·白駒〉：「皎皎白駒，食我場苗。縶之維之，以永今朝。所謂伊人，於焉逍遙。」「皎皎白駒，食我場藿。縶之維之，以永今夕。所謂伊人，於焉嘉客。」及〈周頌·有客〉：「有客宿宿，有客信信，言受之縶，以縶其馬。」則顯然乃宴享之後留客之辭。蓋非徒宴享之時，厚待賓客而已，及其辭別，亦必致挽留之意也。

二、見於《儀禮》所記載者

朝會燕享之歌詩，可由《詩經》篇什所云以推，而詳則見於《儀禮》。〈燕

禮〉載：

> 樂正先升，北面，立於其西。……
>
> 工四人，二瑟，升自西階，北面東上坐。……
>
> 工歌〈鹿鳴〉、〈四牡〉、〈皇皇者華〉，卒歌。……
>
> 笙入，立於縣中，奏〈南陔〉、〈白華〉、〈華黍〉。……
>
> 乃間歌〈魚麗〉，笙〈由庚〉。歌〈南有嘉魚〉，笙〈崇丘〉。歌〈南山有臺〉，笙〈由儀〉。遂歌鄉樂，〈周南〉：〈關雎〉、〈葛覃〉、〈卷耳〉；〈召南〉：〈鵲巢〉、〈采蘩〉、〈采蘋〉。太師告於樂正曰：正歌備。……
>
> 無算樂。……
>
> 若以樂納賓，則賓及庭，奏〈肆夏〉——賓拜酒，主人答拜而樂闋。
>
> 公拜受爵而奏〈肆夏〉。公卒爵，主人升受爵以下而樂闋。升歌〈鹿鳴〉，下管〈新宮〉。笙入三成。遂合鄉樂。若舞則〈勺〉。

燕禮之功用，據〈賈疏〉云有四：「諸侯無事而燕，一也；卿大夫有王事之勞，二也；卿大夫又有聘而來還與之燕，三也；四方聘客與之燕，四也。」上引燕禮有關歌詩之文，自工歌至無算樂，皆與鄉飲酒禮同，（見下文所述）鄭玄解釋云：「鄉飲酒升歌〈小雅〉，禮盛者可以進取也；燕合鄉樂，禮輕者可以逮下也。」其不同者在「若以樂納賓」以下，納賓即賓入門時，表示歡迎之節目，或爲燕享四方之賓，或爲卿大夫有王事之勞者而特設者也，《左傳》成公十二年「楚子享晉國使臣郤至，將登，金奏作於下」，即此一節目。〈肆夏〉，即〈周頌〉之〈時邁〉。〈新宮〉，鄭云：〈小雅逸篇〉。按此當與〈南陔〉、〈白華〉、〈華黍〉同爲有聲無辭之笙樂也。〈勺〉，鄭注以爲即〈周頌〉之〈酌〉篇。蓋燕禮究屬邦國之禮，故其歌樂如是繁複也。

〈鄉飲酒禮〉載：

> 樂正先升，立於西階東。工四人，二琴瑟，升自西階，北面坐。……
>
> 工歌〈鹿鳴〉、〈四牡〉、〈皇皇者華〉，卒歌。……
>
> 笙入，堂下磬南，北面立，樂〈南陔〉、〈白華〉、〈華黍〉。……
>
> 乃間歌〈魚麗〉，笙〈由庚〉。歌〈南有嘉魚〉，笙〈崇丘〉。歌〈南山有臺〉，笙〈由儀〉。
>
> 乃合樂：〈周南〉：〈關雎〉、〈葛覃〉、〈卷耳〉；〈召南〉：〈鵲巢〉、〈采

> 蘩〉、〈采蘋〉。
>
> 工告於樂正曰：正歌備。樂正告於賓，乃降。……脫屨，揖讓如初
> 升，乃羞。無算爵，無算樂，賓出，奏陔。……
>
> 鄉樂唯欲。

鄉飲酒禮乃純粹之鄉禮，鄭玄云：「諸侯之鄉大夫，三年大比，獻賢者能者於其君，以禮賓之，與之飲酒。於五禮屬嘉禮。」上引〈鄉飲酒禮〉文典禮開始後，主人迎賓自階升堂，經揖讓獻酬之禮以後，而佐以樂歌者。「工歌〈鹿鳴〉、〈四牡〉、〈皇皇者華〉。」歌詩之首也，〈賈疏〉：「凡歌之法，皆歌其類。此時貢賢能，擬爲卿大夫，或爲君所燕食，以〈鹿鳴〉詩也；或爲君出聘，以〈皇皇者華〉詩也；或使反爲君勞來，以〈四牡〉詩也。故賓賢能而預歌此三篇使習之也。」「笙入，堂下磬南，北面立。樂〈南陔〉、〈白華〉、〈華黍〉。」此歌詩之二也，三笙詩但有其樂而無其辭，猶今之演奏曲。「乃間歌〈魚麗〉，笙〈由庚〉。歌〈南有嘉魚〉，笙〈崇丘〉。歌〈南山有臺〉，笙〈由儀〉。」此歌詩之三也，間歌者乃徒樂與用琴瑟伴奏之詩歌，相間而作之謂也。「乃合樂：〈周南〉：〈關雎〉、〈葛覃〉、〈卷耳〉；〈召南〉：〈鵲巢〉、〈采蘩〉、〈采蘋〉。」此歌詩之四也，合樂者乃鼓鐘磬笙琴瑟並作之演奏，如〈小雅〉〈鼓鐘〉第四章所云：「鼓鐘欽欽，鼓瑟鼓琴，笙磬同音，以雅以南，以籥不僭。」殆猶今之交響曲，此處乃歌〈周南〉〈召南〉之前三篇也。﹝註7﹞正歌既備之後，賓主皆「脫屨安燕當座」，盡歡飲食，以至席終送客之前，隨意命工樂歌，並不限於正歌〈鹿鳴〉、〈魚麗〉、〈關雎〉規定之篇，故曰「無算樂」。而當典禮既畢，明日，賓來拜謝之時，主人再設脯羞相款，仍有樂歌，然可就二南之詩隨意歌某一篇或某一章，此即「鄉樂唯欲」也。

據上所述，鄉飲酒禮歌詩之次第爲正歌——無算樂——鄉樂。其安排蓋有深義然，今人何敬群氏云：

> 從正歌備後的無算樂，鄉樂唯欲的規制中，可以看到先王以禮樂詩
> 雅範圍人心，條達人情，周詳而靈活的妙用。正歌爲〈周南〉〈召南〉
> 〈小雅〉〈鹿鳴〉前三篇，與〈魚麗〉〈由庚〉等篇，皆爲和平雅正
> 之音，皆爲豈弟安詳之辭，亦即子夏告魏文侯所說的德音，在嚴肅

﹝註7﹞〈召南〉之前三篇，今本乃〈鵲巢〉、〈采蘩〉、〈草蟲〉，但〈草蟲〉雜於〈采蘩〉〈采蘋〉之間，文意不類，似非聖人編詩之旨，〈齊詩〉之次與《儀禮・鄉飲酒禮》、〈鄉射禮〉正同，當從〈齊詩〉之次。

恭敬之中，經過一番觀其容體是否「比于禮」的揖讓之節以後，來
一次德音的升歌，使躬與其事者，得到心平氣和的感覺。使有懈心
者，得以集中其精神，使有爭心，有忿戾之心者，得以和緩其情緒，
所以謂之正歌。至於唯欲的鄉樂，即是二南之中的詩篇，可以隨賓
主的興趣，命令樂工去歌奏；這一規制，即是春秋賦詩斷章的張本。
無算樂，鄭玄曰：升歌間合無數也！取歡而已！樂章亦然，任君之
情，亦無次數。這即是春秋燕享之時，賓主各為表達其意志，賦詩
徧及雅頌國風之所本。這兩個規制，在正歌備以後，賓主脫屨安坐。
「無不醉」之時，來一個輕鬆的節目，即是本諸人情的靈活運用。
因為：正歌是非備不可的！正歌寓警惕戒勉之意，於聲樂之中，乃
是千篇一律的節目，未免使人有過於單調之感，所以要有一次「唯
欲」與「無算」的自由節目，讓賓主之間，可以盡情表達其忱款與
意願。〔註8〕

何氏所言洵為的論，蓋「人不耐無樂」，無樂而徒執禮但覺拘謹束縛，然樂若
僅有正歌之樂，則端冕猶恐臥，必濟之以「無算樂」、「鄉樂」，此其曲盡人情，
面面周到之運用也。夫詩教之義非欲人拘謹束縛，儼若寒霜，於和穆吟咏之
間，盪滌情志，默化潛移，蔚如春風，方足以言詩教也。

〈大射儀〉載：

納工，工六人，四瑟，……升自西階，北面，東上坐。……乃歌〈鹿
鳴〉三終。

……。乃管〈新宮〉三終。……

樂正命大師曰：奏〈貍首〉，間若一。……

無算樂。……

賓醉——奏陔，遂出。

大射儀乃諸侯之禮，鄭玄云：「名曰大射者，諸侯將有祭祀之事，與其群臣射
以觀其禮：射數中者得與於祭，不數中者不得與於祭。」釋文云：「不言禮而
言儀者，以射禮盛，威儀多，故以儀言之。」其威儀多乃指戒百官、張侯、
設樂、陳器、設位、俱饌等一連串程序，此處但言其歌樂之節。上引第一段
乃正歌之第一節，「乃歌〈鹿鳴〉三終」，鄭玄云：「歌〈鹿鳴〉三終而不歌〈四

〔註8〕　〈詩在周代運用之分析（中）〉，頁150，《民主評論》十三卷七期。

牡〉、〈皇皇者華〉，主于講道，而略于勞苦與諮事。」「乃管〈新宮〉三終」，爲正歌之第二節，鄭注云：「管，謂吹簜以播〈新宮〉之樂，其篇亡，其義未聞。」上引第三段爲正式用射樂，鄭注謂「貍首」乃「大射之樂章」「後世失之」，其釋「間若一」云：「間若一者，調其聲之疏數，重節。」「無算樂」至最後則爲卒射之後，徧飲與射者，至禮終之前，所用之樂歌。

〈鄉射禮〉載：

> 工四人，二瑟琴。入，升自西階，北面東上坐。笙入，立於縣中，西面，乃合樂，〈周南〉：〈關雎〉、〈葛覃〉、〈卷耳〉；〈召南〉：〈鵲巢〉、〈采蘩〉、〈采蘋〉。工不興，告於樂正曰：正歌備。樂正告於賓，乃降。……
>
> 司馬降釋弓，──請以樂，樂于賓。
>
> 樂正東面命太師曰：奏〈騶虞〉，間若一。太師不興，許諾，乃奏〈騶虞〉。……
>
> 無算樂，賓興，樂正命奏陔。……
>
> 鄉樂唯欲。……
>
> 歌〈騶虞〉，若〈采蘋〉，皆五終，射無算。

鄉射禮，鄭注以爲乃州長春秋會民而射於州序之禮，亦即〈王制〉所云：「元日習射，上賢崇德，簡其不帥教者，移之郊遂，論秀士升之司徒」之禮。上引〈鄉射禮〉文，自「工四人，二瑟琴。」至「正歌備。樂正告於賓，乃降。」爲賓入而未射之前，先行鄉飲酒禮，其樂工所奏樂歌，悉與鄉飲酒禮之第四樂節同。自「司馬降釋弓」至「乃奏〈騶虞〉。」乃較射既畢計算勝負之後，所奏樂歌之節目。案《周禮》云：「凡射，王以〈騶虞〉爲節，諸侯以〈貍首〉爲節，大夫以〈采蘋〉爲節，士以〈采蘩〉爲節。」此大夫、士之禮也，而不用〈采蘋〉，〈采蘩〉何也？鄭玄解釋云：「〈騶虞〉者，樂官備也，其詩有一發五豝、于嗟騶虞之言，樂得賢者眾多，嘆思至仁之人以充其官，此天子之射節也而用之者，方有樂賢之志，取其宜也。其他賓客、鄉大夫，則歌〈采蘋〉。」〈賈疏〉亦云：「〈采蘋〉是鄉大夫樂節，其他、謂賓射與燕射，若州長、他賓客，自奏〈采蘩〉也。此篇有鄉大夫、州長，射法則用〈騶虞〉，以其同有樂賢之志也。」「無算樂」一段乃射畢之後，以至賓退之前，燕飲盡歡，樂歌無限制之節目。「鄉樂唯欲」爲明日賓謝主人之節目，此乃與鄉飲酒禮同

者。最後一段，〈鄭注〉云：「謂眾賓繼射者，眾賓無數也；每一耦射，歌五終也。」〈賈疏〉：「皆五終，大夫、士皆五節，一節一終，故五終也。」近人何定生云：「五終，是指射時用樂的次數，每一射爲一節，通常每射共發四矢，發前先奏樂一終，接著每發一矢，樂一終，故卒射爲五終。」〔註9〕所見新穎，可備一說。

綜上見於《詩經》本文及見於《儀禮》者觀之，知祭祀、燕享所用之詩於《詩經》本文中皆有之，而《儀禮》〈燕禮〉、〈鄉飲酒禮〉所載典禮運用之詩則偏於宴享，〈大射儀〉、〈鄉射禮〉所載則爲射禮所奏樂歌，然「其爭也君子」射前亦有一番揖讓之宴飲，故大射儀正歌第一節乃歌〈鹿鳴〉三終，鄉射禮第一樂節則悉與鄉飲酒禮同。蓋祭祀祖先，則陳敬天畏祇之心，以篤愼終追遠之教，祭祀社稷，則祈豐年穰穰，冀萬億及秭，上足以事父母，下足以蓄妻子，又有遺力用諸祭祀燕享也。燕饗之禮，則用以敦篤君臣友朋故舊之誼，君以之勞臣下，臣以之敬君上，使臣以禮，事君以忠，善頌善禱，雍容穆穆。而於射禮之中亦必歌樂以成禮，揖讓而升，下而飲，其爭也君子。詩教之大義已由典禮之運用見之矣。

第二節　論賦詩言志與詩教

春秋賦詩，儒雅風流，蔚然獨盛，其諸侯卿大夫交接鄰國，每以微言相感，於揖讓之際，必稱詩而諭其志，以別賢不肖，而觀盛衰焉。此即《禮記·仲尼燕居》所云：「古之君子，不必親相與言也，以禮樂相示而已。」及孔子所云：「誦詩三百，授之以政，不達；使於四方，不能專對，雖多，亦奚以爲？」（《論語·子路》）者也。

左傳公二十三年傳：

> 重耳在秦，……他日，公享之，子犯曰：「吾不如衰之文也，請使衰從。」公子賦〈河水〉，公賦〈六月〉。趙衰曰：「重耳拜賜。」公子降拜稽首，公降一級而辭焉。衰曰：「君稱所以佐天子者命重耳，重耳敢不拜！」

重耳歸晉，秦穆餞行，禮之大者，子犯知不如趙衰之文，遂舉之以行相禮。重耳賦〈河水〉，韋昭曰：「河當爲沔，字相似而誤也。」蓋〈小雅〉〈沔水〉

〔註9〕《定生論學集》，頁57，幼獅文化事業公司，1978年7月出版。

首章有詩曰：「沔波流水，朝宗於海。」言己返國，當朝事秦，以盟主推重穆公也；穆公則答以〈六月〉之詩，按〈小雅〉〈南有嘉魚〉之什〈六月〉，紀周宣王北伐玁狁之詩也，其首章曰：「六月棲棲，戎車既飭；四牡騤騤，載是常服。玁狁孔熾，我用是急；王于出征，以匡王國。」其二章之七八句曰「王于出征，以佐天子。」穆公將扶植重耳，以「匡王國」、「佐天子」也。西戎霸主與來日中原霸主之酬唱，不卑不亢，洽當得體，設若趙衰不文，何得及時教重耳拜賜哉？此爭取與國，得秦相助之大事也，折衝樽俎之際，杯酒言歡之時，賦詩有如是其重者。

左成公二年傳：

> 六月癸酉，魯季孫行父、臧孫許、叔孫僑如、公孫嬰齊帥師會晉郤克、衛孫良夫、曹公子首，及齊侯戰于鞍，齊師敗績。齊侯使賓媚人賂以紀、甗、玉磬與地；不可，則聽客之所為。賓媚人致賂，晉人不可，曰：「必使蕭同叔子為質，而使齊之封內，盡東其畝。」對曰：「蕭同叔子非它，寡君之母也；若以匹敵，則亦晉君之母也。吾子布大命於諸侯，而曰必質其母以為信，其若王命何？且是以不孝令也。詩曰：『孝子不匱，永錫爾類。』若以不孝令於諸侯，其無乃非德類也乎？先王疆理天下，物土之宜而布其利。故詩曰：『我疆我理，南東其畝。』今吾子疆理諸侯，而曰盡東其畝而已，唯吾子戎車是利，無顧土宜，其無乃非先王之命也乎？反先王則不義，何以為盟主？其晉實有闕。四王之王也，樹德而濟同欲焉。五伯之伯也，勤而撫之，以役王命。今吾子求合諸侯，以逞無疆之欲。詩曰：『布政優優，百祿是遒。』子實不優而棄百祿，諸侯何害焉！不然，寡君之命使臣則有辭矣。曰：子以君命，辱于敝邑，不腆敝賦以犒從者。畏君之震，師徒撓敗。吾子惠徼齊國之福，不泯其社稷，使繼舊好；唯是先君之敝器土地不敢愛，子又不許。請收合餘燼，背城借一！敝邑之幸，亦云從也；況其不幸，敢不唯命是聽！」晉人許之。

此春秋有名之鞍之戰。起因於前三年（宣公十七年）晉景公使郤克徵會于齊，因郤克足跛，齊頃公帷婦人使觀之。郤子登，婦人笑于房。獻子怒，出而誓曰：「所不報此，無能涉河！」獻子回晉，便請伐齊，晉侯弗許。越二年，齊伐衛魯。衛魯因獻子乞師于晉。晉侯許之，郤克將中軍，遂敗齊師於鞍，幾獲齊侯，並提苛刻之媾和條件。賓媚人乃齊之和議代表，其詞令共有三段，

三引詩句，理直氣壯，遂質成於晉，不質母后，不唯晉之戎車是利。賓媚人
賦此洽當詩句，以折服怨讟高傲之郤獻子，以免齊國災禍，誠難能也。

左襄公二十六年傳：

> 衛侯如晉，晉人執而囚之於士弱氏。秋七月，齊侯、鄭伯爲衛侯故
> 如晉，晉侯兼享之。晉侯賦〈嘉樂〉；國景子相齊，賦〈蓼蕭〉，子
> 展相鄭伯，賦〈緇衣〉。叔向命晉侯拜二君曰：「寡君敢拜齊君之安
> 我先君之宗祧也；敢拜鄭君之不貳也。」國子使晏平仲私於叔向曰：
> 「晉君宣其明德於諸侯，恤其患而補其闕，正其違而治其煩，所以
> 爲盟主也。今爲臣執君若何？」叔向告趙文子，文子以告晉侯，晉
> 侯言衛侯之罪，使叔向告二君。國子賦〈轡之柔矣〉，子展賦〈將仲
> 子兮〉，晉侯乃許歸衛侯。

按〈嘉樂〉，〈大雅〉篇名，毛詩作〈假樂〉，其首章云：「假樂君子，顯顯令
德，宜民宜人，受祿於天。保佑命之，自天申之。」晉侯賦此，言己嘉樂二
君也。〈蓼蕭〉，〈小雅〉篇名，〈詩序〉云：「〈蓼蕭〉，澤及四海也。」其首章
云：「蓼彼蕭斯，零露湑兮；既見君子，我心寫兮；燕笑語兮，是以有譽處兮。」
齊侯賦此，以露喻晉，以蕭喻己，謂晉君之澤及於己，若露之湑於蕭也。故
叔向使晉侯拜謝曰：「敢拜齊君之安我先君之宗祧也。」意謂齊侯稱晉侯德澤
及於諸侯，晉侯有德是安我宗廟也。〈緇衣〉，〈鄭風〉篇名，其首章云：「緇
衣之宜兮，敝予又改爲兮，適子之館兮，還予授子之粲兮。」鄭伯賦此，義
取適館授粲，言不敢違遠於晉也。故叔向使晉侯拜謝曰：「敢拜鄭君之不貳也。」
蓋鄭既不敢違遠是不貳矣。〈轡之柔矣〉，逸詩，〈正義〉曰：「《漢書・藝文志》
有周書篇目，其書今在。或云是孔子刪書之餘。按此文非《尚書》之類。彼
引詩云：『馬之剛矣，轡之柔矣，馬亦不剛，轡亦不柔。志氣麃麃，取與不疑。』」
國子賦此，義取寬政以安諸侯，若柔轡之御剛馬，衛侯雖有罪，冀赦宥焉。〈將
仲子兮〉，〈鄭風〉篇名，其卒章云：「將仲子兮，無踰我園，無折我樹檀，豈
敢愛之？畏人之多言。仲可懷也，人之多言，亦可畏也。」子展賦此，義取
眾言可畏，謂衛侯雖別有罪，若不赦宥，眾人猶以爲晉侯因臣而執君也。蓋
齊鄭二君及其隨從，先動之以同姓之好，要之以先君之德，復說之以人言可
畏，晉侯遂釋衛侯矣。

　　上引三例，重耳得秦國之助，賓媚人免齊國之禍，齊、鄭得晉釋衛侯，
皆因賦詩得體，稱物喻志，而致之者。春秋壇坫之際，賦詩有如是其重者。

左昭公十二年傳：

> 宋華定來聘，……公享之，爲賦〈蓼蕭〉；弗知，又不答賦。昭子曰：
> 「必亡！宴語之不懷，寵光之不宣，令德之不知，同福之不受，將
> 何以在？

左襄公十六年傳：

> 晉侯與諸侯宴於溫，使諸大夫舞曰：「歌詩必類，齊高厚之詩不類。」
> 荀偃怒，且曰：「諸侯有異志矣！」使諸大夫盟高厚。高厚逃歸。於
> 是叔孫豹、晉荀偃、宋向戌、衛寧殖、衛公孫蠆、小邾之大夫盟曰：
> 「同討不庭。」

左襄公二十七年傳：

> 齊慶封來聘，其車美。孟孫謂叔孫曰：「豹聞之，服美不稱，必以惡
> 終。美車何爲？」叔孫與慶封食，不敬；爲賦〈相鼠〉，亦不知也。

上之所引，慶封蒙「人而無儀，不死何爲！」之譏，高厚則被「同討不庭」
之禍，華定則有同福而不受之愚，小者身被惡名，大者引起干戈，有辱君命，
何以使爲？此則賦詩不當或不知所賦，致貽笑大方，釀成紛爭者，其與賦詩
合宜所獲之效果，相去不能以道里計也。

　　大抵春秋賦詩，可分宴享賦詩及因事賦詩二類。宴享賦詩，今人何敬群
氏以爲即燕禮之時「無算樂」及「鄉樂唯欲」之節目（見本章第一節「論典
禮用詩與詩教」）；因事賦詩，或在戎馬倥傯之際，〔註10〕或於有所請求之時。
〔註11〕宴享賦詩有樂伴奏，因事賦詩徒誦而已，表達之場所雖異，而賦詩以
言己志之目的則同。蓋宴享賦詩乃「禮樂用途」與「義理用途」兼而有之者，
因事賦詩則純爲「義理用途」也。至若所賦之詩，或自造篇什，〔註12〕或引

〔註10〕《國語・魯語下》：「諸侯伐秦，及涇莫濟。晉叔向見叔孫穆子，曰：『諸侯謂
　　　　秦不恭而討之，及涇而止，於秦何益？』穆子曰：『豹之業及〈匏有苦葉〉矣，
　　　　不知其他。』叔向退，召舟虞與司馬曰：『夫苦匏不材於人，共濟而已。魯叔
　　　　孫賦〈匏有苦葉〉，必將涉矣。具舟除隧，不共有法。』是行也，魯人以莒人
　　　　先濟，諸侯從之。」此事又載左襄公十四年傳。

〔註11〕左定公四年傳：「申包胥如秦乞師，曰：『吳爲封豕長蛇，以薦食上國，虐始
　　　　於楚，寡君失守社稷，越在草莽，使下臣告急曰：「夷德無厭，若鄰於君，疆
　　　　場之患也。逮吳之未定，君其取分焉！若楚之遂亡，君之土也。若以君靈撫
　　　　之，世以事君。」秦伯使辭焉，曰：『寡人聞命矣，子姑就館，將圖而告。』
　　　　對曰：『寡君越在草莽，未獲所伏，下臣何敢即安？』立依於庭牆而哭，日夜
　　　　不絕聲，勺飲不入口七日。秦哀公爲之賦〈無衣〉，九頓首而坐，秦師乃出。

〔註12〕隱公三年〈正義〉引鄭玄曰：「賦者，或造篇，或誦古。」造篇謂自作詩，《左

誦古詩，要皆以條達己意，以抒胸懷爲主。

賦詩言志之方式，則可分兩端言之，一曰斷章取義，二曰就詩取喻，試簡述如下：

一、斷章取義

參與宴飲者爲適應當時之氣氛，即興選取適合己心情願望之章句，以致其懇款或有所請求，由樂官歌吟，此之謂斷章取義。呂東萊氏曰：「蓋嘗觀春秋之時，列國朝聘皆賦詩以相命，詩因於事，不遷事而就詩；事寓於詩，不遷詩而就事。意傳於肯綮毫釐之中，跡略於牝牡元黃之外。斷章取義，可以神遇，而不可以言求，區區陋儒之義例訓詁，至是皆敗。春秋之時，善用詩蓋如此。」〔註13〕勞孝輿氏曰：「古人所作，今人可援爲己詩；彼人之詩，此人可膚爲自作，期於言志而止。人無定詩，詩無定指，以故可名不名、不作而作也。」〔註14〕呂、勞二氏所言，得春秋賦詩言志之旨也。考賦詩之斷章取義，《左傳》中亦有明文：

襄公二十八年：

> 癸臣子之，有寵，妻之。慶舍之士謂盧蒲癸曰：「男女辨姓，子不辟宗，何也？」曰：「宗不余辟，余獨焉辟之？賦詩斷章，余取所求焉，惡識宗？」

男女辨姓而後可相取，慶氏、盧蒲氏皆姜姓，有違男女同姓不婚之禮，然盧蒲癸所以如此者，何也？杜預注：「言己苟欲有求於慶氏，不能復顧禮，譬如賦詩者，取其一章而已。」此蓋盧蒲癸引賦詩斷章之事聊以自解也。

傳》所載自造篇凡六：（一）、隱公元年：「公入而賦：『大隧之外，其樂也融融。』姜出而賦：『大隧之外，其樂也洩洩。』遂爲母子之初。」（二）、隱公三年：「衛莊公娶于齊東宮得臣之妹，曰莊姜。美而無子，衛人所爲賦〈碩人〉也。」（三）、閔公二年：「文公爲衛之多患也，先適齊。及敗，宋桓公逆諸河。宵濟，衛之遺民男女七百有三十人，益之以共滕之民爲五千人，立戴公以廬于曹。許穆夫人賦〈載馳〉。」（四）、閔公二年：「鄭人惡高克，使帥師次于河上，久而弗召，師潰而歸，高克奔陳，鄭人爲之賦〈清人〉。」（五）、僖公五年：「初，晉侯使士蔿爲二公子築蒲與屈。不愼，實薪焉。夷吾訴之，公使讓之，士蔿稽首而對曰……。退而賦曰：『狐裘厖茸，一國三公，吾誰適從？』」（杜注：「士蔿自作詩也。」）（六）、文公六年：「秦伯任好卒，以子車氏之三子奄息、仲行、鍼虎爲殉，皆秦之良也。國人哀之，爲之賦〈黃鳥〉。」
〔註13〕《東萊左氏博議》卷一三。
〔註14〕《春秋詩話》卷之一。

又如《國語‧魯語下》：

> 公父文伯之母欲室文伯，饗其宗老而為之賦〈綠衣〉之三章。……
> 師亥聞之曰：「善哉！男女之饗，不及宗臣。宗室之謀，不過宗人。
> 謀而不犯，微而昭矣。詩所以合意，歌所以詠詩也。今詩以合室，
> 歌以詠之，度於法矣。」

韋昭注：

> 其三章曰：我思古人，實獲我心。以言古之賢人正室家之道，我心
> 所善也。

考〈邶風‧綠衣〉一詩，〈詩序〉以為妾上僭夫人，衛姜傷己而作之詩，姑不論此說是否屬實，直觀其詩，多淒涼之語，婚嫁喜慶誠不宜賦此，然當時賦詩貴於「合意」，而公父文伯之母今能以詩「合室」，故師亥讚其深得賦詩之法。所謂「詩以合意」亦即《左傳》所云之「斷章取義」也。

於左定公九年傳，更有一賦詩斷章取義之典型例證：

> 鄭駟顓殺鄧析而用其竹刑。君子謂：「子然於是不忠，苟有可以加於
> 國家者，棄其邪可也。〈靜女〉之三章取『彤管』焉，〈竿旄〉『何以
> 告之』，取其忠也。故用其道不棄其人。詩云：『蔽芾甘棠，勿翦勿
> 伐，召伯所茇。』思其人猶愛其樹。況用其道而不恤其人乎？子然
> 無以勸能矣。」

〈靜女〉三章之詩雖說美女，義在彤管，彤管者，赤管筆也，女史記事規誨之所執，為一好名目也。詩〈鄘風〉錄〈竿旄〉詩者，取其中心願告人以善道。苟有一善之可取，棄其邪可也，棄其邪者，棄其不用而取可用，亦斷章取義之謂。

春秋時代，行人宴享賦詩，大抵皆斷章取義之類，試舉三例以明之。

左襄公二十七年傳：

> 鄭伯享趙孟於垂隴。子展、伯有、子西、子產、子大叔、二子石從。
> 趙孟曰：「七子從君，以寵武也。請皆賦以卒君貺，武亦以觀七子之
> 志。」子展賦〈草蟲〉，趙孟曰：「善哉，民之主也！抑武也不足以
> 當之。」伯有賦〈鶉之賁賁〉，趙孟曰：「床第之言不踰閾，況在野
> 乎！非使臣之所得聞也。」子西賦〈黍苗〉之四章，趙孟曰：「寡君
> 在，武何能焉！」子產賦〈隰桑〉，趙孟曰：「武請受其卒章。」子
> 大叔賦〈野有蔓草〉，趙孟曰：「吾子之惠也。」印段賦〈蟋蟀〉，趙

孟曰：「善哉，保家之主也！吾有望矣。」公孫段賦〈桑扈〉，趙孟曰，「『匪交匪敖』，〔註15〕福將焉往！若保是言也，欲辭福祿得乎？」卒享，文子告叔向曰：「伯有將為戮矣！詩以言志，志誣其上而公怨之，以為賓榮，其能久乎？」

此次賦詩，〈草蟲〉、〈隰桑〉均是思慕君子，子展、子產借此以表對趙孟之思慕。按：〈草蟲〉乃〈召南〉詩篇，其詩云：

　　喓喓草蟲，趯趯阜螽。未見君子，憂心忡忡。亦既見止，亦既覯止，
　　我心則降。陟彼南山，言采其蕨；未見君子，憂心惙惙。亦既見止，
　　亦既覯止，我心則說。陟彼南山，言采其薇；未見君子，我心傷悲。
　　亦既見止，亦既覯止，我心則夷。

其詩本婦人懷念其行役在外之丈夫而作，子展賦之，但取其「亦既見止，亦既覯止，我心則降」之意，言其思慕趙孟也，故趙孟謙答曰：「抑武也不足以當之。」子產所賦〈隰桑〉乃〈小雅〉之詩，其詩有「既見君子，其樂如何？」、「既見君子，云何不樂！」之句，亦思慕君子之意，趙孟則答曰：「武請受其卒章。」按：其卒章云：「心乎愛矣，遐不謂矣？中心藏之，何日忘之？」此乃趙孟回敬之語，於此見賓主和樂融融之氣氛，其所賦所答亦均為斷章取義之方式。

　　子西所賦〈黍苗〉之四章曰：「肅肅謝功，召伯營之。烈烈征師，召伯成之。」以趙孟比召伯，深致其推崇之意，趙孟則答曰：「寡君在，武何能焉！」推善於其君，趙孟可謂善為人臣而不失其風度也。

　　子大叔所賦〈野有蔓草〉乃〈鄭風〉之詩篇，其詩有「邂逅相遇，適我願兮」之句，子大叔取以示見趙孟之欣喜，趙孟亦謙答「吾子之惠也。」雍容揖讓，溢乎言表。

　　印段所賦〈蟋蟀〉乃〈唐風〉之詩篇，其詩有「無以大康，職思其居。好樂無荒，良士瞿瞿。」之句，印段取以贊趙孟之不荒淫，言其瞿瞿然顧禮儀也，趙孟亦因其賦詩宗旨在不荒淫，亦回贊其為「保家之主」，賓主相互頌讚，其樂也洩洩。

　　公孫段所賦〈桑扈〉乃〈小雅〉之詩篇，其詩有「君子樂胥，受天之祐。」「君子樂胥，萬邦之屏。」等稱頌君子之句，其末句為「彼交匪敖，萬福來求。」故趙孟因以取義。

────────────────
〔註15〕毛詩作「彼交匪敖」，與此稍異。

以上所述鄭六卿所賦之詩，趙孟或謙而不敢受，或回敬數語，可謂賓主盡歡，唯獨於伯有賦詩之後，趙孟曰：「床第之言不踰閾，況在野乎！非使臣之所得聞也。」似有不以為然之意，更於卒享時，告叔向曰：「伯有將為戮矣！詩以言志，志誣其上而公怨之，以為賓榮，其能久乎！」深致其慨嘆。按：伯有所賦〈鶉之賁賁〉有「人之無良，我以為兄。」「人之無良，我以為君。」之句，心中惟有怨憤之意，賓主宴享之際誠不宜賦此，且其自揚國醜，有失「為君上諱」之禮，忌莫大乎是。趙孟所云「床第之言」乃指「私室」而言，謂其「不踰閾」乃指國醜不宜外揚，如今伯有於朝聘燕享之時怨懟其君，以為賓榮，恐不久有隕身之禍矣。

左昭公元年傳：

令尹享趙孟，賦〈大明〉之首章，趙孟賦〈小宛〉之二章。事畢，趙孟謂叔向曰：「令尹自以為王矣，何如？」對曰：「王弱，令尹彊，其可哉！雖可，不終。」趙孟曰：「何故？」對曰：「彊以克弱而安之，彊不義也。不義而彊，其斃必速。詩曰：『赫赫宗周，褒姒滅之。』彊不義也。令尹為王，必求諸侯。晉少懦矣，諸侯將往。若獲諸侯，其虐滋甚，民弗堪也！將何以終？夫以彊取，不義而克，必以為道。道以淫虐，弗可久已矣。」

按〈大明〉屬〈大雅〉之詩。〈詩序〉云：「文王有明德，故天復命武王也。」凡八章，其首章云：「明明在下，赫赫在上。天難忱斯，不易維王。天位殷適，使不挾四方。」令尹賦此，蓋用以光大自己。故事畢趙孟謂叔向曰：「令尹自以為王矣。」以詩中有不易維王之語。〈小宛〉屬〈小雅〉之詩，凡六章，其二章云：「人之齊聖，飲酒溫克。彼昏不知，壹醉日富。各敬爾儀，天命不又。」趙孟賦此，蓋取天命一去不可復返之義，以戒令尹也。

左昭公元年傳：

趙孟、叔孫豹、曹大夫入于鄭，鄭伯兼享之。……子皮賦〈野有死麕〉之卒章，趙孟賦〈常棣〉，且曰：「吾兄弟比以安，尨也可使無吠。」

按〈野有死麕〉乃〈召南〉之詩。〈詩序〉云：「〈野有死麕〉，惡無禮也。天下大亂，強暴相陵，遂成淫風。被文王之化，雖當亂世，猶惡無禮也。」凡三章，其卒章云：「舒而脫脫兮，無感我帨兮，無使尨也吠。」子皮賦此，蓋取義君子徐以禮來，無使我失節而使狗驚吠，以喻趙孟以義撫諸侯，無以非禮相加陵也。

綜上所述，其賦詩得體與否雖不一，而其均爲斷章取義則一也。春秋時代，行人宴享賦詩之方式以此爲最多。蓋賦詩斷章，雍容揖讓，儒雅風流，蘊藉深緻，蔚然稱盛，衣冠文明有在於是者。宴享之際，主人以之迎賓，賓客以之祝禱，復能以之表達己意，外交酬酢未有如春秋時之融融洩洩也。即戎馬倥傯之際，兩軍交鋒之時，時機急迫之刻，亦可由賦詩而致其請求。賦詩得當，困難迎刃而解，其效如外交文書；賦而不當或不知所賦，則蒙無禮無儀之譏，被同福不受之禍；賢不肖因以別焉。「不學詩，無以言。」、「言之不文，行之不遠。」此周代行人動輒賦詩以達己意者也。觀夫春秋賦詩言志之風，詩教之大義寓焉。

二、就詩取喻

賦詩時就詩意取喻，作委婉之表達，賦詩者之志趣，與所賦詩之間，有微妙之類似處，而藉以表達弦外之音，此斷章取義外又一方式也。試舉例言之。

左襄公十九年傳：

> 季武子如晉拜師，晉侯享之。范宣子爲政，賦〈黍苗〉。季武子興，再拜稽首曰：「小國之仰大國也，如百穀之仰膏雨焉；若常膏之，其天下輯睦，豈唯敝邑？」賦〈六月〉。

按：〈黍苗〉乃〈小雅〉之詩篇。〈詩序〉云：「〈黍苗〉，刺幽王也。不能膏潤天下，卿士不能行召伯之職焉。」凡五章，其首章云：「芃芃黍苗，陰雨膏之。悠悠南行，召伯勞之。」詩意在美召伯之勞來諸侯，如陰雨之長黍苗。季武子如晉，本爲謝晉討齊之事。故爲賦此，意取晉國憂勞，而以召伯喻魯君。故季武子亦就其義而演繹之，謂「小國之仰大國也，如百穀之仰膏雨焉。」〈六月〉，亦〈小雅〉之詩篇，凡六章，其首章云：「六月棲棲，戎車既飭。四牡騤騤，載是常服。玁狁孔熾，我是用急。王于出征，以匡王國。」〈六月〉詩爲美尹吉甫佐天子征伐之事，季武子賦此，蓋以晉侯比尹吉甫出征以匡王國也。

同〈黍苗〉詩取喻者，《國語・晉語十》亦有之：

> 子餘使公子賦〈黍苗〉。子餘曰：「重耳之卬君也，若黍苗之卬陰雨也。若君實庇蔭膏澤之，故能成嘉穀，薦在宗廟，君之力也。」

此同取「芃芃黍苗，陰雨膏之。」以爲喻，子餘使重耳賦〈黍苗〉，意在祈求秦穆公協助重耳返國。蓋同一詩篇也，而各人可就己之需要而運用之。

再如左成公九年傳，季文子如宋致女，復命賦〈韓奕〉之五章。按：〈韓奕〉乃〈大雅〉之詩，其五章曰：

> 蹶父孔武，靡國不到。爲韓姞相攸，莫如韓樂。孔樂韓土，川澤訏
> 訏。魴鱮甫甫，麀鹿噳噳。有熊有羆，有貓有虎。慶既令居，韓姞
> 燕譽。

原詩敍韓之富樂，韓姞所嫁得所之事；而季文子賦此，喻伯姬嫁于宋，宋土安樂富足，亦得其所，必能克盡婦道而有顯譽。杜預注：「文子喻會侯有蹶父之德，宋公如韓侯，宋土如韓樂。」是也。

綜上所述，賦詩言志之方式大抵有斷章取義及就詩取喻二種，而其在運用之時，復交互取資，如「就詩取喻」小目所引，范宣子賦〈黍苗〉之首章，季武子賦〈六月〉之首章及季文子賦〈韓奕〉之五章亦爲斷章取義也。此即呂東萊氏所云「意傳於肯綮毫釐之中，跡略於牝牡元黃之外。可以神遇，而不可以言求」也。

宴享賦詩屬「禮樂用途」，然亦兼及「義理用途」，以其取詩義以爲用也，因事賦詩則純爲「義理用途」，以其不於宴享禮中行之也。考其用意，既可以之得意壇坫之上，復能蔚成風流蘊藉之緻，詩教之廣被有在是者，其後儒家巨擘孔、孟、荀之說詩，多以斷章取義及就詩取喻之方式倡成其仁義禮樂之學說，殆淵源於此也。

第三節 論獻詩陳志與詩教

獻詩爲詩之來源，第一章第一節已有論述，而其目的，即在陳志也。《左傳》襄公十四年師曠曰：「自王以下，各有父兄子弟以補察其政：史爲書，瞽爲詩，工誦箴諫，大夫規誨，士傳言，庶人謗。」《國語・周語中》，邵公諫厲王曰：「故天子聽政，使公卿至於列士獻詩，瞽獻曲，史獻書，師箴，瞍賦，矇誦，百工諫，庶人傳語，近臣盡規，親戚補察，瞽史教誨，耆艾修之，而後王斟酌焉。」又如《國語・晉語六》，范文子戒趙文子曰：「吾聞古之王者，政德既成，又聽於民，於是乎使工誦諫於朝，在列者獻詩，使勿兜；風聽臚言於市，辨妖祥於謠，考百事於朝，問謗譽於路；有邪而正之，盡戒之術也。」自受詩之施政者而言，在以知民之疾苦，聞謗譽，明得失，自考正，其所以求之於詩篇，在「主文而譎諫」夫然後「言之者無罪，聞之者足以戒」。自獻

詩之臣民而言，在藉詩以見志，以明其美刺焉。《詩經》之關乎政教，其肇因在此，其由文學作品提升爲經，亦非偶然，更非徒以漢人欲以明聖道王功而可如此也。復有仁君在位，作詩以自儆者，此雖非臣下所獻，然其寓意亦不外自考正之以得箴戒之術也。

　　吾人由獻詩陳志以觀詩教，當從諷刺、頌美、自儆三端言之。

　　今人張成秋氏云：「依小序首句，詩篇可大別爲兩組：美詩與刺詩是也。美詩又可分爲四類，甲爲文王后妃或夫人之德，乙爲美某公美某人，丙爲美某事，丁爲祭祀詩。刺詩又可分爲兩類，即甲刺某人，乙刺美事是也。」〔註16〕於美詩中，張氏復分細類，以爲「稱文王、后妃、夫人或大夫妻之德或其長處，雖不明言美詩，實爲美詩之極致也。」於此中得與文王有關者八例，與后妃有關者八例，與夫人或大夫妻有關者四例。言「美某人也」張氏云：「其云嘉、誘、規、誨、頌，亦美之同義語，皆入此類。」於此中得與成王有關者五例，與宣王有關者十六例，與諸公伯有關者二十二例，其他四例。言「美某事」張氏云：「此類詩多不言美字，但美意甚明。」於此中得美萬物樂自然者五例，王道行德澤降者十例，詠一般政治上之行動者十例，宴會及奏樂者五例，一般善事德行之讚美者十例。祭祀詩有三十一例。於刺詩中，「刺某人」得刺幽王者三十七例（另刺幽后及周大夫各一例附焉。）刺其他諸王者十一例，刺諸公者二十七例，其他十六例。「刺某事」張氏云：「其云閔、思、傷、止、疾、悔，亦刺之同義語，皆入此類。」於此中得閔周之詩六例，刺時也十五例，刺亂之詩十例，刺朝及相關之詩十例，刺不用賢或相關之詩十一例，刺學校廢無禮節者六例，刺男女關係失常者五例，刺失德者七例。張氏結論云：「總計以上美詩凡一百四十三首，刺詩凡一百六十八首，合共凡三百一十一首。」〔註17〕是則，據〈詩序〉所說及張氏所云，《詩經》全書胥爲美刺也，苟當日作詩者胸臆中乃先存美刺之念而後作詩者乎？

　　鄭樵《詩辨妄》云：

> 又其爲說，必使詩無一篇不爲美刺時君國政而作，固已不切於情性
> 之自然；而又拘於事世之先後。其或書傳所載，當此一時，偶無賢
> 君美謚，則雖有辭之美者，亦例以爲陳古而刺今。……彼以〈候人〉
> 爲刺共公，共公之前則昭公也，故以〈蜉蝣〉爲刺昭公。昭公之實

〔註16〕私立中國文化大學博士論文《詩序闡微》，頁217。
〔註17〕參見前所揭書頁218～226。

無其迹，但不幸代次迫於共公，故以爲言。

按〈候人〉乃〈曹風〉之詩，〈詩序〉云：「〈候人〉，刺近小人也。共公遠君子而好近小人焉。」據《左傳》僖公二十八年，晉文公伐曹。三月入曹，數曹公之罪，謂其不用賢人僖負羈，而乘軒者三百人，皆小人也。其詩云：「彼候人兮，何戈與祋。彼其之子，三百赤芾。」「維鵜在梁，不濡其翼。彼其之子，不稱其服。」「維鵜在梁，不濡其咮。彼其之子，不遂其媾。」「薈兮蔚兮，南山朝隮。婉兮孌兮，季女斯飢。」乃與〈詩序〉及《左傳》相合，則此詩必爲國人刺曹恭公無疑也。而〈蜉蝣〉詩：

> 蜉蝣之羽，衣裳楚楚。心之憂矣，於我歸處。
>
> 蜉蝣之翼，采采衣服。心之憂矣，於我歸息。
>
> 蜉蝣掘閱，麻衣如雪。心之憂矣，於我歸說。

其詩三章，但云人生苦短，若蜉蝣之朝生暮死，轉瞬即逝耳，並無〈詩序〉所云「昭公國小而迫，無法以自守，好奢而任小人，將無所依焉」之意。即以「衣裳楚楚」、「采采衣服」、「麻衣如雪」云云附會尚奢侈，然無「無法以自守」、「任小人，將無所依」之意。此即鄭樵所云：「昭公之實無其迹，但不幸代次迫於共公，故以爲言。」以是知〈詩序〉所云〈蜉蝣〉詩刺昭公者，不可信也。

朱熹〈詩序辨說〉云：

> 大率古人作詩，與今人作詩一般，其間亦自有感物道情，吟咏情性，幾時盡是譏刺他人？只緣序者立例，篇篇要作美刺說，將詩人意思盡穿鑿壞了。且如今見人纔做事，便作一詩歌美之或譏刺之，是什麼道理？如此一似里巷無知之人，胡亂稱頌諛說把持放鴟，何以見生王之澤，何以爲情性之正？……〈有女同車〉等皆以爲刺忽而作。鄭忽不娶齊女，其初亦是好底意思，但見後來失國，便將許多詩盡爲刺忽而作。考之於忽，所謂淫暴之類，皆無其實，遂至目爲狡童，豈詩人愛君之意？……幽屬之刺，亦有不然。〈甫田〉諸篇，凡詩中無詆譏之意者，皆以爲傷今思古而作。」

按鄭忽不娶齊女事見左桓公六年傳：「北戎伐齊，齊使乞師于鄭。鄭大子忽帥師救齊。六月，大敗戎師，獲其二帥大良少良，甲首三百，以獻於齊。……齊侯欲以文姜妻鄭大子忽，大子忽辭，人問其故，大子曰：『人各有耦，齊大非吾耦也。詩云：自求多福。在我而已，大國何爲？』君子曰：『善自爲謀。』

及其敗戎師也，齊侯又請妻之，固辭，人問其故，大子曰：『無事於齊，吾猶不敢，今以君命奔齊之急而受室以歸，是以師昏也，民其謂我何？』」而〈詩序〉於〈鄭風〉〈有女同車〉云：「〈有女同車〉，刺忽也。鄭人刺忽之不昏于齊。太子忽嘗有功于齊，齊侯請妻之，齊女賢而不取，卒以無大國之助，至於見逐，故國人刺之。」於〈山有扶蘇〉云：「〈山有扶蘇〉，刺忽也，所美非美然。」於〈蘀兮〉云：「〈蘀兮〉，刺忽也。君弱臣強，不倡而和焉。」於〈狡童〉云：「〈狡童〉，刺忽也。不能與賢人圖事，權臣擅命也。」吾人觀〈有女同車〉詩云：

> 有女同車，顏如舜華。將翱將翔，佩玉瓊琚。彼美孟姜，洵美且都。
>
> 有女同行，顏如舜英。將翱將翔，佩玉將將。彼美孟姜，德音不忘。

以此詩中有「彼美孟姜，洵美且都。」、「彼美孟姜，德音不忘。」之句，〈詩序〉遂以此詩乃鄭人刺忽之不昏於齊，然太子忽云：「人各有耦，齊大非吾耦也。」其不欲依附大國，自求多福之志節存焉。又，〈山有扶蘇〉：

> 山有扶蘇，隰有荷華。不見子都，乃見狂且！
>
> 山有喬松，隰有游龍。不見子充，乃見狡童！

觀其詩意乃詠女子赴期會，未遇所悅，而遇惡徒之詩。又，〈狡童〉：

> 彼狡童兮，不與我言兮，維子之故，使我不能餐兮！
>
> 彼狡童兮，不與我食兮，維子之故，使我不能息兮！

觀其詩意乃女子見絕於男，而戲其人之詩。又，〈蘀兮〉：

> 蘀兮蘀兮，風其吹女。叔兮伯兮，倡予和女。
>
> 蘀兮蘀兮，風其漂女。叔兮伯兮，倡予要女。

觀其詩意乃云國家危亡，朝臣應率先倡導以共扶危之詩，〈詩序〉所云「不倡而和」正與「倡予和女」、「倡予要女」相反也。考之《左傳》，所謂淫暴之類，全無其實，而將此諸詠男女之詩，全歸之刺忽而作，未為當也。此崔述所云：「鄭昭公忽雖非英主，亦無失道；而連篇累牘，皆指以為刺忽之詩，其所關於名教者豈淺哉？至宋朱子始駁其失。」者也。〔註18〕

　　〈小雅‧甫田〉，〈詩序〉云：「〈甫田〉，刺幽王也。君子傷今而思古焉。」〈瞻彼洛矣〉，〈詩序〉云：「〈瞻彼洛矣〉，刺幽王也。思古明王，能爵命諸侯，賞善罰惡焉。」〈鴛鴦〉，〈詩序〉云：「〈鴛鴦〉，刺幽王也。思古明王，交於萬物有道，自奉養有節焉。」〈魚藻〉，〈詩序〉云：「〈魚藻〉，刺幽王也。言

〔註18〕《讀風偶識》。

萬物失其性，王居鎬京，將不能以自樂，故君子思古之武王焉。」〈采菽〉，〈詩序〉云：「〈采菽〉，刺幽王也。侮慢諸侯，諸侯來朝，不能錫命以禮；數徵會之，而無信義，君子見微而思古焉。」〈瓠葉〉，〈詩序〉云：「〈瓠葉〉，大夫刺幽王也。上棄禮而不能行，雖有牲牢饔餼，不肯用也。故思古之人，不以微薄廢禮焉。」此諸詩中皆無詆譏之意，且多為頌美祝禱或祭祀宴飲之詩，以其篇次在後，〈詩序〉遂皆以為乃「傷今思古」而刺幽王之作。此即朱熹所云：「大率古人作詩，與今人作詩一般，其間亦自有感物道情，吟咏情性，幾時盡是譏刺他人！」崔述《讀風偶識》云：「〈詩序〉好以詩為刺時、刺其君者；無論其詞如何，務委曲而歸其故於所刺者。夫詩生於情，情生於境，境有安危亨困之殊，情有喜怒哀樂之異，豈刺時刺君之外，遂無可言之情乎？且即衰世亦何嘗無賢君賢士大夫；在堯舜之世亦有四凶，殷商之末尚有三仁。乃見有稱述頌美之語，必以為陳古刺今；然則文、武、成、康以後，更無一人可免於刺者矣。」又云：「〈詩序〉好拘泥於篇次之先後，篇在前者，不問其詞何如，必以為盛世之音；篇在後者，亦不問其詞何如，必以為衰世之音。」是謂〈詩序〉以言情之詩歸諸刺某人，乃以世次、篇次定美刺者，多扞格難通，故學者期期以為不可。

然獻詩以陳志，必有美刺之意，徒非如〈詩序〉所云之確鑿耳。本節但就《詩經》詩文及《左傳》《國語》二書所載，明言其為頌美譏刺或自儆者述之。

一、諷　刺

《詩經》詩文中明言諷刺者，首見《魏風·葛屨》：

　　糾糾葛屨，可以履霜；摻摻女手，可以縫裳。要之襋之，好人服之。
　　好人提提，宛然左辟，佩其象揥。維是褊心，是以為刺。

此篇詩旨，〈詩序〉云：「〈葛屨〉，刺褊也。魏地狹隘，其民機巧趨利，其君儉嗇褊急，而無德以將之。」王靜芝《詩經通釋》云：「此為婦人刺其家中長上褊心之詩。」〈詩序〉云刺君儉嗇褊急，王氏云刺家中長上褊心，其所刺之人雖不同，然就詩本身言，此詩純為賦體，詩無達詁，所言在此，其意未嘗不可在彼，此詩雖不能明其確指之對象。要之，觀其「維是褊心，是以為刺」之句，為諷刺而作則無疑也。

〈小雅·節南山〉：

節彼南山，維石巖巖。赫赫師尹，民具爾瞻。憂心如惔，不敢戲談。
國既卒斬，何用不監？

節彼南山，有實其猗。赫赫師尹，不平謂何？天方薦瘥，喪亂弘多。
民言無嘉，憯莫懲嗟。

尹氏大師，維周之氐。秉國之均，四方是維，天子是毗，俾民不迷。
不弔昊天，不宜空我師。

弗躬弗親，庶民弗信；弗問弗仕，勿罔君子。式夷式已，無小人殆。
瑣瑣姻亞，則無膴仕。

昊天不傭，降此鞠訩。昊天不惠，降此大戾。君子如屆，俾民心闋。
君子如夷，惡怒是違。

不弔昊天，亂靡有定，式月斯生，俾民不寧。憂心如酲。誰秉國成，
不自為政，卒勞百姓。

駕彼四牡，四牡項領。我瞻四方，蹙蹙靡所騁。

方茂爾惡，相爾矛矣。既夷既懌，如相酬矣。

昊天不平，我王不寧。不懲其心，覆怨其正。

家父作誦，以究王訩。式訛爾心，以畜萬邦。

首章言師尹當以西周之滅為鑑，勿再蹈前車之覆也。次章言師尹之處事奈何
如南山之阿曲坎坷！喪亂弘多，人言無嘉，為何不悔戒傷痛？三章言大師尹
氏乃周室之氐，天子之毗，不宜空窮我眾庶也。四章言師尹政必躬親從事，
而勿任用小人，以罔君主，勿予瑣瑣姻亞以高官厚祿。五章言昊天不傭不惠，
以降大訩大戾，君子如能黽勉政事，民心亦可安定無怒。六章言亂靡有定，
月月有之，秉國政之師尹任用姻亞小人，使我百姓勞苦。七章言國土日蹙，
似無有可馳騁之地。八章言民心之向背，全視師尹作法如何。九章言師尹不
自悔過，反懟怨勸戒之正人君子。末章言作詩者之名，以明不畏權勢，敢以
正義勸告尹氏，欲尹氏得以訛正其心，以養育萬邦之民。〈詩序〉云：「〈節南
山〉，家父刺幽王也。」然觀其首章：「節彼南山，維石巖巖。赫赫師尹，民
具爾瞻。憂心如惔，不敢戲談。國既卒斬，何用不監？」之句，此詩所刺之
人乃師尹非幽王，而由「國既卒斬」之句更可知此詩必作於東周初年，〔註19〕

〔註19〕屈萬里氏《詩經詮釋》云：「此家父刺大師及尹氏之詩。詩中有國既卒斬之語，

非刺幽王益明矣。此乃賢臣刺執政者之師尹任用姻小而敗政之詩也，非獻之師尹，即獻之周王者。

〈小雅・正月〉：

> 正月繁霜，我心憂傷。民之訛言，亦孔之將。念我獨兮，憂心京京。
> 哀我小心，癙憂以痒。
>
> 父母生我，胡俾我瘉？不自我先，不自我後。好言自口，莠言自口。
> 憂心愈愈，是以有侮。
>
> 謂天蓋高，不敢不局；謂地蓋厚，不敢不蹐。維號斯言，有倫有脊。
> 哀今之人，胡爲虺蜴？
>
> 心之憂矣，如或結之。今茲之正，胡然厲矣？燎之方揚，寧或滅之？
> 赫赫宗周，褒姒娀之。
>
> 魚在于沼，亦匪克樂。潛雖伏矣，亦孔之炤。憂心慘慘，念國之爲虐。
>
> 彼有旨酒，又有嘉殽。洽比其鄰，昏姻孔云。念我獨兮，憂心慇慇，
>
> 佌佌彼有屋，蔌蔌方有穀。民今之無祿，天夭是椓。哿矣富人，哀
> 此惸獨！

上所引乃〈正月〉詩一、二、六、八、十一、十二、十三章。首章言作詩者見此正月繁霜及民之訛言，衷心獨傷也。次章言父母生我不辰，俾我憂心愈愈又招侮也。六章言有倫有脊之人已淪爲虺蜴矣。八章言國政虐厲如燎原之大火，赫赫宗周，亡於褒姒。十一章言國政暴虐，將無所逃，憂心慘慘，終不免於池魚之殃。十二章言小人有旨酒嘉殽，復婚鄰眾多，而我獨憂心慇慇。末章言瑣瑣卑鄙之人有屋有穀，而民則無祿，復招天禍。富人歡樂而窮苦之人無所告也。〈詩序〉云：「〈正月〉，大夫刺幽王也。」方玉潤《詩經原始》云：「〈正月〉，周大夫感時遇也。」觀其詩一片慘澹凄苦之狀，語多忿恨，刺幽王暴虐無道，嚴刑峻法之作也。

〈小雅・何人斯〉：

> 彼何人斯？其心孔艱。胡逝我梁，不入我門？伊誰云從？維暴之云。
>
> 二人從行，誰爲此禍？胡近我梁，不入唁我？始者不如今，云不我可。
>
> 彼何人斯？胡逝我陳，我聞其聲，不見其身？不愧于人，不畏于天？

蓋作於東周初年也。」

　　彼何人斯？其爲飄風。胡不自北？胡不自南？胡逝我梁？祇攪我心。

　　爾之安行，亦不遑舍。爾之亟行，遑脂爾車？壹者之來，云何其盱？

　　爾還而入，我心易也。還而不入，否難知也。壹者之來，俾我祇也。

　　伯氏吹壎，仲氏吹篪，及爾如貫，諒不我知？出此三物，以詛爾斯。

　　爲鬼爲蜮，則不可得。有靦面目，視人罔極。作此好歌，以極反側。

首章言其人適我梁而不入我門，其心艱險。次章言適我梁而不入唁我，蓋今不如昔，已不贊可我矣。三章言但聞其聲，不見其身。其不愧于人，亦不畏于天乎？四章言其人如飄風之詭密，何以往適我梁而擾困我心乎？五章言其人造訪我一次，又何害乎？六章言爾還而造我門，我心將易，若還而不入，汝之心殆難測也。七章言您我情誼若伯仲之親，如壎篪之和，果不我知乎？將出雞、犬、豕三牲以誓之。末章言汝爲鬼爲蜮，則不可得，若有靦面目，則必將示人，吾作此歌，以窮究汝反側之心也。〈詩序〉云：「〈何人斯〉，蘇公刺暴公。爲卿士而譖蘇公焉，故蘇公作是詩以絕之。」屈萬里《詩經詮釋》云：「序說未詳何據，然爲朋友絕交之時，則文義甚顯。」王靜芝《詩經通釋》云：「此傷友人趨於權勢，反覆無常，作歌以譏之也。」要之，觀其「作此好歌，以極反側。」之句，乃欲窮究他人反側之心也。

　　〈小雅・巷伯〉：

　　萋兮斐兮，成是貝錦。彼譖人者，亦已大甚。

　　哆兮侈兮，成是南箕。彼譖人者，誰適與謀？

　　緝緝翩翩，謀欲譖人。慎爾言也，謂爾不信。

　　捷捷幡幡，謀欲譖言。豈不爾受？既其女遷。

　　驕人好好，勞人草草。蒼天！蒼天！視彼驕人，矜此勞人！

　　彼譖人者，誰適與謀？取彼譖人，投畀豺虎！豺虎不食，投畀有北；
　　有北不受，投畀有昊。

　　楊園之道，猗于畝丘。寺人孟子，作爲此詩，凡百君子，敬而聽之。

首章言譖人陷善人罪，如織貝錦之交錯，亦已大甚。次章言讒人之口大如南箕星，常張大其辭，使人之小過，成爲大罪。三章謂讒人搬弄是非，玩弄口舌，人亦有不信之時也。四章言讒人之捷給善道，人初亦有受者，既而證諸事實，禍害將遷移汝身也。五章呼蒼天示彼讒人詭計得逞而心喜之罪惡面目，

且衿憐憂傷之正人君子。六章欲投畀讒人於豺虎、有北、有昊也。末章言作者之名，以明不畏讒人，並欲君子毋爲讒人所利用。〈詩序〉云：「〈巷伯〉，刺幽王也。寺人傷於讒，故作是詩也。」《漢書·司馬遷傳》贊云：「迹其所以自傷悼，〈小雅〉〈巷伯〉之倫。」《後漢書·宦者傳》序云：「詩之〈小雅〉，亦有巷伯刺讒之篇。」巷伯乃寺人之長，此詩得名之由也。投畀豺虎、有北、有昊，疾惡之峻語也，所謂怨如〈小雅〉〈巷伯〉亦可謂之深怨也。

上引〈小雅〉、〈節南山〉、〈正月〉、〈何人斯〉、〈巷伯〉諸篇，篇幅極長，亦極有組織，其義全爲警戒與規勸，可斷定乃士大夫爲憫國傷時而作也。其所言固可直達宸聰或所欲刺之人，然亦可輾轉傳誦，達所欲刺之人，此即周代之輿論也。

《詩經》篇什諷刺之旨，《左傳》申言其所刺者，亦復可徵。《左傳》昭公十二年：

> 昔穆王欲肆其心，周行天下，將皆必有車轍馬跡焉。祭公謀父作祈
> 招之詩以止王之心，王是以獲沒於祗宮。……其詩曰：「祈招之愔愔，
> 式昭德音。思我王度：式如玉，式如金，形民之力，而無醉飽之心。」

杜預注：「此詩逸。」今本《詩經》雖不見祈招之詩，而係周代卿士大夫獻詩陳志之事則可斷言也。

以上所舉皆詩文中明言諷刺及《左傳》所云作詩以止王之心者，其他未明言諷刺，而詩意確爲諷刺者亦充溢於國風二雅之篇什中，如〈鄘風〉〈相鼠〉之刺無禮，〈秦風〉〈黃鳥〉之刺穆公以人從死，〈曹風〉〈候人〉之刺近小人，〈小雅〉〈十月之交〉之刺皇父煽虐以致災變，〈小雅〉〈小旻〉之刺幽王惑於邪謀，〈小雅〉〈北山〉之刺幽王役使不均，己獨勞於從事，〈大雅〉〈瞻卬〉之刺幽王寵褒姒以致亂等等，皆刺詩也。作詩者秉其大無畏之精神，陳詩明志，閔國無政，傷家失俗，冀有以感悟君上，致民衽席，化俗成禮，教喻之義莫大焉。

二、頌　美

頌美之詩，〈大雅〉及三頌中特多，〈大雅〉中記周先公先王開拓史之篇及祭祀所用之詩，〈周頌〉中祭祀周先公先王、文、武及祀社稷祈豐年之詩，魯、商二頌美僖公及祀商湯之詩，皆所陳頌美之詩也。此諸詩確有頌美之意，然其詩中明言頌美者不過三例。

〈大雅・卷阿〉：

有卷者阿，飄風自南。豈弟君子，來游來歌，以矢其音。

伴奐爾游矣，優游爾休矣。豈弟君子，俾爾彌爾性，似先公酋矣。

爾土宇昄章，亦孔之厚矣。豈弟君子，俾爾彌爾性，百神爾主矣。

爾受命長矣，茀祿爾康矣。豈弟君子，俾爾彌爾性，純嘏爾常矣。

有馮有翼，有孝有德，以引以翼。豈弟君子，四方為則。

顒顒卬卬，如圭如璋，令聞令望。豈弟君子，四方為綱。

鳳凰于飛，翽翽其羽，亦集爰止。藹藹王多吉士，維君子使，媚于
天子。

鳳凰于飛，翽翽其羽，亦傅于天。藹藹王多吉人，維君子命，媚于
庶人。

鳳凰鳴矣，于彼高岡。梧桐生矣，于彼朝陽。菶菶萋萋，雝雝喈喈。

君子之車，既庶且多；君子之馬，既閑且馳。矢詩不多，維以遂歌。

據《汲冢紀年》，謂成王三十三年遊于卷阿，可知遊卷阿為成王之事，召康公
從之遊而作是詩也。姚際恒《詩經通論》云：「此篇自七章至十章，始言求賢
用吉士之意。首章至六章，皆祝勸王之辭。」方玉潤《詩經原始》云：「〈卷
阿〉，召康公從游，歌以獻王也。」王靜芝《詩經通釋》云：「此臣從王游，
作歌以獻於王之詩，頌揚之作也。」姚、方、王三氏所言皆與《汲冢紀年》
所載相合，證之詩文亦不謬矣。首章「豈弟君子，來游來歌，以矢其音。」
言陳詩之所由。次章至六章皆祝禱天子之詞，欲其受命永長，善始善終，土
宇日廣，綱紀四方。七、八章言王左右多吉士吉人相輔，既親天子，復愛庶
民。九章言君臣相得相和之樂，鳳凰梧桐，得其所也。末章言王之車馬庶多
閑馳，並以「矢詩不多，維以遂歌。」明陳詩祝頌之意。

〈大雅・崧高〉：

崧高維嶽，駿極于天。維嶽降神，生甫及申。維申及甫，維周之翰。
四國于蕃，四方于宣。

亹亹申伯，王纘之事。于邑于謝，南國是式。王命召伯，定申伯之
宅。登是南邦，世執其功。

王命申伯，式是南邦。因是謝人，以作爾庸。王命召伯，徹申伯土

田。王命傅御,遷其私人。

申伯之功,召伯是營。有俶其城。寢廟既成,既成藐藐。王錫申伯,
四牡蹻蹻,鉤膺濯濯。

王遣申伯,路車乘馬。「我圖爾居,莫如南土。錫爾介圭,以作爾寶。
往近王舅,南土是保。」

申伯信邁,王餞于郿。申伯還南,謝于誠歸。王命召伯,徹申伯土
疆,以峙其粻,式遄其行。

申伯番番,既入于謝。徒御嘽嘽,周邦咸喜,戎有良翰,不顯申伯,
王之元舅,文武是憲。

申伯之德,柔惠且直,揉此萬邦,聞于四國。吉甫作誦,其詩孔碩,
其風肆好,以贈申伯。

首章言嶽神降福,生甫侯申伯作周之楨幹屏藩。次章言王命召伯作邑於謝,以定申伯之宅,用式南邦。三章言王命召伯徹申伯土田,並命傅御,遷申伯之家人往謝地。四章言申伯新邑乃召伯所營,寢廟美侖美奐。五章記宣王臨別贈語,命勉王舅當保南土也。六章記王餞申伯於郿,申伯速遄啟行。七章記申伯武勇,入謝之地,邦人咸喜,謂王之元舅,能以文武之德為法則。末章謂申伯之德,柔惠正直,故作此詩以贈之。其云「吉甫作誦,其詩孔碩,其風肆好,以贈申伯。」乃明作詩之人及受詩之人,則〈詩序〉所云「〈崧高〉,尹吉甫美宣王也」誤矣。

〈大雅・烝民〉:

天生烝民,有物有則。民之秉彝,好是懿德。天監有周,昭假于下,
保茲天子,生仲山甫。

仲山甫之德,柔嘉維則,令儀令色,小心翼翼。古訓是式,威儀是
力,天子是若,明命使賦。

王命仲山甫,式是百辟,纘戎祖考,王躬是保。出納王命,王之喉
舌。賦政于外,四方爰發。

肅肅王命,仲山甫將之;邦國若否,仲山甫明之。既明且哲,以保
其身。夙夜匪解,以事一人。

人亦有言:「柔則茹之,剛則吐之。」維仲山甫,柔亦不茹,剛亦不

吐。不侮矜寡，不畏彊禦。

人亦有言：「德輶如毛，民鮮克舉之。」我儀圖之，維仲山甫舉之。
愛莫助之，袞職有闕，維仲山甫補之。

仲山甫出祖，四牡業業，征夫捷捷，每懷靡及。四牡彭彭，八鸞鏘
鏘。王命仲山甫，城彼東方。

四牡騤騤，八鸞喈喈。仲山甫徂齊，式遄其歸。吉甫作誦，穆如清
風。仲山甫永懷，以慰其心。

首章言天監有周，昭假于下，生仲山甫以保天子，點明所美之人也。次章言仲
山甫之德，古訓是式，威儀是力，天子是若，明命是敷。三章言仲山甫出納王
命，乃王之喉舌。四章言肅肅王命賴仲山甫行之，邦國臧否賴仲山甫明之。五
章言仲山甫柔亦不茹，剛亦不吐，不侮矜寡，不畏彊禦。六章言仲山甫能補天
子之闕失。七章記王命仲山甫城東方之齊。末章言仲山甫徂齊，欲其速往速歸，
並作此穆如清風之誦以慰其懷。首章至六章皆美仲山甫之德，七、八兩章則記
其徂齊之事及作詩之由，則〈詩序〉所云：「〈烝民〉，尹吉甫美宣王也。」未爲
當也。

　　上引三例，皆明言頌美之人及作詩之人也，此於《詩經》中乃僅有之例，
其餘頌美之詩雖亦有能知美何人者，而作詩者何人則不可確知，然其必爲卿
士大夫之所陳則無可疑。蓋頌美之詩，乃詩人陳敬慕忻喜之所由作也，以其
功在家國，德堪足式，而致「高山仰止，景行行止」之嚮往，古道顏色，典
型夙昔，亦有教喻之義者。

三、自　儆

　　諷刺頌美之外，復有自儆之詩，於《詩經》中得其三例。

《國語・楚語上》：

昔衛武公年數九十五矣，猶箴儆於國曰：「自卿以下至於師長士，苟
在朝者，無謂老耄而舍我，必恭恪於朝，朝夕以交戒我，聞一二之
言，必誦志而納之，以訓導我！」在輿有旅賁之規，位宁有官師之
典，倚几有誦訓之諫，居寢有褻御之箴，臨事有瞽史之導，宴居有
師工之誦，史不失書，矇不失誦，以訓御之，於是乎作〈懿戒〉以
自儆也。

韋昭注:「懿,讀爲抑,詩〈大雅〉〈抑〉之篇也。」〈詩序〉云:「〈抑〉,衛武公刺厲王,亦以自警也。」毛詩孔疏引侯包《韓詩翼要》云:「衛武公刺王室,亦以自戒,行年九十有五,猶使臣日誦是詩而不離於其側。」魯詩說申論虛道篇云:「昔衛武公年過九十,猶夙夜不怠,思聞訓道,命其群臣曰:『無謂我老耄而舍我,必朝夕交戒。』又作〈抑〉詩以自儆。」以此詩內容觀之,此詩自首至尾,實多自警之詞,甚少刺王之意,證之《國語》韋注及韓、魯二家詩說,殆衛武假詩人之言以儆己,篇中之汝、小人、爾,亦似皆衛武公之謂。屈萬里氏《詩經詮釋》云:「厲王之世,武公未立,知序說非是。(按〈詩序〉以爲〈抑〉乃衛武公刺厲王,亦以自警。)……詩中有謹爾侯度,則所謂自儆之詩,大致可信。」得之。其詩云:

> 質爾人民,謹爾侯度,用戒不虞。慎爾出話,敬爾威儀,無不柔嘉。白圭之玷,尚可磨也。斯言之玷,不可爲也。
>
> 無易由言,無曰苟矣。莫捫朕舌,言不可逝矣。無言不讎,無德不報。惠于朋友,庶民小子。子孫繩繩,萬民靡不承。
>
> 視爾友君子,輯柔爾顏,不遐有愆。相在爾室,尚不愧於屋漏。無曰:「不顯,莫予云覯。」神之格思,不可度思,矧可射思。
>
> 於乎小子,未知臧否。匪手攜之,言示之事。匪面命之,言提其耳。借曰未知,亦既抱子。民之靡盈,誰夙知而莫成?
>
> 昊天孔昭,我生靡樂。視爾夢夢,我心慘慘。誨爾諄諄,聽我藐藐。匪用爲教,覆用爲虐。借曰未知,亦聿既耄。
>
> 於乎小子,告爾舊止。聽用我謀,庶無大悔。天方艱難,曰喪厥國。取譬不遠,昊天不忒。回遹其德,俾民大棘。

按其詩甚長,凡十二章,此處所引乃其五、六、七、十、十一、十二六章。五、六章謂人需謹言,以「白圭之玷,尚可磨也。斯言之玷,不可爲也。」及「無言不讎,無德不報。」也。七章謂人需慎行,以十目所視,十手所指,神之格思,不可度思也。十章謂既示之以事,攜之以手,復耳提之面命之,當黽勉從事也。十一章言我生靡樂,以誨爾諄諄,聽我藐藐故也,年已耄耄尚不受教,憂心慘慘,將何以終!末章言聽用我謀,庶無大悔,否則將喪厥國。其意懇切,衛武公亦善爲人上者也,《國語》稱「及其沒也,謂之睿聖武公也。」宜也。

〈周頌‧敬之〉:

> 敬之敬之，天維顯思，命不易哉！無曰：「高高在上。」陟降厥士，
> 日監在茲。維予小子，不聰敬止？日就月將，學有緝熙于光明，佛
> 時仔肩，示我顯德行。

〈詩序〉云：「〈敬之〉，群臣進戒嗣王也。」然觀其「維予小子，不聰敬止？」、「佛時仔肩，示我顯德行」之語，當爲王自儆之詞。方玉潤《詩經原始》云：「〈敬之〉，成王自箴也。」屈萬里氏《詩經詮釋》云：「此王祭祀時自屬之詩。」得其旨也。

〈周頌・小毖〉：

> 予其懲而毖後患，莫予荓蜂，自求辛螫。肇允彼桃蟲，拚飛維鳥。
> 未堪家多難，予又集于蓼。

〈詩序〉云：「〈小毖〉，嗣王求助也。」然觀其詩意，乃成王懲管蔡之禍而自儆之詩，謂桃蟲肇始極小，長成則爲大鳥也，以喻管蔡之禍，其始以爲小事，終竟成反叛之大禍，周室未堪多難，常防患於微也。方玉潤《詩經原始》云：「〈小毖〉，成王懲管蔡之禍而自儆也。」得其意也。

　　獻詩陳志大抵如上所述。居廟堂之高，則憂其君，處江湖之遠，則憂其民，是進亦憂，退亦憂也，士夫仁人，憂以天下，樂以天下，憫國陵夷，傷俗失禮，不可不陳詩以諷焉。行邁遲遲，中心搖搖，知我者謂我心憂，不知我者謂我何求，蓋所憂者家國，所求者欲君上發政施仁，民俗崇禮尚義也。孔子云：「唯仁者，能愛人，能惡人。」又云：「愛而知其惡，惡而知其美。」蓋愛之欲其生，惡之欲其死，非得情性之正，故苟有善之足取者，亦不吝致其讚頌之意，此頌美之詩所由作也，以懿德優行，堪爲生民表率，當取之爲則法師範也。人情喜褒賞而惡謹戒，知己之惡而自儆者，益增其貴，見其惡而內自訟者，於《詩經》中得衛武公、成王二人也。觀夫諷刺、頌美、自儆三者，詩教諭之義可知矣。

第四節　論言語引詩與詩教

　　詩於周代乃童而習之之科目，家絃戶誦，深入人心，是以時人用之，直如自其口出也，上自公卿大夫，下至輿臺賤隸，所有論說，莫不大量稱引，郁郁然猗歟盛哉！故孔子云：「不學詩，無以言。」此言語引詩也。《左傳》僖公二十七年云：「詩書，義之府也。」《國語・楚語上》載楚莊王使士亹傅

太子箴，士亹請益於申叔時，申叔時曰：「教之詩而爲之導廣顯德，以耀明其志。」《周禮‧春官‧大司樂章》：「樂正崇四術，立四教，順先王詩書禮樂以造士，春秋教以禮樂，多夏教以詩書。」《禮記‧內則》：「十有三年學樂誦詩，舞勺；成童舞象，學射御；二十而冠，始學禮。」《大戴禮記‧衛將軍文子》：「子贛曰：吾聞夫子之施教也先以詩。」以詩含義理，可以導廣顯德，耀明人志，故爲童稚之所必學，夫子施教之所先，言語之中多所引用也。

考周代言語引詩之功用，或引詩以論人，〔註20〕或引詩以論事，〔註21〕或引詩以證言，〔註22〕無不條達情義，無形中蔚成彬彬儒雅之風，其風教之雍容和穆可知。至於其言語引詩之方式，則可分四端言之，一曰直用詩義、二曰引申詩義、三曰斷章取義、四曰引詩譬喻，特舉例以明之。

一、直用詩義

照原句之意，作直接引證，此直用詩義也。

左隱公元年傳：

> 君子曰：潁考叔，純孝也，愛其母施及莊公。詩曰：『孝子不匱，永錫爾類。』其是之謂乎！

按此詩見〈大雅‧既醉〉之五章。鄭莊公初不得於其母之心，而卒能融融洩洩者，潁考叔啓之也。詩言孝子爲孝不有竭極之時，故能以此孝道，長賜予汝之族類，君子引此以言行孝之至，能延及旁人。此直用詩義也。

又，左昭公元年傳：

> （楚）子干奔晉，從車五乘，叔向使與秦公子同食，皆百人之饌。

〔註20〕左昭公七年傳：仲尼曰：「能補過者，君子也。詩曰：『君子是則是效。』孟僖子可則效已矣！」此引〈小雅‧鹿鳴〉之二章。孟僖子恥於不能相禮，乃發憤學禮，且囑其子亦學禮於孔子。孔子以其能補過，又重禮如是，遂引是詩嘉許其人也。

〔註21〕左昭公十年傳：平子伐莒，取鄆，獻俘，始用人於亳社。臧武仲在齊聞之，曰：「周公其不饗魯祭乎？周公饗義，魯無義。詩曰：『德音孔昭，視民不恌。』恌之謂甚矣，而壹用之，將誰福哉！」此引〈小雅‧鹿鳴〉之二章。魯用人祭亳社，臧孫紇引是詩以責魯偷薄太甚。

〔註22〕左昭公七年傳：晉侯謂伯瑕曰：「吾所問日食從矣，可常乎？」對曰：「不可，六物不同，民心不壹，事序不類，官職不則，同始異終，胡可常也。詩曰：『或燕燕居息，或憔悴事國。』其異終也如是。」此引〈小雅‧北山〉之四章。士文伯說明事類終始無常之義，舉此詩以證其言。

> 趙文子曰：「秦公子富。」叔向曰：「底祿以德，德鈞以年，年同以
> 尊。公子以國，不聞以富。且夫以千乘去其國，彊禦已甚。詩曰：『不
> 侮鰥寡，不畏彊禦。』秦，楚匹也。」使后子與子干齒。

上引之詩乃〈大雅·烝民〉之第五章。楚公子子干奔晉而不如秦公子富，晉
叔向仍使與秦公子比，奉祿同之，並引詩申明不侮寡弱，不畏彊禦，亦爲直
用詩義。

又，《國語·周語》：

> 穆王將征犬戎，祭公謀父諫曰：「不可，先王耀德不觀兵。夫兵戢而
> 時動，動則威，觀則玩，玩則無震。是故周文公之頌曰：『載戢干戈，
> 載櫜弓矢。我求懿德，肆于時夏，允王保之。』先王之於民也，懋
> 正其德，而厚其性，阜其財求，而利其器用，明利害之鄉，以文修
> 之，使務利而避害，懷德而畏威，故能保世以滋大。

上引祭公謀父引〈周頌·時邁〉詩句。作爲「耀德不觀兵」之論據，後又就
詩義闡述其言論，均能契合詩義，亦直接引用詩義。蓋直用詩義者，不牽強
附會以成曲說，不郢書燕說以就己意，最爲得體，乃素樸之詩教也。

二、引申詩義

詩之義在彼，而用之者之意在此，引申詩義，以成己說者屬之。

左宣公十六年傳：

> 春，晉士會帥師滅赤狄甲氏，及留吁鐸辰。三月，獻狄俘。晉侯請
> 于王，戊申，以黻冕命士會將中軍，且爲大傅。於是晉國之盜，逃
> 奔于秦。羊舌職曰：「吾聞之：禹稱善人，不善人遠。此之謂也夫！
> 詩曰：『戰戰兢兢，如臨深淵，如履薄冰。』善人在上也。」

上文羊舌職所引詩句見〈小雅〉〈小旻〉末章，本係作者（周之大夫）懼及其
禍之辭，而此則似指盜賊而言。蓋士會將中軍且爲大傅，於是晉國之盜，逃
奔於秦，羊舌職引「戰戰兢兢，如臨深淵，如履薄冰。」以描盜賊逃奔狼狽
之狀，此之謂「無理而妙」也。

又，左襄公七年傳：

> 冬十月，晉韓獻子告老。公族穆子（獻子之長子）有廢疾，將立之。
> 辭曰：「詩曰：『豈不夙夜，謂行多露。』……無忌（穆子名）不才，
> 讓其可乎！請立起也。」

上文所引〈召南‧行露〉「豈不夙夜，謂行多露。」之句，本係女子拒婚之語，而此則爲穆子借作己有廢疾，不足繼立之謙辭。穆子以己之廢疾，頗有自知之明，不欲繼父而立，乃引此詩句以作拒絕；同爲拒絕之義，女子可用之以拒婚，穆子可用之以辭位，詩之巧妙引申有如是者。

又，左昭公八年傳：

> 春，石言于晉魏榆，晉侯問於師曠曰：「石何故言？」對曰：「……今宮室崇侈，民力彫盡，怨讟並作，莫保其性，石言不亦宜乎？」於是，晉侯方築虒祁之宮。叔向曰：「子野之言，君子哉！君子之言信而有徵，故怨遠於其身，小人之言僭而無徵，故怨咎及之。詩曰：『哀哉不能言，匪舌是出，唯躬是瘁。哿矣能言，〈巧言〉如流，俾躬處休。』其是之謂乎？是宮也成，諸侯必叛，君必有咎，夫子知之矣！」

此引詩〈小雅〉〈雨無正〉之五章。詩原乃憂時傷亂之作，言賢者不得進言，言則得咎，身罹其禍，彼佞幸阿俗者，則巧言如流，反得以安居休休然。今師曠因晉侯之問，而諫其失，叔向引此詩而反用詩義，讚許師曠能緣問流轉，終歸於諫。此引申詩義之妙用也。蓋引申詩義，或就其正面而引申，或就其反面而引申，引用者其智若水之躍動，亦舉一反三之類也。孔子施教，不憤不啓，不悱不發，此周代之啓發教育，言語引詩乃深合夫子教學大旨者，亦猶今之「智育」也。

三、斷章取義

春秋言語引詩，可以不問全篇、全章之義爲何，但取其一章、一句之義，甚或全違詩旨，賦予新義，以爲己用。此即孟子所謂「說詩者不以文害辭，不以辭害志，以意逆志，是爲得之。」〔註23〕之旨；亦即杜預所謂「詩人之作，各以情言，君子論之，不以文害意，故春秋傳引詩，不皆與今說詩者同。」〔註24〕此斷章取義也。其用詩之方式與本章第二節所言「賦詩言志」中之斷章取義同，於此舉其例以明之。

左成公十二年傳：

> 秋，晉人敗敵於交剛。晉郤至如楚聘，且涖盟，楚子享之，子反相，爲地室而縣焉。郤至將登，金奏作於下，驚而走出。子反曰：「日云

〔註23〕《孟子‧萬章上》。
〔註24〕左隱公元年傳「詩曰：『孝子不匱，永錫爾類。』其是之謂乎！」下杜預注。

莫矣，寡君須矣，吾子其入也。」賓曰：「君不忘先君之好，施及下臣，貺之以大禮，重之以備樂；如天之福，兩君相見，何以代此，下臣不敢！」子反曰：「如天之福，兩君相見，無亦唯是一矢以相加遺，焉用樂？寡君須矣，吾子其入也。」賓曰：「若讓之以一矢，禍之大者，其何福之爲？世之治也，諸侯聞於天子之事，則相朝也；於是乎有享宴之禮，享以訓恭儉，宴以示慈惠；恭儉以行禮，而慈惠以布政；政以禮成，民是以息。百官承事，朝而不夕，此公侯之所以扞城其民也。故詩曰：『赳赳武夫，公侯干城。』及其亂也，諸侯貪冒，侵欲不忘，爭尋常以盡其民，略其武夫，以爲己腹心、股肱、爪牙，故詩曰：『赳赳武夫，公侯腹心。』天下有道，則公侯能爲民干城，而制其腹心，亂則反之。今吾子之言，亂之道也，不可以爲法。然吾子，主也，至敢不從！」遂入卒事。歸以語范文子，文子曰：「無禮必食言，吾死亡無日矣夫！」

按卻至所引「赳赳武夫，公侯干城。」、「赳赳武夫，公侯腹心。」分屬〈周南〉〈兔罝〉一章及三章之末二句。〈毛傳〉：「赳赳，武皃；干，扞。」〈鄭箋〉：「干、城，皆以禦難。」〈杜注〉：「赳赳，武皃；干，扞，言公侯之與武夫，止於扞難也。」又，〈毛傳〉：「可以制斷公侯之腹心。」〈杜注〉：「舉詩之正以駁亂義，詩言治世，則武夫能合德公侯，外爲扞城，內制其腹心。」

然吾人考察原詩，毛、鄭、杜諸人所言乃大悖詩旨者。〈周南‧兔罝〉詩三章如下：

肅肅兔罝，椓之丁丁。赳赳武夫，公侯干城！

肅肅兔罝，施于中逵。赳赳武夫，公侯好仇！

肅肅兔罝，施于中林。赳赳武夫，公侯腹心！

顧頡剛氏云：「這三章詩原只有贊美武夫爲公侯出力的一個意思；因爲奏樂上的需要，把牠重複了兩遍。武夫做公侯的干城和做公侯的腹心全沒有什麼差別。卻至爲了辯駁子反的『兩君相見，無亦唯是一矢以相加遺』一句話，要得到『今吾子之言，亂之道也』一個結論，不惜把牠打成兩截：以『公侯干城』屬治世，『公侯腹心』屬亂世。但若是有人問他：『第二章的「公侯好仇」如何處置呢？』恐怕他自己也答不出來了！」〔註25〕因爲顧氏以爲卻至乃「急

不暇擇，把詩句割裂了應用的。」〔註26〕蓋《詩經》有連章疊詠者，均爲複沓之方式，各章句法相同，意義亦自不異，卻至以己辯論之方便，割裂此四句詩說成相反之二義，自屬穿鑿，其爲附會支離章章明矣。而〈毛傳〉、〈鄭箋〉、〈杜注〉不察，牽強詩義，以求合卻至之言，致一種意思作兩種說解，此即朱自清氏所言：「詩三百多即事言情之作，當時義本易明。到了他們手裡，有意深求，一律用賦詩引詩的方法去說解，以斷章之義爲全章全篇之義，結果自然便遠出常人想像之外了。」〔註27〕

深入探求，其眞相可得而言：（1）《詩經》原詩之「干城」、「好仇」、「腹心」均爲名詞，《左傳》所載卻至之言，爲求其以一詩分說治亂之方便，乃將「干城」一詞轉作「動詞」用，作其「此公侯之所以扞城其民也」之說解。（2）〈毛傳〉乃據《左傳》之文，就其旨意，以訓《詩經》，而《詩經》原句之本義變矣！（3）杜氏綜合傳、箋之義而注之。然原始要終，追本溯源，自應以《詩經》者還《詩經》，以《左傳》者還《左傳》，不宜混而言之，以致淆亂詩義，然毛鄭諸人不此之圖，遂以引用義爲本義也。朱自清氏云：「賦詩，引詩，……。好像後世詩文用典，但求舊典新用，不必與原義盡合；讀者欣賞作者的技巧，可並不會因此誤解原典的意義。不過注這樣詩文的人該舉出原典，以資考信。毛鄭解詩卻不如此。」〔註28〕毛鄭諸人不「舉出原典，以資考信」，遂使作詩之義與說詩之義分離也。

以解詩家之標準言，毛鄭非盡忠於原作之解詩家也，因其但求湊泊用詩者之義而不探求作詩者之義也。然推尋作詩之義與說詩之義分離之始作俑者，乃春秋時代卿士大夫賦詩言志及言語引詩之風氣也，此勞孝輿氏所謂「古人所作，今人可援爲己詩；彼人之詩，此人可虜爲自作，期於言志而止。」〔註29〕吾人觀前文所引卻至以一種詩義作兩種說解，乃「不作而作」之例矣。斷章取義之引詩皆「不作而作」者也。

又，左成公十六年傳：

> 楚子救鄭，司馬將中軍，令尹將左，右尹子辛將右。過申，子反入
> 見申叔時，曰：「師其何如？」對曰：「德、刑、詳、義、禮、信，

〔註26〕同前註。
〔註27〕《詩言志辨》「比興」，頁64～65。
〔註28〕同前註頁64。
〔註29〕《春秋詩話》卷之一。

戰之器也。德以施惠，刑以正邪，詳以事神，義以建利，禮以順時，
信以守物。民生厚而德正，用利而事節，時順而物成，上下和睦，
周旋不逆，求無不具，各知其極。故詩曰：『立我烝民，莫匪爾極。』
是以神降之福，時無災害。民生敦厖，和同以聽，莫不盡力，以從
上命，致死以補其闕，此戰之所由克也。」

上文申叔時所引乃〈周頌・思文〉之句。按朱熹《詩集傳》：「立，粒也。極，
至也，德之至也。言后稷之德，眞可配天。蓋使我烝民得以粒食者，莫非其
德之至也。」本係用以贊美后稷之德，而此申叔時但引其「立我烝民，莫匪
爾極」二句，借作陳述其出師用兵，克敵制勝之道之說明，與詩原旨乖違，
亦斷章取義之例也。

　　察乎春秋時人，言語引詩之斷章取義，不過資以爲論辯之方便，以圖服
人之口，及至儒者著述以斷章取義之方式說詩，遂益以人倫教化，乃以《詩
經》爲道德學說之注腳。觀夫斷章取義演進之跡，詩教之旨可得而知矣。

四、引詩譬喻

　　春秋時代，言語引詩多有用譬喻比況，以明事義者，此即《禮記・學記》
所謂「不學博依，不能安詩」也。舉二例以明之。

　　左襄公三十一年傳：

（文子）言於衛侯曰：「鄭有禮，其數世之福也，其無大國之討乎？
詩云：『誰能執熱，逝不以濯。』禮之於政，如熱之有濯也；濯以救
熱，何患之有？」

此引詩〈大雅・桑柔〉之第五章也。文子讚美鄭國有禮，必有數世之福，以
「熱之有濯」比喻治國之有禮。

　　又，左昭公三十二年傳：

（史墨）對曰：「……天生季氏，以貳魯侯，爲日久矣。民之服焉，
不亦宜乎？魯君世從其失，季氏世脩其勤，民忘君矣。雖死於外，
其誰衿之？社稷無常奉，君臣無常位，自古以然。故詩曰：『高岸爲
谷，深谷爲陵。』三后之姓，於今爲庶，主所知也。」

此引〈小雅〉〈十月之交〉之第三章也。史墨引之以喻「社稷無常奉，君臣無
常位」之理，蓋「變乃唯一之不變」，爲侯爲庶，變幻無常，觀乎谷陵之變易，
則知之矣。此皆言語引詩譬喻之類。

　　綜上所述，言語引詩除直用詩義外，大抵均不同於詩本義，其中尤以斷章取義為最，雖偏違詩義，亦能自成其說，今人視之雖鄰於郢書燕說，穿鑿附會。而「有作詩者之義，有用詩者之義，有說詩者之義。」識此原則便可不必呶呶以辯。其及於詩教之影響者，亦可得而述。蓋「言語引詩」啓儒者「著述引詩」之先河。《論語・先進篇》載南容三復白圭，孔子以其兄之子妻之，按南容所復之詩為「白圭之玷，尚可磨也，斯言之玷，不可為也。」謂謹言之重要，孔子所取者亦南容能謹言，此「直用詩義」也。〈中庸〉三十三章引「潛雖伏矣，亦孔之昭。」以說君子內省不疚，無惡於志之理，按「潛雖伏矣，亦孔之昭。」乃〈小雅〉〈正月〉之詩，詩意本謂暴政酷烈，無所遁逃，〈中庸〉以之說「莫顯乎隱，莫見乎微。」此「引申詩義」也。《孟子・梁惠王篇下》引「古公亶父，來朝走馬，率西水滸，至于岐下，爰及姜女，聿來胥宇。」以說內無怨女，外無曠夫，王如好色宜與百姓同之一段論說，此「斷章取義」也。《論語・學而篇》載子貢引「如切如磋，如琢如磨。」以喻精益求精，道理層出之義；〈八佾篇〉載子夏引「巧笑倩兮，美目盼兮，素以為絢兮」以喻禮後之旨；此「引詩譬喻」也。言語引詩影響儒者說詩有在是者，以詩乃義理之府，可用以教諭焉。

　　清朝勞孝輿氏於其《春秋詩話》卷之一云：「古人所作，今人可援為己詩；……。人無定詩，詩無定指，以故可名不名、不作而作也。」又於同書卷之三云：「引詩者，引詩之說以證其事也，事，主也；詩，賓也。然如斷獄焉，詩則爰書也，引之斷之而後事之是非曲直，錙銖不爽其衡，則又事為賓而詩為主。知引詩之詩為主，可與說詩矣。」勞氏「人無定詩，詩無定指」及引詩「詩」、「事」互為賓主之說，知春秋時代之賦詩引詩乃一極自由取用之狀態，此一自由取用詩義之風乃儒者以教化義理說詩之濫觴也。

　　吾人再綜觀本章所述，「典禮用詩」及「獻詩陳志」二者可說是「《詩經》本身之運用」，「賦詩言志」及「言語引詩」則為「《詩經》引申之運用」，而「典禮用詩」乃用之於典禮，屬禮樂意義之詩教，「獻詩陳志」、「言語引詩」則用之於勸諫頌美或論人事義理，屬義理意義之詩教；至若「賦詩言志」乃享燕之禮無算樂及鄉樂唯欲之節目，以其亦以義理為說，則兼具禮樂用途及義理用途者也。觀夫周代詩之運用，已關乎教化矣。

第三章　孔子之詩教

　　孔子以詩書禮樂教弟子，然四者之中，實以詩爲先。《論語・季氏篇》載：陳亢問於伯魚曰：「子亦有異聞乎？」對曰：「未也。嘗獨立，鯉趨而過庭，曰：『學詩乎？』對曰：『未也。』『不學詩，無以言。』鯉退而學詩。」又〈陽貨篇〉載：子謂伯魚曰：「女爲〈周南〉〈召南〉矣乎？人而不爲〈周南〉〈召南〉，其猶正牆面而立也與！」教莫先於子，亦莫重於子，孔子教伯魚爲學，以詩爲先，於詩又特重〈周南〉〈召南〉，於〈周南〉〈召南〉又盛稱「〈關雎〉樂而不淫，哀而不傷。」於此，蓋可見孔子之施教，必有本末之分，先後之序，夫正其本而萬物理矣。

　　吾人復考之《論語》，夫子言《易》，但言「加我數年，五十以學《易》，可以無大過矣。」及引「不恒其德，或承之羞。」一恒卦九三爻辭；言《書》，但言「《書》云：『孝乎！惟孝友於兄弟。』施於有政，是亦爲政，奚其爲爲政？」（〈爲政〉）「子張曰：『《書》云：高宗諒陰，三年不言。何謂也？』」（〈憲問〉）及〈子張篇〉引〈虞書〉〈大禹謨〉及〈商書〉〈湯誥〉；言禮，但言「執禮」「不學禮，無以立。」如是而已。於詩則異是，其言詩之要旨及引詩以說，竟至十九處之多。而孟子及後儒依託孔子言詩之記載者，益不可勝數，此均見孔子之特重詩教也。《大戴禮記》魏將軍文子問於子貢曰：「吾聞夫子之施教也，先以詩。」非虛語也。

　　《論語・爲政篇》孔子曰：「詩三百，一言以蔽之，曰：思無邪。」〈陽貨篇〉孔子曰：「小子何莫學夫詩？詩，可以興，可以觀，可以群，可以怨，邇之事父，遠之事君，多識於鳥獸草木之名。」「思無邪」者，體也，體也者，詩教之總綱，「興觀群怨邇遠多識」者，用也，用也者，詩教之內容，有體斯

有用，體以用顯，用因體成，體用兼具，此孔子之詩教。《禮記・經解篇》云：「孔子曰：入其國，其教可知也，其爲人也溫柔敦厚而不愚，則深於詩者也。」《禮記》晚出西漢，其所言孔子曰云云，未必即孔子所親言，然必爲孔門相傳之說則無可疑，考之孔子詩論亦不相悖。「溫柔敦厚而不愚」者，詩教之效也。

第一節 「思無邪」

孔子曰：「詩三百，一言以蔽之，曰：思無邪。」考「思無邪」一語出自《魯頌・駉篇》第四章，駉之詩乃述僖公牧馬之盛，其云「思無疆，思馬斯臧。」、「思無期，思馬斯才。」、「斯無斁、思馬斯作。」、「思無邪，思馬斯徂。」皆形容馬之多而美，四者本同爲一例。而「思無邪」一句，語自聖人，心眼迥別，斷章取義，以該全詩，千古遂不可磨滅，然與原詩本旨無涉也。

俞樾《曲園雜纂》云：「按〈駉篇〉八思字並語辭。毛公無傳。鄭以思遵伯禽之法說之。失其旨矣。《論語・爲政篇》引思無邪句，包注曰：『歸於正。』止釋無邪二字，不釋思字。邢疏曰：『思無邪者此詩之一言，《魯頌・駉篇》文也。詩之爲體論功頌德，止僻防邪，大抵皆歸於正，故此一句可以當之也。』亦止釋無邪，不及思字，得古義矣。」俞氏以爲「思無邪」之「思」乃語詞，無義也，然吾人觀夫春秋時人引詩賦詩斷章取義之例，自不必與原詩詩旨同也，孔子引之，亦可作如是觀。蓋思無邪者，思慮無有偏邪，皆歸於正之謂。此以「思」作「思慮」之思解，自較以語詞解「思」字，富饒意趣也。然則，夫子以「思無邪」涵蘊詩三百之義，其眞義究何在哉？蓋「思無邪」者，詩教之體也，其義有二，一曰：重眞情流露，自然質樸之表達，一曰：重歸於人類情性之正。試申述之。

一、「思無邪」之大義

（一）重真情流露，自然質樸之表達

孔子學說固重禮樂教化，然禮樂之所施必有待質樸之本性，蓋「甘受和，白受采，忠信之人，可以學禮，苟無其質，禮不虛行。」〔註1〕故林放問禮之本，孔子答以「禮，與其奢也，寧儉；喪，與其易也，寧戚。」殆質乃禮之

〔註1〕《論語》朱注〈八佾篇〉繪事後素章引楊氏說。

本，與其節文習熟而無哀痛慘怛之實，不如敬哀有餘而禮不備。子夏問素以為絢兮之理，孔子答以繪事後素，以先有質地方可施以禮文。〈先進篇〉孔子更明言曰：「先進於禮樂，野人也，後進於禮樂，君子也，如用之，則吾從先進。」凡此均見孔子之重自然質樸也。其說雖論禮樂，然古者詩禮樂合一，論禮樂亦即論詩也，推而言之，孔子論詩亦必重真情流露，自然質樸之表達。試以〈關雎〉詩為例，以申此意，其詩曰：

> 關關雎鳩，在河之洲。窈窕淑女，君子好逑。參差荇菜，左右流之；
> 窈窕淑女，寤寐求之。求之不得，寤寐思服，悠哉悠哉，輾轉反側。
> 參差荇菜，左右采之；窈窕淑女，琴瑟友之。參差荇菜，左右芼之；
> 窈窕淑女，鐘鼓樂之。

本詩但為「君子自求良配，而他人代寫其哀樂之情耳。」[註2]無一語及於「后妃之德」，更遑論太姒為文王求淑女，與共職事，〈詩序〉為求附合政治教化之用，遂不得不以文王后妃為說也。蓋君子者，有德者之通稱，未必即指文王，淑女者，「婦德、婦容、婦功、婦言」兼備之善女，未必即指太姒或文王之妾媵。是以姚際恒《詩經通論》卷之一，指〈詩序〉之疵云：

> 雎鳩，雌雄和鳴，有夫婦之象，故托以起興，今以為與君和鳴，不可通一也。淑女君子，的的妙對，今以妾媵與君對，不可通二也。逑，仇同，反之為匹，今以妾媵匹君，不可通三也。〈常棣〉曰：「妻子好合，如鼓琴瑟。」今云「琴瑟友之」正是夫婦義。若以妾媵為與君琴瑟友，則僭亂；以后妃與妾媵友，未聞后與妾媵可以琴瑟喻者也，不可通四也。

然則，〈關雎〉一詩，兩千餘年來，學者仍不脫〈詩序〉之束縛者，以「先儒誤以夫婦之情為私，是以曲為之辭。」（崔述語）也。而本詩作者則直言不諱，作自然質樸之表達，此其所以可貴也。

王船山云：

> 文者，白也，聖人之以自白而白天下也。匿天下之情，則將勸天下以匿情矣。忠有實，情有止，文有函，然而非其匿之謂也。「悠哉悠哉，輾轉反側」，不匿其哀也。「琴瑟友之」「鐘鼓樂之」，不匿其樂也。非其情之不止而文之不函也。匿其哀，哀隱而結；匿其樂，樂幽而耽。耽樂結哀，勢不能久而必於旁流。旁流之哀，懰慄慘澹以

〔註2〕崔述《讀風偶識》卷之一。

終乎怨；怨之不恤，以旁流於樂，遷心移性而不自知。〔註3〕

「白」者，直寫衷曲，毫無僞託虛假之意。是以，追求窈窕淑女而不得，則「悠哉悠哉，輾轉反側」，哀念之情，躍然紙上；既得之也，則「琴瑟友之」、「鐘鼓樂之」，喜樂之意，溢於言表。以不匿其哀樂之情，故不致旁流而爲懍慄慘澹，遷心移性而不自知也。程子曰：「思無邪者，誠也。」誠實無妄，眞情流露，此「思無邪」之本質也。

詩以言志，夏書有之，即莊子亦云「詩以道志」。志者，心之所之也，心之所之萬端，或寫男女情思，或記行役勞苦，或懸家國之想，或述禮儀之念，或頌先祖功德，或抒隱居求志，或嘆生年苦短。「夏之日，冬之夜，百歲之後，歸於其居。冬之夜，夏之日，百歲之後，歸於其室。」夫婦悼念悽怛之情存焉。「出其東門，有女如雲，雖則如雲，匪我思存，縞衣綦巾，聊樂我員。」不棄糟糠堅貞之意存焉；爲子而賦〈凱風〉，爲臣而賦〈北門〉；亦有怨刺上政而作之〈巷伯〉、〈正月〉。要之，情動於中，而形於言，言之不足，故嗟嘆之，嗟嘆之不足，故永歌之，永歌之不足，不知手之舞之，足之蹈之，但求直述其志，怨慕諷頌，皆無隱匿，非其情之不止而文之不函也，此作詩者眞情流露，一以無邪之思作之者也。

（二）重歸於人類情性之正

孔子之詩觀固重眞情流露，自然質樸之表達，然「質勝文則野」，化育文質彬彬之君子人格，方爲孔子立教之深願，故「思無邪」之詩教，亦重歸於人類情性之正。

〈八佾篇〉載孔子之言曰：「〈關雎〉，樂而不淫，哀而不傷。」試以此申重歸於人類情性之正之意。考〈關雎〉詩，其寫哀念之情但止於「悠哉悠哉，輾轉反側」，不致因情殉身，且以左右流動之荇菜比況貞靜淑女之難求，然難求非不可求也，求之不得，退而省其私，充實德慧，冀有以配之，絃外之音另有奮揚蹈厲之志，此哀而不傷也。既得之矣，其寫喜樂之意則曰：「琴瑟友之」、「鐘鼓樂之」，琴瑟友之者，以友道相待，所謂相敬如賓，以文會友，以友輔仁者也；鐘鼓樂之者，以鶼鰈相況，所謂夫唱婦隨，患難與共，甘苦同享者也，以琴瑟友之也，故有齊眉之敬，以鐘鼓樂之也，故有畫眉之樂，既敬且樂，亦侶亦友，而不致有縱慾淫蕩之失，此樂而不淫也。陰陽以和，萬

〔註3〕《詩廣傳》卷一。

物以生，而家道成焉。崔述《讀風偶識》云：

> 五倫始於夫婦，故十五國風中，男女夫婦之言尤多。其好德者則爲貞，好色者則爲淫耳。非夫婦之情即爲淫也。魏文侯曰：「家貧則思良妻，國亂則思良相。上承宗廟，下啓子孫，如之何其可以苟？如之何其可以不慎重以求之也？」知好色之非義，遂以夫婦之情爲諱，並德亦不敢好，過矣。〈關雎〉，三百篇之首，故先取一好德思賢篤於伉儷者冠之，以爲天下後世夫婦用情者之準。不可謂夫之於婦，不當爲之憂爲之樂也。若夫婦不當爲之憂樂，則五倫中亦不當有夫婦矣。

是以〈關雎〉詩以君子自求良配，而他人代寫其哀樂之情說解亦可致性情之正，不必若毛詩之以文王后妃說解方足以寓教諭也。以其「樂而不淫，哀而不傷」故可爲「天下後世夫婦用情者之準」矣。即以〈關雎〉詩爲託喻而作，其理亦可得而言，崔述又云：

> 〈關雎〉一篇，言夫婦也。即移之用於人，亦無不可。何者？夫之欲得賢女爲婦，君之欲得賢士爲臣，一也。果賢女與，必深居簡出而不自炫耀。果賢士與，必安貧守分而不事干謁，非寤寐求之，不能得也。是以古之聖帝明王，咨於岳，稽於眾，或三聘於莘野，或三顧於草廬，與〈關雎〉之輾轉反側，何以異焉？然及其既得，則志同道合，恭己無爲，而庶績咸熙。所謂琴瑟友之，鐘鼓樂之者也。
> 故曰：「勞於求賢，逸於得人。」豈不信與？〔註4〕

蓋詩無達詁，所言者在彼，而其意未嘗不可在此，引譬連類，亦可作如是之釋說。歸於人類情性之正，此詩教「思無邪」之又一大義也。

二、後儒對「思無邪」說之誤解

「思無邪」之大義，已如上述。然後儒不察詩教「思無邪」有此二義，以道男女情思之詩爲淫詩，委曲其解，視此等真情流露之作爲不合詩教「思無邪」之旨，遂有〈詩序〉之「以刺諱淫」及朱熹之「以淫爲戒」之說，熹之三傳弟子王柏，甚有刪略葩經，奏之朝廷而放黜之之舉。

〈詩序〉說詩全取美刺觀點，間亦有切合詩旨者，然杜撰附會者多，《朱子語類》云：

〔註 4〕同註2。

> 大率古人作詩，與今人作詩一般，其間亦自有感物道情，吟咏情性，
> 幾時盡是譏刺他人？只緣序者立例，篇篇要作美刺說，將詩人意思，
> 盡穿鑿壞了！

此撥雲見天、一針見血之論也，故其說詩自不局囿於〈詩序〉，乃能「閎意眇指，一洗末師專己守殘之陋。」，〔註5〕間采毛鄭以前之說，並不以述及男女戀情之詩爲諱，而直指其爲「淫詩」。《語類》又云：

> 小序大無義理，皆是後人杜撰，先後增益湊合而成。多就詩中採摭言語，更不能發明詩之大旨。……其他變風之詩，未必是刺者皆以爲刺；未必是言此人，必傅會以爲此人。〈桑中〉之詩，放蕩留連，止是淫者相戲之詞，豈有刺人之惡，反自陷於流蕩之中？〈子衿〉詞意輕儇，亦豈刺學校之詞？〈有女同車〉等，皆以爲刺忽而作。……考之於忽，所謂淫昏暴虐之類，皆無其實，遂自目爲狡童，豈詩人愛君之意？況其所以失國，正坐柔懦闒疎，亦何狡之有？

此已指〈桑中〉、〈子衿〉、〈有女同車〉、〈狡童〉等，均爲淫者之詩，不當諱之以刺。於是遂明指邶、鄘、衛、王、鄭、齊、陳諸國風中三十篇爲淫詩，其中〈鄭風〉二十一篇，淫詩竟有十五篇之多，此乃朱子誤以「鄭聲淫」爲「鄭風淫」而來，以爲「許多〈鄭風〉，只是孔子一言斷了，曰：鄭聲淫。」「鄭聲淫，所以鄭詩多是淫佚之辭。」「聖人言鄭聲淫者，蓋鄭人之詩，多是言當時風俗，男女淫奔，故有此等語。」（均見語錄）。實則，孔子言「鄭聲淫」非即〈鄭風〉淫也，《禮記·樂記》云：「子夏曰：鄭音好濫淫志，宋音燕女溺志，衛音趨數煩志，齊音傲僻喬志。此四者皆淫於色而害於德，是以祭祀弗用也。」若謂鄭音即鄭詩，衛音即衛詩，齊音即齊詩，十五國未有宋詩也，則所謂燕女溺志者，是何詩與？即以〈商頌〉爲宋詩，〈商頌〉五篇全爲祭祀之詩，又何燕女溺志之有？且與「祭祀弗用」之語矛盾。而二南之〈行露〉、〈野有死麕〉，若以朱子之觀點言之，其辭淫之已甚，以其篇列所謂正風而不指爲淫，豈持平之論哉？姚際恆《詩經通論》論旨云：「夫子曰：『鄭聲淫』，聲者，音調之謂；詩者，篇章之謂；迥不相合。世多發明之，意夫人知之矣。且春秋諸大夫燕享，賦詩贈答，多集傳所目爲淫詩者，受者善之，不聞不樂，豈其甘居于淫佚也？季札觀樂，于鄭衛皆曰『美哉』無一淫字。此皆足證，人亦盡知。然予謂第莫證以夫子之言曰：『詩三百，一言以蔽之，曰：

〔註5〕王應麟《詩考》序中語。

思無邪。」如謂淫詩，則思之邪甚矣，曷爲以此一言蔽之耶？」陳啓源《毛詩稽古編》鄭風下云：「夫子言鄭聲淫耳，曷嘗言鄭詩淫乎？聲者，樂音也，非詩詞也；淫者，過也，非專指男女之欲也。古之言淫多矣，於星言淫，於雨言淫，於刑言淫，於游觀田獵言淫，皆言過其常度耳。樂之五音十二律，長短高下皆有節焉，鄭聲靡曼幼眇，無中正和平之致，使聞之者導欲增悲，沈溺而忘返，故曰淫也。朱子以鄭聲爲〈鄭風〉，以淫過之淫爲男女淫欲之淫，遂舉〈鄭風〉二十一篇盡爲淫奔者所作。」朱子指〈鄭風〉爲淫詩者但有十五篇，非如陳氏所言二十一篇全爲淫奔者所作，然陳氏言聲乃樂音，淫乃淫過之淫而非男女淫欲之淫，則甚當也。吾人復證之孔子所自言：「惡鄭聲之亂雅樂也。」（《論語‧陽貨》）鄭聲雅樂並言，鄭聲淫乃爲聲調之淫而非〈鄭風〉之淫可知。

　　朱子雖一反〈詩序〉「以刺諱淫」之陳說，但其所謂淫詩者，實非淫詩，不過詩人眞情流露，直抒胸臆之作。其既以此等詩爲淫詩矣，又必以此指斥之詩納入其道德勸懲之範疇，遂不得不強詞以說孔子「思無邪」之旨，其言曰：

> 孔子之稱「思無邪」也，以爲詩三百篇，勸善懲惡，雖其要歸，無
> 不出於正，然未有若此言之約而盡者耳，非以作詩之人所思皆無邪
> 也。今必曰彼以無邪之思，鋪陳淫亂之事，而閔惜懲創之意，自見
> 於言外，則曷若曰彼曰彼雖以有邪之思作之，而我以無邪之思讀之，
> 則彼之自狀其醜者，乃所以爲吾警懼懲創之資耶？〔註6〕

又云：

> 只是思無邪一句好，不是一部詩皆思無邪。〔註7〕

蓋作詩者但以眞性情作詩，乃自然質樸之表達，豈可謂「以有邪之思作之」？孔子明言「詩三百，一言以蔽之，曰：思無邪。」豈可謂「只是思無邪一句好，不是一部詩皆思無邪」？失子此說寧不爲掩耳盜鈴之舉？

　　失子玩味經文本意，又確認有如許「淫詩」，然孔子揭「思無邪」爲詩之大旨，淫與無邪，豈非矛盾？其人又爲崇信德教之理學宗師，爲求自圓其說，遂云「凡詩之言，善者可以感發人之善心，惡者可以懲創人之逸志，其用歸於使人得其情性之正而已。」〔註8〕然則朱子之以淫爲戒，與〈詩序〉之以刺

〔註6〕　《朱子全書綱領》。
〔註7〕　見《朱子語類》。
〔註8〕　《論語‧爲政篇》思無邪章注。

諱淫，其間用意，相去何若！雖不同聲而實同氣，直五十步之笑百步耳。

　　師承朱子反序及淫詩說之三傳弟子王柏（柏師何基，基師黃榦，榦師朱子），變本加厲，益趨極端，幾認整部《詩經》有竄黜之必要。葉由庚所作曠志中云：

> 　　（王柏）於詩則謂今之三百五篇，豈盡夫子之三百篇乎？所刪之詩，容或有存於閭卷浮薄之口者，漢儒概謂古詩，取以補亡耳。乃定二南各十有一篇，還兩兩相配之舊，退「何彼穠矣」「甘棠」歸之正風，削去「野有死麕」。若風、若雅、若頌，亦必辨其正變，次其先後，黜鄭衛諸淫奔之詩，定為經傳若干篇。

考王柏判定為淫詩者，雖與朱子小有出入，然竟多至三十二篇。蓋王氏以為詩經秦火，漢儒病其亡逸，妄取而攙雜，以足三百篇之數，而「雅奧難識，淫俚易傳」，〔註9〕此《詩經》雖經孔子刪存而復有淫詩之故也。然如說因遭秦禍而詩有亡逸，則易於亡逸者當為「雅奧難識」之雅頌，而非「淫俚易傳」之風詩。況班固《漢書·藝文志》云：「孔子純取周詩，上采殷，下取魯，凡三百五篇，遭秦而全者，以其諷誦不獨在竹帛故也。」從「遭秦而全」一語觀之，足證《詩經》至漢並無亡逸。詩之較他經利於諷誦，在其句法整齊，聲音鏗鏘，且多複疊，《尚書》佶屈聱牙，故多亡逸，此非由於「淫俚」方「易傳」也。即或有所謂漢儒取詩補殘之事，以漢儒之尊經崇禮，又豈肯取孔子已刪而存於閭卷浮薄者之口之淫詩，以足三百篇之數？

　　《四庫全書存目提要》於《詩疑》之評論云：

> 柏亦自知詆斥聖經為公論所不許，乃託詞於漢儒之竄入。夫漢尊師說，字句或有異同，至篇數則傳授昭然，其增減一一可考。……惟詩不言有所增加，安得指國風三十二篇為漢儒竄入也？……詩有四家，亦可以互考。……一句一字之損益，即彼此參差，昭昭乎不能掩也。此三十二篇之竄入，如在四家既分之後，則齊增者魯未必增，魯增者韓未必增，韓增者毛未必增，斷不能如是之畫一。如在四家未分以前，則為孔門之舊本，確矣。

提要所言，語極中肯。於此均見王柏懸揣漢儒增竄之說，未為確也。

　　王柏以不明孔子「思無邪」之本旨，竟欲刪略其所謂漢儒增竄之詩，云「敢記其目以俟有力者請於朝而再放黜之，一洗千古之蕪穢。」「所去者不過

───────────────

〔註9〕見《詩疑》卷一總說。

三十有二篇，……初不害其爲全經也。」其說未免誕且僭也。

　　考〈詩序〉、朱熹、王柏之所以如此者，其故可得而言。漢儒以《詩經》作諫書，爲朝廷之所重，自不能不以美刺教化說詩；宋儒最重禮教，男女社交絕無自由，有寡婦「餓死事小，失節事大」之說，以爲男女言情之作，孔子所以存之者，在懲創人之逸志，見其淫而思戒；王柏則以爲「淫詩」爲聖人所必削，不待智者，人皆知之，將使欲動難制，不能懲創人之逸志，且童子講習，易導邪思，學者吟哦，尤非雅尙，故欲此等言情之作放黜之而後已。〔註10〕然皆非孔子之本旨。

　　蓋孔子「思無邪」之詩教，一以求作詩者眞情流露，無有隱匿，作自然質樸之表達，一以求歸於人類情性之正。以其重眞情之流露也，故〈詩序〉之以刺諱淫，朱子之以淫爲戒，王柏之欲刪略全經，徒爲多事耳。以其重歸於人類情性之正也，故作詩者以無邪之思作之，讀詩者當以無邪之思讀之，其詩所鋪陳之善德美政法焉，所鋪陳之惡德亂政懲焉，然則朱子「善者可以感發人之善心，惡者可以懲創人之逸志。」若其惡者不以「作詩者以有邪之思作之」解之，未爲謬矣，以作者眞誠無妄直陳其事，固未嘗有邪思之可言，所謂惡者乃指詩內容所述有惡德亂政耳。近人熊十力氏云：「三百篇，蔽以思無邪一言，此是何等見地而作是言。……。須知聖人此語，通論全經，即徹會文學之全面。文學元是表現人生，光明黑暗雖復重重，然通會之，則啓人哀黑暗向光明之幽思，自有不知所以然者，故曰『思無邪』也。」（《讀經示要三》）熊氏之言，得孔子之旨，朱子所言「作詩者以有邪之思作之，讀詩者以無邪之思讀之。」未爲確也。

　　詩教以「思無邪」爲其體，體者總綱也，有體斯有用，用者內容也，明乎詩教之體，而興觀群怨邇遠多識之用可得而知，溫柔敦厚而不愚之效可得而有矣。

第二節　興觀群怨

　　孔子曰：「詩可以興，可以觀，可以群，可以怨，……。」（〈陽貨〉）《論語集解》包咸注：「孔曰：興，引譬連類。鄭曰：觀風俗之盛衰。孔曰：群居相切磋，怨刺上政。」引譬連類者，作詩者因物事起興，以說胸臆之情，讀

〔註10〕同前註。

詩者復因詩以興起，涵暢道德而歆動之也。觀風俗之盛衰者，王者採詩以觀民風，可知民情之殊異，以見得失，自考正也，後之讀詩者，亦得觀周代之民習風情。群居相切磋者，言兄弟朋友之誼，可與共學，可與適道，庶幾免獨學寡聞之弊，而得日就月將，緝熙光明之益，殆猶今之群育教育。怨刺上政者，憫家國之喪亂，哀斯民之無告，其蘊於胸中之感憤有不能已者，遂不得不直斥君上，思有以改革朝政，致民袵席，然孔安國所云但家國之怨耳，人之怨憤復有棄婦之怨、行役之怨者。

朱注興觀群怨云：「感發志氣，考見得失，和而不流，怨而不怒。」感發志氣即孔安國所云「引譬連類」，考見得失即鄭康成所云「觀風俗之盛衰」，和而不流則群居相切磋宜有之態度，怨而不怒則怨憤需有之襟懷。

然興觀群怨四者非截然分開者，而以「興」為其樞機，以觀可以興，群可以興，怨亦可以興也。作詩者以無邪之思鋪陳善惡治亂、怨憤喜樂，讀詩者以無邪之思興起其好善惡惡之情，此「興」所以為樞機者也。

一、詩可以興

《論語‧泰伯篇》載孔子之言曰：「興於詩，立於禮，成於樂。」朱注於「興於詩」句下云：「興，起也。詩本性情，有邪有正，其為言既易知，而吟咏之間，抑揚反覆，其感人又易入，故學者之初，所以興起其好善惡惡之心而不能已者，必於此而得之。」〈陽貨篇〉載：「子曰：詩可以興，……。」朱注「興」為「感發志氣」。朱夫子於此二處之注，其解「興」字雖異其詞，而內涵實相通。蓋朱子論詩重教化之意義，曾言：「修身及家，平均天下之道，其亦不待他求而得之於此矣。」（《詩集傳序》）欲使學者「即是而有以考其得失，善者師之而惡者改焉。」（同上）其說得孔門之真傳，此「詩可以興」之微旨。

「興」有「作詩者之興」有「讀詩者之興」。鍾嶸云：「氣之動物，物之感人，故搖蕩性情，形諸舞詠，……動天地而感鬼神，莫近於詩。」（〈詩品序〉）朱子云：「詩者，人心之感物，而形於言之餘也。」（《詩集傳序》）人生而靜，天之性也，感於物而動，性之欲也；性之欲者，情也。詩人之心因外物之興起，不能不形諸文字，以寫其志氣胸臆，此「作詩者之興」。然「作者用一致之思，讀者各以其情而自得」，「詩無達詁」，未嘗不可引而用之，以興起鼓舞向善之心，此「讀詩者之興」。蓋作詩者讀詩者均得「引譬連類」而興

起也。而詩乃出於性情之作，「作詩之興」必繫於情而後能感人，「讀詩之興」必繫於情而後能受用，此孔子所謂「詩三百，一言以蔽之，曰：思無邪。」（〈爲政〉）思無邪者，誠也，得性情之正也。

孔子曰：「不憤不啓，不悱不發，舉一隅不以三隅反，則不復也。」（〈述而〉）其教人特重啓發式教學法，孔門學詩亦然。蓋切磋琢磨，義取精進；深厲淺揭，意寓知幾；棣華以反而相成；繪事有資於素地。曾子臨終，「戰戰兢兢，如臨深淵，如履薄冰」；子路衣敝縕袍，終身誦「不忮不求，何用不臧」之章；南容謹言愼行，三復白圭。程氏云：「興於詩者，吟咏情性，涵暢道德之中而歆動之，有吾與點也之氣象。」又曰：「古之學者必先學詩，學詩則誦讀其言，善惡是非勸戒有以啓發其意，故曰興。」〔註11〕以詩有益於道德，又足以啓發人意，故孔門重讀詩如此。

（一）作詩之興及讀詩之興同繫於情

〈毛詩大序〉曰：「詩有六義焉，一曰風，二曰賦，三曰比、四曰興，五曰雅，六曰頌。」風雅頌者，詩篇之異體；賦比興者，詩文之異辭。《詩集傳・關雎篇》爲凡曰：「興者，先言他物以引起所詠之辭也。」〈語類〉云：「興，起也。引物以起吾意；如雎鳩是摯而有別之物，荇菜是潔淨和柔之物，引此起興。」此「作詩之興」。再申而言之，「關關雎鳩，在河之洲，窈窕淑女，君子好逑。」雎鳩一物也，河洲一地也，淑女一人也，好逑一事也，本不相關，而以一時意興牽會，倏爾相連，至其綴合成句而有一意，則其間若相因若不相因，而情味之穠郁在焉，此興詩之大妙也。

讀詩者以披文見情之故，搖蕩心魄，似可喻，似不可喻，然作者之心未嘗不可相交，蓋「作者用一致之思，讀者各以其情而自得」，不論其作者爲何人也，其原義爲何指也，期於言志而後已，期於興起鼓舞向善之心而後已，此「讀詩之興」。

夫情事蕃變，若以迫切質實之理念求之，必有時而窮，遂藉眼前之物象以烘託之、比喻之，而作者之情由此而凝，讀者之情亦由此而起，豈非「詩可以興」之謂乎？是知比興同可以興，非必興體而始能使人興起也。即刻露直敍，一瀉無餘之賦體，固可以申其怨刺想望，讀之者亦可以生其喜怒師範之心。「投我以木瓜，報之以瓊琚。匪報也，永以爲好也。」此賦體也，而未

〔註11〕《呂氏家塾讀詩記》卷第一綱領引。

嘗不可興起朋友相善,會文輔仁之心;「出其東門,有女如雲,雖則如雲,匪我思存。縞衣綦巾,聊樂我員。」亦賦體也,而未嘗不可興起不棄糟糠,專情於壹之義;「衡門之下,可以棲遲,泌之洋洋,可以樂饑。」亦賦體也,而未嘗不可興起安貧樂道,君子固窮之志。以是知,詩可以興,非比興然也,賦體亦可以興起鼓舞人向善之心,此「讀詩之興」異於「作詩之興」者。

然詩乃性情之作,以得性情之正爲貴。孔子曰:「詩三百,一言以蔽之,曰:思無邪。」思無邪者,詩之總綱也。朱子云:「凡詩之言,善者可以感發人之善心,惡者可以懲創人之逸志,其用歸於使人得其情性之正而已。」程子曰:「思無邪者,誠也。」此亦〈易傳〉所云:「修辭立其誠。」《禮記》所云:「情欲信。」蓋情貴眞摯,有第一等之襟抱,有第一等之學識,斯有第一等之眞詩,苟有眞性情,則鳥獸草木,魚蟲山雪,均爲大道顯用,否則徒爲無病呻吟,嘲花弄雪,「連篇累牘,不出月露之形,積案盈箱,盡是花草之章。」其於世道人心有何裨哉?

黃宗羲云:「蓋有一時之性情,有萬古之性情。夫吳歈越唱,怨女逐臣,觸景感物,言乎其所不得不言,此一時之性情也。孔子刪之以合乎興觀群怨思無邪之旨,此萬古之性情也。吾人誦法孔子,苟其言詩,亦必當以孔子之性情爲性情,如徒逐逐於怨女逐臣,逮其天機之自露,則一偏一曲,其爲性情亦末矣,故言詩者不可以不知性。」〔註12〕君子當以此言爲則,若胸無感觸,漫爾抒詞,縱使詞華絕代,其於性情相去遠矣。以是知「作詩之興」一繫於情,即離情而讀詩亦無可感發矣,同繫於情謂之爲「興」,其於詩之寫法,孰爲賦,孰爲比,孰爲興,不之計也。同繫於情,此二者之所同也。此焦循所謂「不言理而言情,不務勝人,而務感人。」〔註13〕然則以「情」感人而興發向善去惡之心,雖不言「理」,而「理」實寓「情」中,此亦梁任公所云「以情感哲學代理性哲學」耶?〔註14〕蓋所謂「言情」、「務感人」、「情感哲學」者,即孔子「思無邪」之本旨,詩教以「思無邪」爲其體,興發人意之用必以之爲準的焉。

〔註12〕 〈馬雪航詩序〉。
〔註13〕 〈毛詩補疏序〉。
〔註14〕 梁任公於《清代學術概論》「十一」評戴震《孟子字義疏證》云:「《疏證》一書,字字精粹,……。綜其內容,不外欲以『情感哲學』代『理性哲學』。……實三百年間最有價值之奇書也。」

（二）孔門學詩偏重讀詩之興

　　孔子教學重學者觸類旁通，深造有得，以其智若水之動，活躍創發，方足以言善學。此即程伊川所云「必優游涵咏，默識心通，然後能造其微。」〔註15〕亦象山所云「讀書固不可不曉文義，然只以曉文義爲是，只是兒童之學，須看意旨所在。」〔註16〕故必如子貢之知切磋琢磨，子夏之悟禮後之旨，孔子方許其「始可與言詩已矣」。

　　《論語・學而篇》載：

　　　　子貢曰：「貧而無諂，富而無驕，何如？」子曰：「可也，未若貧而樂，富而好禮者也。」子貢曰：「詩云：『如切如磋，如琢如磨。』其斯之謂與？」子曰：「賜也，始可與言詩已矣，告諸往而知來者。」

按「如切如磋，如琢如磨。」〈衛風・淇澳〉之篇也，言治骨角者，既切之而復磋之，治玉石者既琢之而復磨之，治之已精，而益求其精也。凡嗜欲深者其天機必淺，凡嗜欲淺者其天機必深。貧而諂，以其嗜欲深也；富而驕，以其天機淺也。惟嗜欲淺者能貧而無諂，惟天機深者能富而無驕。斯二者足以自守，而未足以有爲，足以自安，而未足以樂道。蓋內有不足則外有所求，內有所重則外有所輕，孔子教以「貧而樂」，樂道則內足於己，寧肯諂乎？教以「富而好禮」，好禮則內有所重，寧敢驕乎？學問愈學愈精，修道愈修愈密，如切如磋，如琢如磨者，所以益求其學道之精密也。子貢自以無諂無驕爲至矣，聞夫子之言，又知義理之無窮，故引是詩以明百尺竿頭，更進一步之義。蓋舉此切磋琢磨之事以喻彼道理層出之義，其鑒往知來之智，溢於言表，故孔子深致其讚譽。

　　〈八佾篇〉載：

　　　　子夏問曰：「『巧笑倩兮，美目盼兮，素以爲絢兮。』何謂也？」子曰：「繪事後素。」曰：「禮後乎？」子曰：「起予者商也，始可與言詩已矣。」

考「巧笑倩兮，美目盼兮，素以爲絢兮。」前二句見〈衛風・碩人〉，後一句未見，而此條「素以爲絢兮」一句爲其樞機，知孔子時有此一句，後代逸之也。此以素絢喻質文，有質而文有可施之地，即言有忠信之質而禮文方可加諸其身也。「禮後」爲抽象之理，不比繪素之顯豁，故以「繪事後素」易解之

〔註15〕《二程全書・伊川經說四》。
〔註16〕《象山全集》三十五。

實事比其「禮後」難說之玄理，使常情之詩詞擴而爲人生之大義。子夏如是觸類旁通，孔子非但許其可與言詩，並云「起予者商也」，師弟講習相得之樂，有如是者。

朱注引謝氏曰：「子貢因論學而知詩，子夏因論詩而知學。」其次序雖異，而以詩興發志意則同。鄭樵云：「善論詩者，當達詩中之理，如子貢子夏」是也。此孔門學詩偏重「讀詩之興」之二顯例。

〈子罕篇〉載：

> 子曰：「衣敝縕袍，與衣狐貉者立，而不恥者，其由也與！『不忮不求，何用不臧。』」子路終身誦之。子曰：「是道也，何足以臧？」

按「不忮不求，何用不臧。」〈衞風・雄雉〉之詩也，言能不忮害不貪求，則何爲不善乎？恥惡衣惡食者未足與言道也，子路能不以貧富動其心，則可以進於道矣，故孔子引此詩以美之，子路以孔子美之也，終身誦之而不敢或忘焉。孔子以詩美弟子，弟子以詩爲修養圭臬，皆興於詩也。

〈先進篇〉載：

> 南容三復白圭，孔子以其兄之子妻之。

考南容所復白圭，〈大雅・抑〉之篇也，其文曰：「白圭之玷，尚可磨也，斯言之玷，不可爲也。」南容一日三復此言，蓋深有意於謹言也。言者行之表，行者言之實，未有易其言而能謹於行者，南容欲謹其言如此，則必能謹其行。蓋「其言之不怍，則爲之也難。」（〈憲問〉）「君子恥其言而過其行。」（同上）「古者言之不出，恥躬之不逮也。」（〈里仁〉）南容受孔子謹言之教若是，又能引白圭之詩以證驗之，故孔子以其兄之子妻之，以謹言若是，故邦有道不廢，邦無道則可免於刑戮，託終身於此等恂恂儒者，誠高枕無憂之良善安排。此南容以興於詩而成家室焉。

上舉子路、南容二例，見孔門學詩偏重讀詩之興，鄭樵云：「善學詩者，當取一二言爲立身之本，如南容子路。」此之謂也。

曾子於孔門弟子中爲最少，性又魯鈍，然以孜孜矻矻，敦篤力行，得悟孔子忠恕一貫之道，其信道之篤，執德之宏，弟子中無有出其右者，吾人觀其易簀之際，「吾得正而斃焉，斯已矣。」（《禮記・曲禮》）之語可知。夫仁者無終食之間違仁，造次必於是，顛沛必於是，即臨終之際亦絲絲不苟也。〈泰伯篇〉載：

> 曾子有疾，召門弟子曰：「啓予足，啓予手。詩云：『戰戰兢兢，如

臨深淵，如履薄冰。』而今而後，吾知免夫，小子！」

按「戰戰兢兢，如臨深淵，如履薄冰。」〈小雅〉〈小旻〉之詩也。曾子以其所保之全示門人，而言其所以保之之難如此，至於將死而後知其得免於毀傷也。蓋父母全而生之，子當全而歸之，曾子臨終而啓手足爲是故也。朱子引范氏曰：「身體猶不可虧也，況虧其行以辱其親乎！」曾子引此詩以言其戒愼恐懼之心情，孔子教弟子興於詩之實若是，此興於詩而得「成孝敬」之效也。

上舉五例，孔子或與門弟子論詩，或門弟子有得於孔子興於詩之詩教，皆「讀詩之興」。他若〈子罕篇〉：孔子說詩「唐棣之華，翩其反而，豈不爾思，室是遠而！」曰：「未之思也，夫何遠之有？」〈季氏篇〉引「誠不以富，亦祇以異。」以說「齊景公有馬千駟，死之日，民無德而稱焉；伯夷叔齊，餓於首陽之下，民到于今稱之。」一段史事，亦皆「讀詩之興」。其謂伯魚曰：「女爲〈周南〉〈召南〉矣乎？人而不爲〈周南〉〈召南〉，其猶正牆面而立也與！」（〈陽貨〉）以〈周南〉〈召南〉所言全爲修身齊家之事，讀之可感發人志氣，亦「讀詩之興」也。

陳季立《讀詩拙言》曰：「詩三百篇，牢籠天地，囊括古今，原本物情，諷切治體，總統理性，闡揚道眞，廓乎廣大，靡不備矣，美乎精微，靡不貫矣，近也實遠，淺也實深，辭有盡而意無窮。」〔註17〕「近也實遠，淺也實深，辭有盡而意無窮。」詩可以興之謂。蓋人情喜和澤薰風而不喜嚴冰酷暑；以情感人若時雨之化，心志之感沛然莫之能禦也；以理感人若對儼然之師，心存怖懼而戰戰兢兢也。故以文學感人者易，以哲學感人者難，若能以文學作品說之哲學玄理，即以「理」寓「情」，則其流行有速於置郵而傳命。孔子至聖，識見高卓，其揭「詩可以興」之旨，抑有「以理寓情」之深義乎？

二、詩可以觀

王者採詩以觀民風，風俗之盛衰，政治之良窳，可得而觀。而後之讀詩者，亦得因詩以觀周代教化之概況。

（一）觀風俗之盛衰

一地有一地之土宜，一地之節候，民生其間，披靡濡染，遂有殊異之民情。孔子云：「性相近也，習相遠也。」（《論語‧陽貨》）流風遺俗之化人，

〔註17〕陳澧《東塾讀書記》卷六詩引。

有不期然而然者。

《漢書》卷八一匡衡本傳載匡衡之策論曰：

> 臣竊考國風之詩，〈周南〉〈召南〉，被賢聖之化深，故篤於行而廉於
> 色。鄭伯好勇，而國人暴虎；秦穆貴信，而士多從死；陳夫人好巫，
> 而民淫祀；晉侯好儉，而民畜聚；太王躬仁，邠國貴恕。

考〈周南〉、〈召南〉，其詩二十五篇，而涉男女、夫婦、家庭之什者，竟有十七篇之多。〔註18〕漢儒以政治教化故，皆以文王后妃周召之化說解之，其說牽合附會，有不可通者，如說〈關雎〉詩云：「樂得淑女以配君子，憂在進賢，不淫其色。」鄙書燕說，穿鑿難解，姚際恒辨之詳矣。〔註19〕然作詩者以無邪之思作之，讀詩者以無邪之思讀之，亦可收「篤於行而廉於色」之效。蓋二南本周召之封地，周公東征戡亂，制禮作樂，召伯善於聽訟，民思其德，善風良俗，數世不斬，而民歸化焉。

〈鄭風・大叔于田〉之首章曰：「大叔于田，乘乘馬，執轡如組，兩驂如舞。叔在藪，火烈具舉，襢裼暴虎，獻于公所。將叔無狃，戒其傷女。」《漢書・顏師古注》云：「言以莊公好勇之故，大叔肉袒空手搏虎，取而獻之。」直觀其詩，但有美大叔田獵之意，未有匡衡所云「鄭伯好勇，而國人暴虎」之詞，即以鄭莊公為好勇之君，則暴虎者獨大叔一人耳，何來「國人暴虎」云云？要之，匡衡乃斷章取義而不顧詩之本旨。然其本意，無非欲藉詩以觀民風。

應劭曰：「秦穆公與群臣飲酒，酒酣，公曰：『生共此榮，死共此哀。』於是奄息、仲行、鍼虎許諾。及公薨，皆從死。〈黃鳥〉詩所為作也。」〔註20〕此即匡衡所云：「秦穆貴信，而士多從死。」考左氏僖公二十三年傳所載，秦穆公有助重耳返晉建國之事，此亦秦穆公貴信之舉也。〈秦風・黃鳥〉詩云：

> 交交黃鳥，止于棘。誰從穆公？子車奄息。維此奄息，百夫之特，
> 臨其穴，惴惴其慄！彼蒼者天，殲我良人！如可贖兮，人百其身！
> 交交黃鳥，止于桑。誰從穆公？子車仲行。維此仲行，百夫之防，
> 臨其穴，惴惴其慄！彼蒼者天，殲我良人！如可贖兮，人百其身！
> 交交黃鳥，止于楚。誰從穆公？子車鍼虎。維此鍼虎，百夫之禦，

〔註18〕此據今人屈萬里氏《詩經詮釋》一書所說。
〔註19〕見本章第一節第一目第一小目所引。
〔註20〕《漢書》顏師古注引。

臨其穴，惴惴其慄！彼蒼者天，殲我良人！如可贖兮，人百其身！

《左傳》文公六年載：「君子曰：秦穆公之不爲盟主也，宜哉！死而棄民。先王違世，猶貽之法，而況奪之善人乎？……今縱無法以遺後嗣，而又收其良以死，難以在上矣。」又據《史記・秦本紀》，秦武公卒，初以人從死，死者六十六人；至穆公，遂用一百七十七人，而三良與焉；據〈秦始皇本紀〉，秦始皇之死，令後宮皆從死，爲之作墓道者，亦閉墓道中而死。以是知秦有以人殉葬之習，未必若匡衡所云「秦穆貴信，士多從死。」及應劭所云子車氏之三子酒酣允諾從死之事。然吾人由〈黃鳥〉詩可觀秦有此不仁道之劣習也。蓋以人殉葬，起於殷商，甲骨發掘可證，則秦之劣習，亦非首創也。

〈陳風・宛丘〉：

> 子之湯兮，宛丘之上兮，洵有情兮，而無望兮。
>
> 坎其擊鼓，宛丘之下。無冬無夏，值其鷺羽。
>
> 坎其擊缶，宛丘之道。無冬無夏，值其鷺翿。

鄭玄箋云：「此君信有淫荒之情，其威儀無可觀望而則傚。」故首章曰「而無望兮」。次章末章則言陳君借巫祭之禮，無冬無夏，歌舞不歇也。

又，〈陳風・東門之枌〉：

> 東門之枌，宛丘之栩，子仲之子，婆娑其下。
>
> 穀旦于差，南方之原。不績其麻，市也婆娑。
>
> 穀旦于逝，越以鬷邁。「視爾如荍」，貽我握椒。

亦言陳國之巫風盛行，男女借事巫以行樂，以致不績其麻，而婆娑於市矣。此即匡衡所云「陳夫人好巫，而民淫祀。」藉詩以觀陳國好巫覡之風也。

周成王封弟叔虞爲唐侯，至其子燮，乃改國號曰晉，晉獻公時又滅魏國而取其地。今國風中之〈魏風〉〈唐風〉，皆晉國之詩。其地土瘠民貧，勤儉質樸，憂深思遠，有唐堯之遺風。〈魏風・汾沮洳〉云：

> 彼汾沮洳，言采其莫。彼其之子美無度，美無度，殊異乎公路。
>
> 彼汾一方，言采其桑。彼其之子美如英，美如英，殊異乎公行。
>
> 彼汾一曲，言采其藚。彼其之子美如玉，美如玉，殊異乎公族。

〈詩序〉云：「〈汾沮洳〉，刺儉也。其君儉以能勤，刺不得禮也。」觀其詩文，蓋言美如英玉之公族子弟，宜有禮份，不宜過儉，而躬親採莫採桑之事也。

又，〈唐風・蟋蟀〉：

蟋蟀在堂，歲聿其莫，今我不樂，日月其除。無已大康，職思其居，
好樂無荒，良士瞿瞿。

蟋蟀在堂，歲聿其逝，今我不樂，日月其邁。無已大康，職思其外，
好樂無荒，良士蹶蹶。

蟋蟀在堂，役車其休，今我不樂，日月其慆。無已大康，職思其憂，
好樂無荒，良士休休。

〈詩序〉云：「〈蟋蟀〉，刺晉僖公也。儉不中禮，故作是詩以閔之，欲其及時
以禮自虞樂也。此晉也，而謂之唐，本其風俗。憂深思遠，儉而用禮，乃有
堯之遺風焉。」〈詩序〉言刺晉僖公，未必為確，然其詩每章八句，上四句言
及時行樂，下四句又戒無過甚，言「憂深思遠」庶近之。

又，〈唐風・山有樞〉：

山有樞，隰有榆，子有衣裳，弗曳弗婁；子有車馬，弗馳弗驅。宛
其死矣，他人是愉。

山有栲，隰有杻，子有廷內，弗洒弗埽；子有鐘鼓，弗鼓弗考。宛
其死矣，他人是保。

山有漆，隰有栗，子有酒食，何不日鼓瑟？且以喜樂，且以永日。
宛其死矣，他人入室。

方玉潤《詩經原始》云：「〈山有樞〉，刺唐人儉不中禮也。」觀其「宛其死矣，
他人是愉。」「宛其死矣，他人是保。」「宛其死矣，他人入室。」諸語，蓋
深刺唐人吝嗇而不知享樂。此即匡衡所云「晉侯好儉，而民畜聚。」藉詩以
觀晉國勤儉吝嗇之風也。

《漢書・顏師古注》云：「太王，周文王之祖，即古公亶父也。國於邠，
修德行義。戎狄攻之，欲得地，與之。人人皆怒欲戰。古公曰：『以我故戰，
殺人父子而居之，予不忍也。』乃與其私屬度漆沮，踰梁山，止於岐下。邠
人舉國扶老攜弱，盡復歸古公於岐下。及它旁國聞古公仁，亦多歸之。邠即
今豳州，是其地也。言化太王之仁，故其俗皆貴誠恕。」今國風中有〈豳風〉，
其詩多記周公之事，〈狼跋〉詩云：

狼跋其胡，載疐其尾。公孫碩膚，赤舄几几。

狼疐其尾，載跋其胡。公孫碩膚，德音不瑕。

〈詩序〉云：「〈狼跋〉，美周公也。周公攝政，遠則四國流言，近則王不知，

周大夫美其不失其聖也。」其詩以狼前行則自蹢其頷下之肉，後退則足躓其尾，以喻周公處境之動輒得咎，然以其寬宏之量，故能步履安重，處之裕然，而保德音無瑕也。〈詩序〉所言切合詩旨。匡衡云：「太王躬仁，邠國貴恕。」蓋言觀〈豳風〉之詩可知太公仁德之餘韻，而觀周公之恕德。

上所舉皆藉詩以觀風俗盛衰之例，此「詩可以觀」之一義。

（二）觀政治之良窳

國風之詩，多男女詠情及敍社會生活之作，二雅及三頌，則多涉政治，朝政之良窳可得而觀焉。

〈小雅・鴻雁〉：

鴻雁于飛，肅肅其羽。之子于征，劬勞于野。爰及矜人，哀此鰥寡。

鴻雁于飛，集于中澤。之子于垣，百堵皆作。雖則劬勞，其究安宅。

鴻雁于飛，哀鳴嗸嗸。維此哲人，謂我劬勞。維彼愚人，謂我宣驕。

〈詩序〉云：「〈鴻雁〉，美宣王也。萬民離散，不安其居，而能勞來還定安集之，至于矜寡，無不得其所焉。」首章云安撫流民之使臣，劬勞于野，哀矜鰥寡；次章言百堵皆作，流民終有安定之宅；末章言流民感戴使臣，謂其知我流民劬勞，而不以我流民為傲慢不遜也。〈詩序〉所言得其旨。蓋水旱之災，天之所降，有非人力所能控御者，一旦哀鴻遍野，為政者當體恤民情，安撫協輯，俾民樂其生，而免遭禍咎。夫如此，方足以言善政。

又，〈小雅・庭燎〉：

「夜如何其？」「夜未央」。庭燎之光，君子至止，鸞聲將將。

「夜如何其？」「夜未艾」。庭燎晰晰，君子至止，鸞聲噦噦。

「夜如何其？」「夜鄉晨」。庭燎有煇，君子至止，言觀其旂。

今人王靜芝氏《詩經通釋》云：「此美君王能視朝甚早之詩，或即美宣王者。」觀其詩意，誠有美君王能視朝甚早之意，而未必即宣王也。蓋人君忌貪戀衾枕，怠懈朝政，而任姻亞小人為亂政綱也。人君能勤民聽政，宵衣旰食，方足為美政也。

夫朝政之良善，藉詩可以觀之，他若歌頌文、武、成王之德，讚美周召吉甫之功，崇敬僖公之〈魯頌〉，祭祀商湯之〈商頌〉，亦皆可觀政治之良善。上文所舉述，已可概見矣。

至若政治之窳敗，〈小雅・十月之交〉，有災變之異，〈大雅・瞻卬〉，則

有褒姒之亂。

〈小雅・十月之交〉：

> 十月之交，朔月辛卯，日有食之，亦孔之醜。彼月而微，此日而微。
> 今此下民，亦孔之哀。
>
> 日月告凶，不用其行。四國無政，不用其良。彼月而食，則維其常。
> 此日而食，于何不臧。
>
> **燁燁震電**，不寧不令。百川沸騰，山冢崒崩。高岸爲谷，深谷爲陵。
> 哀今之人，胡憯莫懲？
>
> 皇父卿士，番維司徒，家伯維宰，仲允膳夫，棸子內史，蹶維趣馬，
> 楀維師氏，豔妻煽方處。
>
> 抑此皇父，豈曰不時？胡爲我作，不即我謀？徹我牆屋，田卒汙萊。
> 曰：「予不戕，禮則然矣。」
>
> 皇父孔聖，作都于向。擇三有事，亶侯多藏，不憖遺一老，俾守我
> 王。擇有車馬，以居徂向。
>
> 黽勉從事，不敢告勞。無罪無辜，讒口囂囂。下民之孽，匪降自天，
> 噂沓背憎，職競由人。
>
> 悠悠我里，亦孔之痗。四方有羨，我獨居憂。民莫不逸，我獨不敢
> 休。天命不徹，我不敢傚，我友自逸。

今人王靜芝氏《詩經通釋》云：「此刺皇父亂政以致災變也。」其詩首章言朔月辛卯之日日蝕，乃大醜之事，以古以日蝕爲由於國有失道之徵，故有是言。次章言今之日蝕與前時之月蝕，均告凶之象，以四國無政，不用常度，不用賢良故也，彼月之蝕，尚爲庸常之事，此日之蝕乃非常之災異，爲政者爲何仍不行善政？三章言地震，百川沸騰，山嶺猝崩，高岸爲谷，深谷爲陵。四章言皇父、番維、家伯、仲允及豔妻褒姒等惡勢力，同惡相濟，氣燄孔張，敗亂國政。五章言皇父不以農隙之時征服勞役，使我田疇荒蕪，牆屋毀壞。六章言皇父見皇室日危，預作逃離之計，作都向地，不肯遺一老臣，以守吾王。七章言下民之孽，匪降自天，皆由皇父等一般小人，相聚勾結所爲也。末章言我獨居憂而不敢休，以愍國政，而致憂思。王氏所言得詩旨。此由〈十月之交〉之詩，知地震害民，皇父亂政也。

又，〈大雅・瞻卬〉：

瞻卬昊天，則不我惠。孔填不寧，降此大厲。邦靡有定，士民其瘵。
蟊賊蟊疾，靡有夷屆。罪罟不收，靡有夷瘳。

人有土田，女反有之；人有民人，女覆奪之。此宜無罪，女反收之；
彼宜有罪，女覆說之。哲夫成城，哲婦傾城。

懿厥哲婦，為梟為鴟。婦有長舌，維厲之階。亂匪降自天，生自婦
人。匪教匪誨，時維婦寺。

鞫人忮忒，譖始竟背。豈曰不極，伊胡為慝？如賈三倍，君子是識。
婦無公事，休其蠶織。

天何以刺？何神不富？舍爾介狄，維予胥忌。不弔不祥，威儀不類。
人之云亡，邦國殄瘁。

天之降罔，維其優矣。人之云亡，心之憂矣。天之降罔，維其幾矣。
人之云亡，心之悲矣。

觱沸檻泉，維其深矣。心之憂矣，寧自今矣。不自我先，不自我後。
藐藐昊天，無不克鞏，無忝皇祖，式救爾後。

姚際恒《詩經通論》云：「此刺幽王寵褒姒致亂之詩。」其詩首章言昊天降大
禍亂，使我邦無定，士民痛病。次章言巧取豪奪，善惡不分，無辜而入罪，
皆由褒姒故也。三章嫉惡褒姒，以其為鴟為梟，並言其長舌乃厲禍之階，亂
匪降自天，皆生自此婦。四章言婦不應參預政事，而褒姒竟休其蠶織，為亂
國政。五章言賢人已亡，天神不祐，邦國將敗矣。六章言天降罪惡之網，我
心憂悲。末章言昊之意可改，冀幽王無忝皇祖，式救爾後，殆尚存希望也。
姚氏之言得詩旨。蓋此詩於褒姒極盡其疾惡之詞，〈小雅〉〈巷伯〉之外又一
疾惡之峻語也，以褒姒惑媚幽王，敗壞國政，小人在位，賢者在野，國將不
為國矣。此由〈瞻卬〉之詩可觀幽王之亂政。

　　國亂則下民疲病，養生送死之不及，復有征伐行役之苦，此皆政治窳敗
所致也。本節「詩可以怨」一目所述之家國之怨、行役之怨，亦可觀政治之
窳敗，此由「怨」以「觀」者也。〈文中子〉載：「子謂薛收曰：昔聖人述史
三焉。……其述詩也興廢之由顯，故究焉而皆得；……。」所言「興廢之由」
即因詩以觀政治之良窳，此詩可以觀又一義。

（三）觀周代生活之概況

　　上古簡冊，詳於政治之治變，略於社會之生活，《詩經》所述亦可為上古

社會史之資求。

讀〈齊風‧雞鳴〉「匪雞則鳴，蒼蠅之聲。」及「蟲飛薨薨，甘與子同夢」之句，可以觀古代之生活，雖人君之所居，亦不能脫離草昧，故多蒼蠅之聲，而蟲飛薨薨也。

讀《大雅‧緜之篇》「乃召司空，乃召司徒，俾立室家，其繩則直，縮版以載，作廟翼翼，捄之陾陾，度之薨薨，築之登登，削屢馮馮，百堵皆興，鼛鼓弗勝」之句，可以觀古代樸實之生活，雖建立宗廟，其牆悉以土也。其功悉賴板築也。

讀〈小雅‧斯干〉「乃生男子，載寢之牀，載衣之裳，載弄之璋。其泣喤喤，朱芾斯皇，室家君王。」及「乃生女子，載寢之地，載衣之裼，載弄之瓦。無非無儀，唯酒食是議，無父母詒罹。」之句，可以觀古代重男輕女之風俗。

讀〈豳風‧七月〉之詩，及〈大雅‧生民〉「或舂或揄，或簸或蹂，釋之叟叟，烝之浮浮。」與〈小雅‧無羊〉「爾牧來思，何蓑何笠，或負其餱」「爾羊來思，矜矜兢兢，不騫不崩。麾之以肱，畢來既升」之句，可以觀農家之生活概況。

讀〈小雅‧伐木〉「於粲洒掃，陳饋八簋，既有肥牡，以速諸舅」及〈小雅‧正月〉「彼有旨酒，又有嘉餚，洽比其鄰，昏姻孔云」之句，可以觀富貴家庭之生活實際。

讀〈小雅‧大東〉「維南有箕，不可以簸揚，維北有斗，不可以挹酒漿。」及〈魏風‧葛屨〉「糾糾葛屨，可以履霜；摻摻女手，可以縫裳」之句，可以觀貧賤家庭之生活苦況。

讀〈鄘風‧君子偕老〉「玼兮玼兮，其之翟也。鬒髮如雲，不屑髢也。玉之瑱也，象之揥也」之句，可以觀富貴女子之生活奢華。

讀〈小雅‧大田〉「彼有不穫穉，此有不斂穧。彼有遺秉，此有滯穗，伊寡婦之利」之句，可以觀貧賤女子之生活窘迫。

此由《詩經》以觀周代生活概況之例，為「詩可以觀」第三義。

「詩可以觀」有上述三義，人君既以之知得失，自考正，讀者觀之亦足以資多識。然觀風俗之盛衰，未嘗不可興起「他山之石，可以攻錯」之心，觀政治之良窳，未嘗不可興起「善者師焉，惡者懲焉」之意，觀周人生活之概況則又能體念先民開物成務、利用厚生之艱辛。詩教之用有在是者。

三、詩可以群

　　兄弟、朋友爲五倫之二。兄弟如手足，同本而異殊，亦父母之血胤。孔子云：「《書》云：『孝乎！惟孝，友于兄弟。』施於有政，是亦爲政，奚其爲爲政？」（《論語‧爲政》）言孝友兄弟之道，可通於政，蓋孩提之童，無不知愛其親，及其長也，無不知敬其兄，從兄者義之實，故人樂有賢父兄，以其中也養不中，才也養不才。有子曰：「君子務本，本立而道生。孝弟也者，其爲人之本與！」（《論語‧學而》）爲人貴立本，其本未立，焉能爲有？焉能爲無？《詩經》於兄弟之道，多所陳述，以其爲人之本，可通於政，不能忽焉。子夏曰：「四海之內，皆兄弟也。」（《論語‧顏淵》）會友輔仁，切磋琢磨，有資於朋友，故《論語》首章即云「有朋自遠方來，不亦樂乎！」《詩經》於朋友之道，亦有述焉。「詩可以群」者，取其切磋琢磨，日就月將，而有緝熙光明之益也，殆猶今之所謂「群育教育」。

（一）凡今之人，莫如兄弟

　　孟子曰：「親親而仁民，仁民而愛物。」（〈盡心上〉）蓋愛有差等，施由親始，親親者，仁之始也，未有不愛其親而能愛天下之人者。兄弟乃自幼所共處，又血胤相連，感情較朋友爲深厚，故〈小雅‧常棣〉詩云：

　　　　常棣之華，鄂不韡韡。凡今之人，莫如兄弟。

　　　　死喪之威，兄弟孔懷。原隰裒矣，兄弟求矣。

　　　　脊令在原，兄弟急難。每有良朋，況也永歎。

　　　　兄弟鬩於牆，外禦其務。每有良朋，烝也無戎。

　　　　喪亂既平，既安且寧。雖有兄弟，不如友生。

　　　　儐爾籩豆，飲酒之飫。兄弟既具，和樂且孺。

　　　　妻子好合，如鼓瑟琴。兄弟既翕，和樂且湛。

　　　　宜爾室家，樂爾妻帑。是究是圖，亶其然乎！

首章借棠棣之花萼相承，以喻兄弟手足相親之義，云「凡今之人，莫如兄弟」。次章言死喪之畏，兄弟孔懷，無論其仆於高原或隰地，唯兄弟求之矣。三章以飛則共鳴、行則搖尾之脊令喻兄弟之於急難，言遭急難，雖有良朋，不過長歎之，未能如兄弟之相濟也。四章言兄弟或有鬩牆之事，然外侮之來則共禦之。五章言喪亂既平，既安且寧，兄弟益宜相親，不宜視兄弟之情不如友

生也。六、七、八章言兄弟宜和樂且孺，和樂且耽，以此存心，以此實行。〈詩序〉云：「〈常棣〉，燕兄弟也。閔管蔡之失道，故作〈常棣〉焉。」觀夫五章「喪亂既平，既安且寧」之句，〈詩序〉所云，未爲無據。今人王靜芝氏《詩經通釋》云：「此敍兄弟之情，以勸兄弟相親之詩。」亦符詩旨。

凡今之人，莫如兄弟，則宜永結同心，急難共濟，而不可聽人之間言，故〈鄭風‧揚之水〉云：

> 揚之水，不流束楚。終鮮兄弟，維予與女。無信人之言，人實迋女。
>
> 揚之水，不流束薪。終鮮兄弟，維予二人。無信人之言，人實不信。

王質《詩總聞》以此詩爲兄弟爲人所間而不協者所作，直觀詩意，誠爲兄弟不睦，欲求和好之詩，王質所言可從。蓋揚起之水，無深厚根源，不能載一束之楚，以喻無深厚感情之人，其言亦不可信也。既鮮兄弟，維予與汝，宜無信他人之言，而和睦相處也。二人同心，其利斷金，同心之言，其嗅如蘭，兄弟之情，和睦爲貴。兄弟既睦矣，遂有燕飲之樂，〈小雅‧頍弁〉：

> 有頍者弁，實維伊何？爾酒既旨，爾殽既嘉。豈伊異人？兄弟匪他。
>
> 蔦與女蘿，施于松柏。未見君子，憂心奕奕。既見君子，庶幾説懌。
>
> 有頍者弁，實維何期？爾酒既旨，爾殽既時。豈伊異人？兄弟具來。
>
> 蔦與女蘿，施于松上。未見君子，憂心怲怲。既見君子，庶幾有臧。
>
> 有頍者弁，實維在首？爾酒既旨，爾殽既阜。豈伊異人？兄弟甥舅。
>
> 如彼雨雪，先集維霰。死喪無日，無幾相見。樂酒今夕，君子維宴。

〈詩序〉云：「〈頍弁〉，諸公刺幽王也。暴戾無親，不能宴樂同姓，親睦九族，孤危將亡，故作是詩。」然詩中但言宴樂，並無刺意，〈詩序〉例以時世及篇章先後說美刺，其篇次在後者全以刺幽王爲說，縱有頌美之意，亦例以爲「陳古以刺今」，〈頍弁〉詩即此類也。直觀詩文，首章次章以蔦蘿蔓延木上，以喻兄弟之同本互依，故陳旨酒嘉殽以燕樂兄弟之心。末章言生命如彼雨雪，先集細霰，後成大雪，生於斯也，相見幾何？宜樂酒今夕，談笑宴宴也。《詩集傳》云：「此亦燕兄弟親戚之詩。」朱子所言得詩旨。

蓋兄弟者，天然之朋友，死喪急難，兄弟孔懷，宜和樂且耽，以永今世，而不可須臾間矣。

（二）鳥鳴嚶嚶，求其友聲

自天子至于庶人，未有不須友以成者。親親以睦，友賢不棄，不遺故舊，

則民德歸厚矣。招招舟子，人涉卬否，人涉卬否，卬須吾友，須友生之章也。
〈小雅・伐木〉云：

> 伐木丁丁，鳥鳴嚶嚶。出自幽谷，遷于喬木。嚶其鳴矣，求其友聲。
>
> 相彼鳥矣，猶求友聲，矧伊人矣，不求友生？神之聽之，終和且平。
>
> 伐木許許，釃酒有藇。既有肥羜，以速諸父，寧適不來，微我弗顧。
>
> 於粲洒掃，陳饋八簋。既有肥牡，以速諸舅。寧適不來，微我有咎。
>
> 伐木於阪，釃酒有衍。籩豆有踐，兄弟無遠。民之失德，乾餱以愆。
>
> 有酒湑我，無酒酤我。坎坎鼓我，蹲蹲舞我。迨我暇矣，飲此湑矣。

獨學而無友，則孤陋而寡聞，「以文會友，以友輔仁」之願望，乃人情之所同，冀出幽谷而遷喬木也，故首章言如能謹慎於交友之道，聽從於交友之道，別可以既和且平矣。次章言既有釃酒，復有肥羜，以邀我同姓異姓之諸友。末章言有酒我湑，無酒我酤，坎坎我鼓，蹲蹲我舞，以燕樂朋友。此篇言會友輔仁之願望及厚待朋友之誠心。然「吾愛吾友，吾更愛眞理。」朋友道絕，不能無怨，故〈小雅・谷風〉詩云：

> 習習谷風，維風及雨。將恐將懼，維予與女；將安將樂，女轉棄我。
>
> 習習谷風，維風及頹。將恐將懼，寘予于懷；將安將樂，棄予如遺。
>
> 習習谷風，維山崔嵬。無草不死，無木不萎。忘我大德，思我小怨。

此能共患難，不能同享樂之怨詞。忘我大德，思我小怨，友道至此，無寧論矣。蓋朋友非有血胤之親，但有義理之合，以其以義理合也，故義理乖絕，友道亦絕矣。君子敬而無失，與人恭而有禮，四海之內，皆兄弟也，若夫無敬無禮之人，疏而遠之，亦何患乎！此「和而不流」之義。觀夫此，兄弟朋友之道，可得而知，未嘗不可興起「和樂且耽，急難共濟」之意，亦詩教之用也。

四、詩可以怨

詩三百五篇大抵爲詩人發憤之所爲作，其人胸有所鬱積，感蕩心靈，非陳詩何以展其義？非長歌何以騁其情？憫朝綱之解紐，傷姻小之亂政，士大夫樂以天下，憂以天下，有不能已於言者，遂有怨家國之詩；載渴載飢，不遑啓居，馬革裹屍固爲生人之至慘，荷戈戍邊亦不勝其傷離怨別，行役之人，憂心烈烈，其積慘傷悲有不可盡言者，是以行役之怨詩作矣；復有始則信誓旦旦，談笑宴宴，終則如風之暴，二三其德者，棄婦之怨詩因以作矣。作詩

者固可申其哀怨憂悲，讀詩者亦因以知所怨恨、知所怨刺，此「詩可以怨」之義也。

（一）家國之怨

周代有獻詩陳志以諷刺上政之事，第二章第三節言之矣，此皆政有不善，詩人憫俗傷民之所由作。於此，復舉例以明之。

〈魏風‧碩鼠〉：

> 碩鼠碩鼠，無食我黍。三歲貫女，莫我肯顧。逝將去女，適彼樂土，
> 樂土樂土，爰得我所。
>
> 碩鼠碩鼠，無食我麥。三歲貫女，莫我肯德。逝將去女，適彼樂國，
> 樂國樂國，爰得我直。
>
> 碩鼠碩鼠，無食我苗。三歲貫女，莫我肯勞。逝將去女，適彼樂郊，
> 樂郊樂郊，誰之永號？

〈詩序〉云：「〈碩鼠〉，刺重斂也。國人刺其君重斂，蠶食於民，不脩其政，貪而畏人，若大鼠也。」觀其詩文，言在上者賦稅煩重，吞噬無厭，非適樂土樂國，其勢無以自全。全詩不言「怨」，而怨意實已存其中，然止言「爰得我所」、「爰得我直」，但願適彼樂國樂郊，於其君雖怨而不至於怒也。

〈小雅‧小旻〉：

> 旻天疾威，敷於下土，謀猶回遹，何日斯沮？謀臧不從，不臧覆用。
> 我視謀猶，亦孔之邛。
>
> 潝潝訿訿，亦孔之哀。謀之其臧，則具是違，謀之不臧，則具是依。
> 我視謀猶，伊于胡底？
>
> 我龜既厭，不我告猶，謀夫孔多，是用不集，發言盈庭，誰敢執其
> 咎？如匪行邁謀，是用不得于道。
>
> 哀哉為猶！匪先民是程，匪大猶是經，維邇言是聽，維邇言是爭。
> 如彼築室于道謀，是用不潰于成。
>
> 國雖靡止，或聖或否；民雖靡膴，或哲或謀，或肅或艾，如彼泉流，
> 無淪胥以敗。
>
> 不敢暴虎，不敢馮河，人知其一，莫知其他。戰戰兢兢，如臨深淵，
> 如履薄冰。

首章之「謀猶回遹，何日斯沮？謀臧不從，不臧覆用。」次章之「謀之其臧，
則具是違，謀之不臧，則具是依。」四章之「匪先民是程，匪大猶是經，維
邇言是聽，維邇言是爭。」均言惑於邪謀而不從大猷。五章言國雖靡定，然
亦有明哲智謀之人、肅敬治事之人，不宜如彼泉流，相淪以敗，玉石俱焚，
同歸於盡，殆深怨君上不採良策，國將不成其為國矣。末章言人但知暴虎馮
河之險，而不知有邦國殄瘁之危，是故己心戒慎恐懼，如臨深淵，如履薄冰，
而不敢須臾去也。方玉潤《詩經原始》云：「〈小旻〉，刺幽王惑邪謀也。」今
人王靜芝氏《詩經通釋》云：「此感王之惑於邪謀而不能救，乃憂傷而為此詩。」
方、王二氏所言得詩旨。

〈大雅・召旻〉：

旻天疾威，天篤降喪，瘨我饑饉，民卒流亡，我居圉卒荒。

天降罪罟，蟊賊內訌，昏椓靡共，潰潰回遹，實靖夷我邦。

皋皋訿訿，曾不知其玷。兢兢業業，孔填不寧，我位孔貶。

如彼歲旱，草不潰茂，如彼棲苴，我相此邦，無不潰止。

維昔之富不如時？維今之疾不如茲？彼疏斯粺，胡不自替，職兄斯
引？

池之竭矣，不云自頻？泉之竭矣，不云自中？溥斯害矣，職兄斯弘，
不烖我躬？

昔先王受命，有如召公，日辟國百里，今也日蹙國百里。於乎哀哉！
維今之人，不尚有舊。

首章言天降饑饉，民盡流亡，我之居域亦逃亡一空。次章言禍國害民之蟊賊，
相鬥內訌，如此昏亂邪僻之人竟治理我邦，我邦安得不敗？三章言王不知小
人之玷，而我之兢兢業業，不敢安逸，竟遭貶謫。四章言此邦將如歲旱之枯
草，無不敗亡。五章六章言彼小人之禍害亦已溥矣，災難將及我身矣！末章
言王不能如先王之用召公，日闢土百里，反重用小人而致日蹙國百里也。〈詩
序〉云：「旻，閔也，閔天下無如召公之臣也。」朱熹《詩集傳》云：「此刺
幽王任用小人，以致飢饉侵削之詩也。」觀夫三章之「兢兢業業，孔填不寧，
我位孔貶。」及末章之「於乎哀哉！維今之人，不尚有舊。」之句，詩人殆
有深怨焉。以今也日蹙百里，國勢陵夷，將無完卵，不能不深怨之也。

家國為吾身之所寄繫，苟暴敗亂之政將令身家不保，能無怨乎！

（二）行役之怨

征伐之事，戰士裹糧而景從，或往於楊柳依依之時，而歸於雨雪霏霏之日，或我徂東山，三年不歸，或載飢載渴，不遑其處，或念彼共人，涕零如雨。室有妻子之悲傷，堂上有父母之永歎，此生人之至慘，有不勝其傷離怨別之情者，行役之章因以作矣。

〈小雅‧杕杜〉：

> 有杕之杜，有晥其實。王事靡盬，繼嗣我日。日月陽止，女心傷止，征夫遑止。

> 有杕之杜，有葉萋萋。王事靡盬，我心傷悲。卉木萋止，女心悲止，征夫歸止。

此〈小雅〉〈杕杜〉詩一、二章也。乃征人思歸之詩，首章言王事無有停息，行役之期，繼嗣靡止，女心傷悲，吾亦不遑其處。次章言女心悲傷，吾亦思歸。其寫征夫遠別而追念女之悲傷，情極真摯。

〈小雅‧小明〉：

> 明明上天，照臨下土。我征徂西，至于艽野。二月初吉，載離寒暑。心之憂矣，其毒大苦。念彼共人，涕零如雨。豈不懷歸？畏此罪罟。

> 昔我往矣，日月方除，曷云其還？歲聿云莫。念我獨兮，我事孔庶。心之憂矣，憚我不暇。念彼共人，睠睠懷顧。豈不懷歸？畏此譴怒。

> 昔我往矣，日月方奧，曷云其還？政事愈蹙。歲聿云莫，采蕭穫菽。心之憂矣，自詒伊戚。念彼共人，興言出宿。豈不懷歸？畏此反覆。

此行役者思妻之詩，朱熹《詩集傳》云：「大夫以二月西征，至於歲莫而不得歸，故呼天而訴之。」直觀詩文，首章之「二月初吉，載離寒暑。」次章之「昔我往矣，日月方除，曷云其還？歲聿云莫。」三章之「昔我往矣，日月方奧，曷云其還？政事愈蹙。歲聿云莫，采蕭穫菽。」之句，均言二月西征，至歲暮仍不得歸也，而「心之憂矣，其毒大苦。」「心之憂矣，憚我不暇。」「心之憂矣，自詒其戚。」則見憂傷之意。「念彼共人，涕零如雨。」「念彼共人，睠睠懷顧。」乃知懷念深情。「畏此罪罟」「畏此譴怒」「畏此反覆」，其積慘傷心更有不能盡言者，朱子所謂「呼天而訴之」即此也。

〈小雅‧漸漸之石〉：

> 漸漸之石，維其高矣。山川悠遠，維其勞矣。武人東征，不皇朝矣。

　　漸漸之石，維其卒矣。山川悠遠，曷其沒矣。武人東征，不皇出矣。

　　有豕白蹢，烝涉波矣。月離于畢，俾滂沱矣。武人東征，不皇他矣。

此詩言行役之苦。山川悠遠，嶄嶄高石，月離畢星，大雨滂沱，武人東征，
不遑閒處。其苦至矣，其怨深矣。

　　〈小雅・何草不黃〉：

　　何草不黃？何日不行？何人不將？經營四方。

　　何草不玄？何日不矜？哀我征夫，獨爲匪民。

　　匪兕匪虎，率彼曠野。哀我征夫，朝夕不暇。

　　有芃者狐，率彼幽草。有棧之車，行彼周道。

幽王亂政，四夷交侵，中國背叛，用兵不息，何日不行？經營四方。三章之
「匪兕匪虎，率彼曠野。」怨毒之意，見於言表。末章則吾等行役之人已若
率彼幽草之野狐，何以獨爲匪民而若禽獸哉？

　　蓋天生斯民，秉性最靈，今若禽獸，其孰致之？豈能不深怨乎！

（三）棄婦之怨

　　吾國婦女幽鬱深忍之由來，於詩三百五篇往往可指摘也，或者曰「女子
善懷」，或者曰「我心則憂」，或者曰「以寫我憂」。春秋之時，魯衛爲文化最
盛之地，然衛之貴婦也，幽鬱之性特甚，今見於邶鄘衛之詩者，如〈綠衣〉、
〈燕燕〉、〈日月〉、〈終風〉、〈泉水〉、〈載馳〉、〈竹竿〉之篇，蓋無往而不充
滿涕淚，悲傷自悼，以涕淚送其歲月。至若淫於新婚，忘其舊恩，遇人不淑，
二三其德，見休於夫，衣食無著，棄婦之深怨更有甚於貴婦之長愁，觀夫〈谷
風〉、〈氓〉二詩，其情之哀，讀之酸辛。

　　〈邶風・谷風〉：

　　習習谷風，以陰以雨。黽勉同心，不宜有怒。采葑采菲，無以下體？
　　德音莫違，及爾同死。

　　行道遲遲，中心有違，不遠伊邇，薄送我畿。誰謂荼苦？其甘如薺；
　　宴爾新婚，如兄如弟。

　　涇以渭濁，湜湜其沚。宴爾新昏，不我屑以。毋逝我梁，毋發我笱。
　　我躬不閱，遑恤我後！

　　就其深矣，方之舟之；就其淺矣，泳之游之。何有何亡？黽勉求之。
　　凡民有喪，匍匐救之。

不我能慉，反以我為讎。既阻我德，賈用不售。昔育恐育鞠，及爾
顛覆。既生既育，比予于毒。

我有旨蓄，亦以御冬。宴爾新昏，以我御窮。有洸有潰，既詒我肄。
不念昔者，伊余來墍。

此篇為淫於新婚，而棄其舊室，夫婦離絕之詩。徐常吉評云：「此詩以顏色之
衰、德音之善作主。而治家勤勞，亦即其德中事，篇中屢言德音，見己無可
棄之罪也。首章先論夫婦之常理，見不當以色故棄之，而夫也不然，二章遂
有見棄之事，三章乃推言所以見棄者，正為顏色之衰而不取其德也。四章乃
自道勤勞以見其無可棄，五章又原夫之不有其德者，由其本心拒卻其善來，
但念勞於貧苦之時而棄於安樂之後，人情尤不能堪耳。末章又言夫之忍且薄
如此，因追念其來時之厚而怨之深也。」〔註21〕朱善評云：「〈谷風〉雖棄婦
所作，而觀其自序，有治家之勤，有睦鄰之善，有安貧之志，有周急之義，
皆其節之可取者也。至於見棄矣，而拳拳忠厚之意，猶藹然溢於言辭之表，
則是初無可棄之罪也。徒以其夫之安於新昏，不以為潔而棄之耳。然其言之
有序而不迫如此，殆庶幾乎夫子所謂可以怨者矣。」〔註22〕徐、朱二氏所言
得詩旨。而二章「行道遲遲，中心有違。」及「誰謂荼苦？其甘如薺。」之
語，大有滄海茫茫，何以終生之憾恨；而與「宴爾新婚，如兄如弟」相較，
益分外顯「但見新人笑，那聞舊人哭」之悲愴。五章「不我能慉，反以我為
讎。」及「既生既育，比予于毒」之句，其語辛酸，其夫之負恩亦如見肺肝，
棄婦之慘絕，一至于此！

〈衛風・氓〉：

氓之蚩蚩，抱布貿絲。匪來貿絲，來即我謀。送子涉淇，至於頓丘。
匪我愆期，子無良媒。將子無怒，秋以為期。

乘彼垝垣，以望復關；不見復關，泣涕漣漣。既見復關，載笑載言。
爾卜爾筮，體無咎言。以爾車來，以我賄遷。

桑之未落，其葉沃若。于嗟鳩兮，無食桑葚。于嗟女兮，無與士耽。
士之耽兮，猶可說也；女之耽兮，不可說也。

桑之落矣，其黃而隕。自我徂爾，三歲食貧。淇水湯湯，漸車帷裳。

〔註21〕《詩經傳說彙纂》卷三邶風谷風總論引。
〔註22〕前所揭書邶風谷風集說引。

女也不爽，士貳其行。士也罔極，二三其德。

三歲為婦，靡室勞矣；夙興夜寐，靡有朝矣。言既遂矣，至於暴矣。

兄弟不知，咥其笑矣。靜言思之，躬自悼矣。

及爾偕老，老使我怨。淇則有岸，隰則有泮。總角之宴，言笑晏晏，

信誓旦旦，不思其反，反是不思，亦已焉哉！

首章次章言愛情之悅樂與苦楚，不見所愛，泣涕漣漣，既見所歡，載笑載言，秋以為期，遂成婚媾。三章言女子容色如未落之桑，其葉沃若，然士之耽猶可說，女之耽不可說也，奈何兩情繾綣，女亦耽之矣。四章言女子雖處貧困，亦不愆其志，奈何以己華落色衰而見棄於夫也。五章言三歲為婦之勞，曾不我顧，見棄歸家，又為兄弟所笑，靜而思之，唯躬自悼傷耳。末章言不思昔日之談笑晏晏，信誓旦旦，致不能與我偕老，昔日之不思，復何言哉！寫其怨但云「躬自悼矣」、「亦已焉哉」，殆亦無如之何也。

「詩可以怨」大抵可分家國之怨、行役之怨及棄婦之怨以說之。他若變風變雅之中亦多怨嗟天命之作，而周人所以怨天命者，以政有不善故也，亦可歸入「家國之怨」之中。〔註23〕此外，〈曹風·蜉蝣〉歎人生短暫，榮華不常，似有「韶光容易把人拋」之怨，蓋有生必有死，乃勢所必然，雖怨歲月無情，亦無如之何也。然吾人考《詩經》一書，怨歲月之詩僅此一例耳，不若後代騷人墨客連篇累牘嘆生之短暫，抑周人謀生之不暇，不有餘力致其慨歎於日月之逝，故此類之詩絕無僅有耶？「歲月之怨」有獨無偶，故略去之，不另立目也。

觀夫以上所述，詩人有不得於君上，不得於其夫者，皆可一抒己怨，以暢胸中之不平，詩可以怨即此義也。讀詩者讀之，興起知所怨恨、知所怨刺之心，明惡德亂政之可鄙，則不為之，知士夫棄婦之悲怨，亦能興悲憫之胸懷，可以蓄德，可以平情，其有益於修德在此，詩教之用亦在此。

綜乎本節所述，興觀群怨之詩教，以「興」為其樞機，以觀群怨皆可以興發人之心志也。詩可以興者，有作詩者之興，有讀詩者之興，而皆繫之於情；詩可以觀者，君上可觀風俗之得失、政治之興替，後之讀詩者亦可藉以觀周人之教化；詩可以群者，作詩者既以詩陳其兄弟朋友之道，讀詩者亦因以知之；詩可以怨者，作詩者能抒其怨，讀詩者亦能知其所怨。興觀群怨之

〔註23〕參見第一章第二節第六目所述。

詩教，殆關乎作者讀者而言之，此詩教之妙用也。

第三節　事父事君

　　人生內而家，外而國，家國之事即己分內事，其於家國，不能無惻怛之心，忠孝之情焉。蓋家國之道盡則人倫之道盡，孔子之教最重人倫，而事父事君正人倫之大者，故孔子之詩教亦重事父事君之道。子夏承孔子之教，曰：「事父母能竭其力，事君能致其身。」（《論語‧學而》）此即孔子所云「邇之事父，遠之事君」之詩教也。

一、邇之事父

　　事父之道含事母之道，以子之血胤乃出自父母者也，所以獨言事父者，舉一足以賅全。事父之道即孝道，孔子云：「夫孝，德之本也，教之所由生也。」（《孝經‧開宗明義章》）此先王以順天下，民用和睦，上下無怨之至德要道也。然事父之道，其所重者為何？曰能敬也，曰能養也。子游問孝，子曰：「今之孝者，是謂能養，至於犬馬，皆能有養，不敬，何以別乎？」（《論語‧為政》）言能敬有重於能養者，然則能養而後能敬，身體髮膚，受之父母，不敢毀傷，孝之始也，蓋保愛有用之身，以致父母之養，乃人子盡孝之根本，故《詩經》篇什，人子有不能終其父母之養者，則怨嘆焉，自責焉。

　　〈邶風‧凱風〉：

　　　凱風自南，吹彼棘心。棘心夭夭，母氏劬勞。凱風自南，吹彼棘薪。

　　　母氏聖善，我無令人。爰有寒泉，在浚之下。有子七人，母氏勞苦。

　　　睍睆黃鳥，載好其音。有子七人，莫慰母心。

〈詩序〉云：「〈凱風〉，美孝子也。衛之淫風盛行，雖有七子之母，猶不能安其室，故美七子，能盡其孝道，以慰其母心，而成其志爾。」觀其詩文，此詩乃孝子感念母氏劬勞而自疚之詩，焉有孝子作詩以美己者？故〈詩序〉美孝子之說為不確。又詩文中亦不見有「衛之淫風盛行，雖有七子之母，猶不能安其室」之意，〈詩序〉所云蓋受《孟子‧告子篇下》說〈凱風〉詩之影響，孟子云：「〈凱風〉，親之過小者也，…親之過小而怨，是不可磯也。…不可磯，亦不孝也。」孟子此說不知據自何處，乃其「以意逆志」讀詩法之運用耳，考之詩文，並無「親之過小」云云。言「母氏劬勞」、「母氏勞苦」，深念母氏

之恩也，言「我無令人」、「莫慰母心」，責己之不能養也，此詩殆孝子不能終養母氏之作。

又，〈唐風・鴇羽〉：

肅肅鴇羽，集於苞栩。王事靡盬，不能蓺稷黍，父母何怙？悠悠蒼天，曷其有所！

肅肅鴇翼，集於苞棘。王事靡盬，不能蓺稷黍，父母何食？悠悠蒼天，曷其有極！

肅肅鴇行，集於苞桑。王事靡盬，不能蓺稻粱，父母何嘗？悠悠蒼天，曷其有常！

〈詩序〉云：「〈鴇羽〉，刺時也。昭公之後大亂五世，君子下從征役，不得養其父母，而作是詩也。」詩序例以美刺時世說詩，其所云「刺時」、「昭公之後大亂五世」，未必爲確，然觀「王事靡盬，不能蓺稷黍，父母何怙？」、「王事靡盬，不能蓺稷黍，父母何食？」、「王事靡盬，不能蓺稻粱，父母何嘗？」之句，其所云「君子下從征役，不得養其父母」，則可信也。蓋此詩三章皆以鴇起興，鴇者，形似雁而大，腳無後趾，不適於樹棲，而今竟急促飛翔，棲止於栩樹之上（次章言棲於棘樹之上，末章言棲於桑樹之上），以喻非其安身之處，猶之乎行役之人，日夜奔勞，隨地而棲，不能在家以養父母，非其性之所適，心之所安也。觀其「悠悠蒼天，曷其有所！」、「悠悠蒼天，曷其有極！」、「曷其有常！」之句，蓋深怨久役於外不得耕作以養父母也。

又，〈小雅・祈父〉：

祈父！予，王之爪牙，胡轉予于恤，靡所止居？

祈父！予，王之爪士，胡轉予于恤，靡所底止？

祈父！亶不聰，胡轉予于恤，有母之尸饔？

其詩首章、次章言祈父不恤其軍士，以致其無所止居，末章言有母之失養，乃祈父不恤軍士之所致，亦久役於外不得安居養親之詩。

又，〈小雅・蓼莪〉：

蓼蓼者莪，匪莪伊蒿；哀哀父母，生我劬勞。

蓼蓼者莪，匪莪伊蔚；哀哀父母，生我勞瘁。

缾之罄矣，維罍之恥。鮮民之生，不如死之久矣！

無父何怙？無母何恃？出則銜恤，入則靡至。

－113－

父兮生我，母兮鞠我，拊我畜我，長我育我，顧我復我，出入腹我，

欲報之德，昊天罔極！

南山烈烈，飄風發發。民莫不穀，我獨何害？

南山律律，飄風弗弗。民莫不穀，我獨不卒？

首章次章言父母生我，欲我成蓼蓼之莪，奈何隕越其職，遺父母憂，深愧父母之勞瘁也。三章以瓶無酒，乃罍之恥，比喻父母不得終養乃子女之恥，今父母已棄我久矣，無父無母，何怙何恃？出則含憂，入則不知其所至。四章言父母生養長育之恩如昊天之無有止極，報答不盡。五章六章言民莫不善，何獨我不能終養父母耶？蓋樹欲靜而風不止，子欲養而親不待，此人情之苦也。今人王靜芝氏《詩經通釋》云：「此孝子哀父母早逝，而自傷不得奉養之詩。」得詩旨也。此詩言失怙之感傷痛極，千古稱之。《晉書》八十八王裒傳云：「隱居教授，讀詩至哀哀父母，生我劬勞之句，恒三復流涕，門人以此為廢〈蓼莪〉篇。」常言道：「讀諸葛亮〈出師表〉而不哭者，其人必不忠；讀李密〈陳情表〉而不哭者，其人必不孝；讀韓愈〈祭十二郎文〉而不哭者，其人必不慈。」吾人似可增一語：「讀〈蓼莪〉詩而不流涕者，其人亦不孝。」以其悽惻哀切，故能感發人之深切親情也。

觀夫以上所述，人子之所以不能養其父母者，或以己無令善，或因久役於外，或乃父母已逝，至若平居家室之中，既能有口腹之養矣，應出之以敬，蓋孝子有深愛者必有愉色，有愉色者必有婉容，能敬能養方為至孝也。

孟懿子問孝，孔子答以無違於禮，以事之葬之祭之均須以禮為準的也。〈中庸〉第十九章云：「踐其位，行其禮，奏其樂，敬其所尊，愛其所親。事死如事生，事亡如事存，孝之至也。郊社之禮，所以事上帝也；宗廟之禮，所以祀乎其先也；明乎郊社之禮，禘嘗之義，治國其如示諸掌乎！」是以〈大雅·生民〉及〈周頌·思文〉祀祭后稷以配天，〈大雅〉文王諸什、〈周頌·清廟〉諸篇，〔註24〕宗祀文王於明堂以配上帝，〈周頌·我將〉、〈時邁〉諸詩以祭武王，〔註25〕〈魯頌〉誦僖公，〈商頌〉祀殷湯，皆事亡如事存，事死如事生也。蓋郊祀宗廟之間，頌美鬼神之際，神之格思，不可度思，慎終追遠之深義存

〔註24〕祭祀文王之詩，於《大雅》有〈文王〉、〈大明〉二篇，於《周頌》有〈清廟〉、〈維天之命〉、〈維清〉、〈我將〉、〈雝〉五篇。參見第一章第二節第三目。

〔註25〕祭祀武王之詩，有〈周頌·時邁〉、〈執競〉、〈武〉、〈酌〉、〈桓〉等篇。亦參見第一章第二節第三目。

焉，此孝之至也。

邢昺〈孝經注疏序〉云：

> 夫《孝經》者，孔子之所述作也。述作之旨者，昔聖人蘊大聖德，
> 生不偶時，適值周室衰微，王綱失墜，君臣僭亂，禮樂崩頹，居上
> 位者賞罰不行，居下位者褒貶無作，孔子遂乃定禮樂、刪詩書、讚
> 易道，以明道德仁義之源，修《春秋》以正君臣父子之法，又慮雖
> 知其法，未知其行，遂說《孝經》一十八章，以明君臣父子之法所
> 寄。知其法者，修其行；知其行者，謹其法；故〈孝經緯〉曰：「孔
> 子云：欲觀我褒貶諸侯之志，在《春秋》；崇人倫之行，在《孝經》。」
> 是知《孝經》雖居六籍之外，乃與《春秋》爲表矣。

蓋孔門七十弟子之中，曾子孝行最著，是以孔子乃以曾子爲請益問答之人，
以廣明孝道，既說之後，乃與曾子，此《孝經》述作之所由來也。雖後儒疑
之，然必孔門言孝之經典也。《孝經》崇人倫之行，與《春秋》相表裡，其書
一十八章均君臣父子之行所寄，孔子欲明其教諭之大用，引詩書以說者十一
章，然引書以說僅有一章，而引詩以說者竟至十章之多，以詩興發人意志有
速於置郵而傳命者，此亦孔子事父之詩教也。

〈開宗明義章第一〉：

> ……。身體髮膚，受之父母，不敢毀傷，孝之始也。立身行道，揚
> 名於後世，以顯父母，孝之終也。夫孝，始於事親，中於事君，終
> 於立身。〈大雅〉云：「無念爾祖，聿脩厥德。」

蓋常念爾之先祖，常述脩其功德，方足以揚名後世，以顯父母，以達孝親之
極致也。

〈諸侯章第三〉：

> 在上不驕，高而不危；制節謹度，滿而不溢。高而不危，所以長守貴
> 也；滿而不溢，所以長守富也。富貴不離其身，然後能保其社稷而和
> 其民人，蓋諸侯之孝也。詩云：「戰戰兢兢，如臨深淵，如履薄冰。」

所引〈小雅‧小旻〉之詩也，以臨深恐墜，履薄恐陷，義取爲君，恒須戒愼，
方足以保其社稷而和其民人，免於墜業辱先之不孝。

〈卿大夫章第四〉：

> 非先王之法服不敢服，非先王之法言不敢道，非先王之德行不敢行，
> 是故非法不言，非道不行，口無擇言，身無擇行，言滿天下無口過，

行滿天下無怨惡，三者備矣，然後能守其宗廟，蓋卿大夫之孝也。

詩云：「夙夜匪懈，以事一人。」

此〈大雅・烝民〉之詩，義取卿大夫當早起夜寐，不得懈惰，以事其君也。

〈士章第五〉：

……。忠順不失，以事其上，然後能保其祿位，而守其祭祀，蓋士之孝也。詩云：「夙興夜寐，無忝爾所生。」

所引〈小雅・小宛〉之詩，言士行孝當早起夜寐，以無辱其父母也。

〈三才章第七〉：

……。先王見教之可以化民也，是故先之以博愛，而民莫遺其親，陳之於德義，而民興行，先之以敬讓，而民不爭，導之以禮樂，而民和睦，示之以好惡，而民知禁。詩云：「赫赫師尹，民具爾瞻。」

夫子既述先王以身率下，先及大臣助君行教化之義畢，乃引〈小雅・節南山〉詩以證成之。言先之，是吾身行率先於物也，陳之導之示之禁之是大臣助君爲政也。蓋上之所好，下必有甚者，故上之好惡，不可不慎，是民之表也，此引「赫赫師尹，民具爾瞻」之義也。

〈孝治章第八〉：

子曰：「昔者明王之以孝治天下也，不敢遺小國之臣，而況於公侯伯子男乎？故得萬國之懽心，以事其先王。……。夫然，故生則親安之，祭則鬼享之，是以天下和平，災害不生，禍亂不作，故明王之以孝治天下也如此。詩云：『有覺德行，四國順之。』」

此夫子述昔時明王孝治之義畢，乃引〈大雅・抑篇〉以讚美之也。言天子身有至大德行，四方之國皆順而行之。

〈聖治章第九〉：

……。君子則不然，言思可道，行思可樂，德義可尊，作事可法，容止可觀，進退可度，以臨其民，是以其民畏而愛之，則而象之，故能成其德教而行其政令。詩云：「淑人君子，其儀不忒。」

此夫子述君子之德既畢，乃引〈曹風・鳲鳩〉之詩以贊美之，言善人君子威儀不差失也。

〈廣至德章第十三〉：

子曰：君子之教以孝也，非家至而日見之也，教以孝，所以敬天下之爲人父者也，教以悌，所以敬天下之爲人兄者也，教以臣，所以

敬天下之為人君者也。詩云：「愷悌君子，民之父母。」非至德，其
孰能順民如此其大者乎！

夫子既述至德之教已畢，乃引〈大雅・泂酌〉之詩以美之，言樂易之君子，
能順民心而行教化，而為民之父母，若非至德之君，其誰能順民心如此其廣
大者乎！

〈感應章第十六〉：

……。脩身慎行，恐辱先也；宗廟致敬，鬼神著矣。孝悌之至，通
於神明，光于四海，無所不通。詩云：「自西自東，自南自北，無思
不服。」

此夫子述孝悌之事，感應之美既畢，乃引〈大雅・文王有聲〉之詩以贊美之，
言從近及遠，至於四方，皆感德化無有思不服者，以明孝悌之至，通於神
明，光于四海，無所不通也。

〈事君章第十七〉：

子曰：君子之事上也，進思盡忠，退思補過，將順其美，匡救其惡，
故上下能相親也。詩云：「心乎愛矣，遐不謂矣，中心藏之，何日忘
之？」

夫子述事君之道既已，乃引〈小雅・隰桑〉之詩以結之，言忠臣事君，雖復
有時離遠不在君之左右，然其心之愛君，不謂為遠，中心常藏事君之道，何
日暫忘之？蓋事父之道通於事君，事父之道察，則事君之理明，此《孝經》
有事君章也。

事父之道即孝道，有子云：「孝弟也者，其為人之本與！」（《論語・學而》）
蓋未有不愛其親而能愛他人者，亦未有不敬其親而能敬他人者，苟或有之，
乃悖德悖行之人，君子於悖德悖行之人亦無如之何也矣！孔子重事父之道，
故其詩教之中特明之也。

二、遠之事君

孔子曰：「《書》云：『孝乎！惟孝，友於兄弟。』施於有政，是亦為政，
奚其為為政！」此雖云盡孝通於為政，然僅為間接之從政，而事君與從政則
同為一事。詩教之於事君，其義有二，一曰盡事君之道，二曰學事君之能，
亦即吾人由詩教之中宜知此遠之事君之二法要也。

事君之道即盡為臣之道也，然則人臣當如何盡為臣之道乎？吾人由《詩

經》之提示中可得如下三者：

（一）發揮仁心，顧念微賤

仁者與萬物同體，視人飢如己飢，視人溺如己溺，微賤之人乃斯民之無告者，人臣當發揮仁心顧念之。

〈小雅・緜蠻〉：

綿蠻黃鳥，止于丘阿。道之云遠，我勞如何。飲之食之，教之誨之。命彼後車，謂之載之。綿蠻黃鳥，止于丘隅。豈敢憚行？畏不能趨。飲之食之，教之誨之。命彼後車，謂之載之。綿蠻黃鳥，止于丘側。豈敢憚行？畏不能極。飲之食之，教之誨之。命彼後車，謂之載之。

觀其詩文，此篇乃行役者感於帥臣之厚遇而作之詩。行役苦矣，以帥臣仁心不已，不遺微賤，飲食教載之，則苦亦不苦。全詩疊詠「飲之食之，教之誨之。命彼後車，謂之載之。」厚遇之深恩見之矣。

又，〈小雅・鴻雁〉：

鴻雁于飛，肅肅其羽。之子于征，劬勞于野。爰及矜人，哀此鰥寡。鴻雁于飛，集于中澤。之子于垣，百堵皆作。雖則劬勞，其究安宅。鴻雁于飛，哀鳴嗸嗸。維此哲人，謂我劬勞。維彼愚人，謂我宣驕。

此詩言使臣安撫流民之作也。首章言「爰及矜人，哀此鰥寡」，仁心顯矣；次章言「之子于垣，百堵皆作。雖則劬勞，其究安宅」則安宅庇民，民有歡顏矣；末章言「維此哲人，謂我劬勞。維彼愚人，謂我宣驕」，則不敢侮慢鰥寡矣，鰥寡尚且不侮，況於卿士庶民者乎？

（二）忠於職守，靖恭其位

為人臣者，宜恭其職，匪懈匪怠，庶幾免於尸位素餐之譏。是以卿士盡職，則有〈緇衣〉之美，在位貪鄙，則有〈伐檀〉之刺，宜鑒於斯，知所懲戒，此事君之詩教也。

〈鄭風・緇衣〉：

緇衣之宜兮，敝，予又改為兮。適子之館兮，還，予授子之粲兮。緇衣之好兮，敝，予又改造兮。適子之館兮，還，予授子之粲兮。緇衣之蓆兮，敝，予又改作兮。適子之館兮，還，予授子之粲兮。

〈詩序〉以此篇為美武公之詩，言其父子並為周司徒，善於其職，國人宜之而美其德。觀其詩文，不見美武公之意，然為美卿大夫盡忠職守之詞，則無疑也。

〈魏風‧伐檀〉：

　坎坎伐檀兮，置之河之干兮，河水清且漣猗。「不稼不穡，胡取禾三
　百廛兮？不狩不獵，胡瞻爾庭有縣貆兮？」彼君子兮，不素餐兮。

　坎坎伐輻兮，置之河之側兮，河水清且直猗。「不稼不穡，胡取禾三
　百億兮？不狩不獵，胡瞻爾庭有縣特兮？」彼君子兮，不素食兮。

　坎坎伐輪兮，置之河之漘兮，河水清且淪猗。「不稼不穡，胡取禾三
　百囷兮？不狩不獵，胡瞻爾庭有縣鶉兮？」彼君子兮，不素飧兮。

此詩三章，因押韻之需而變換數字。「坎坎伐檀兮，置之河之干兮，河水清且漣
猗。」言坎坎以伐檀木，爲製車以行於陸地也，今反置之於河岸，形容清廉之
不見用，然雖不見用，清廉之士仍如河水之清漣，決不以不見用而苟且取容，
此君子固窮之意也；「不稼不穡，胡取禾三百廛兮？不狩不獵，胡瞻爾庭有縣貆
兮？」則嚴詞正義斥責在位者之貪鄙，言其無功而受祿；「彼君子兮，不素餐兮。」
乃詩人宣示爲臣之道，言君子人必有功而後食祿，不尸位素餐也。

（三）佈其肝膽，勇於勸諫

　　獻詩諷諫，詩文有之，古籍復有明載，前文述之詳矣。〔註26〕此即《孝
經》所云：「當不義，則子不可以不爭於父，臣不可以不爭於君，故當不義則
爭之，從父之令，又焉得爲孝乎？」（〈諫諍章〉）蓋君子之事君也，進思盡忠，
退思補過，將順其美，匡救其惡，其有關乎家國之大利大害者，豈得爲保其
身而憚於勸諫乎？

　　是以「魚在于沼，亦匪克樂。潛雖伏矣，亦孔之炤。憂心慘慘，念國之
爲虐。」刺幽王之亂政失德；「謀猶回遹，何日斯沮？謀臧不從，不臧覆用。」
刺幽王之惑於邪謀；「昔先王受命，有如召公，日辟國百里，今也日蹙國百里。
於乎哀哉！維今之人，不尚有舊。」勸幽王之任老臣；「婦有長舌，維厲之階。
亂匪降自天，生自婦人。」諫幽王之寵褒姒。蓋人臣事君，憫俗傷民，佈其
肝膽，勇於勸諫，斧鉞在所不畏，鼎鑊亦所不懼，方足以謂忠臣。

　　上述三者，詩教有益於事君之道者也。至若學詩以培成事君之能，即孔
子云：「誦詩三百，授之以政，不達；使於四方，不能專對，雖多，亦奚以爲？」
（《論語‧子路》）者也。蓋詩本人情，賅物理，可以觀風俗之盛衰，可以知
政治之良窳，和合民人之道，安邦治國之理存焉，故有助於達政也。復次，

〔註26〕獻詩諷諫之事第二章第三節有說。

春秋賦詩，儒雅風流，蔚然獨盛，其諸侯卿大夫交接鄰國，每以微言相感，於揖讓之際，必稱詩而論其志，以別賢不肖而觀盛衰，故誦詩三百有助於出使專對。若不學詩，何以得意於壇坫之間？又何以化干戈爲玉帛，變暴戾爲祥和？子犯之讓趙衰，重耳拜賜；叔向之屈卻子，齊國以全；申包胥哭秦庭七日，聞穆公賦〈無衣〉，知必相援；穆子賦〈匏有苦葉〉，叔向退而具舟；此其最著者也。若夫高厚歌詩之不類，伯有賦鶉奔之失倫，華定不解〈蓼蕭〉，慶封不知〈相鼠〉，適足以辱國而召釁耳。〔註27〕孔子曰：「不學詩，無以言。」此學詩有益於培成事君之能者也。

綜本節所述，事父之道在能養能敬，事君之道在能盡守臣道、達政專對，而詩均有以開示焉，此「邇之事父，遠之事君」詩教之大用也。

第四節　多識於鳥獸草木之名

詩教「多識於鳥獸草木之名」，其義有二，一曰多識於鳥獸草木之名以作比興之資，一曰由詩文中可多識鳥獸草木之名，以增博物之識，一正一反，均有教育之效焉。

邢昺云：「言詩人多記鳥獸草木之名以爲比興，則因又多識於此鳥獸草木之名也。」然多識於鳥獸草木之名以爲比興，非獨詩人爲然，即讀詩者亦可因多識於鳥獸草木之名而興起也，《禮記·學記》云：「不學博依，不能安詩。」以詩善爲譬喻，故作詩者讀詩者均需學廣博譬喻，方能安善於詩，則邢昺所云未得其全也。

一、作爲比興之資

言語之體有二，一質一文。質言如書，詞達而已。文言如詩，一言可賅而特引申之，直言易達而故含茹之，於是有比興之旨。陳啓源《毛詩稽古篇》云：「詩人興體，假象於物，寓意良深；凡託興在是，則或美或刺，皆見於興中，故必研窮物理，方可言興。學詩所以重多識也。」蓋篇中乏隱，或一叩而語窮；句間無秀，或百詰而色沮；斯並不足於才思，而亦有媿乎文辭，是以詩多比興，以寄其言外之意，苟不重多識，何以諳詩人之奧旨？又何以得興起之志哉？

〔註27〕賦詩言志與詩教之關係，參見第二章第二節。

〈螽斯〉比子孫之繩繩，〈兔罝〉喻武夫之赳赳，〈麟趾〉稱公子之振振，舜華狀女子之娟娟。「我心匪石，不可轉也；我心匪席，不可卷也。」方志向之堅固；「碩鼠碩鼠，無食我黍；三歲貫女，莫我肯顧。」稱上位之貪鄙；「手如柔荑，膚如凝脂，領如蝤蠐，齒如瓠犀。」狀女子之美貌；「如月之恒，如日之升；如南山之壽，不騫不崩；如松柏之茂，無不爾或承。」祝君上之福祿。賤妾上僭，則有綠衣黃裡之怨；有女如玉，則有吉士誘之之喜。他若「金錫以喻明德，珪璋以譬秀民，螟蛉以類教誨，蜩螗以寫號呼。」〔註28〕雖非止於興體，此均以物比況者也。

「〈關雎〉興於鳥而君子美之，取其雌雄之有別；〈鹿鳴〉興於獸而君子大之，取其得食而相呼。」〔註29〕德如鳲鳩，言均一也；德如羔羊，取純潔也；匪兕匪虎，率彼曠野，慨勞役也；蓼蓼者莪，常棣鄂鄂，知孝友也；葛屨褊而羔裘怠，蟋蟀儉而蜉蝣奢。此均以物興起者也。

以上所舉，皆詩人藉鳥獸草木蟲魚之名以作為比興之資者，而讀詩者亦可因鳥獸草木之名而引譬連類，興發志意也。是以「緜蠻黃鳥，止於丘隅。」不過喻小臣之擇仁者依之，孔子推而至於「為人君止於仁，為人臣止於敬，為人子止於孝，為人父止於慈，與國人交止於信。」「桃之夭夭，其葉蓁蓁；之子于歸，宜其家人。」不過言女子之出嫁，孔子推而至於「宜其家人，而后可以教國人。」「鳶飛戾天，魚躍于淵。」不過喻惡人遠去，而民喜得其所，子思推之「上察乎天，下察乎地。」「雖潛伏矣，亦孔之昭。」不過喻庶民之無所遯逃，子思推而至於「君子內省不疚，無惡於志，君子之所不可及者，其唯人之所不見乎！」此皆讀詩者以鳥獸草木蟲魚而興發志意者也。

近人朱東潤氏《詩心論發凡》云：

> 詩三百五篇之作者其言皆切於人事，有及於日月山川草木蟲魚者，無往而不融景入情，故間有類似歌頌自然之句，其實所寫者仍為人情，蓋人在景中，寫景則其人歡愉伊鬱之情，無不藉此以畢見。〔註30〕

朱氏之意，殆以為詩三百五篇之作者但以鳥獸草木為比興，非實寫鳥獸草木也。朱氏又云：

> 〈采薇〉之詩曰「昔我往矣，楊柳依依，今我來思，雨雪霏霏。」

〔註28〕《文心雕龍・比興篇》。
〔註29〕《孔子家語・好生篇》。
〔註30〕《國立武漢大學文哲季刊》第六卷第二號，頁277。

〈出車〉之詩曰「昔我往矣，黍稷方華，今我來思，雨雪載塗。」此非歌詠自然也，楊柳黍稷，雨雪載塗者，皆指其出征來歸之時序而言，而二句之對比，尤足以見其征役之久，與夫下文「載渴載飢」「不遑啟居」之可悲。〈出車〉末章又曰「春日遲遲，卉木萋萋，倉庚喈喈，采蘩祁祁，執訊獲醜，薄言還歸，赫赫南仲，獫狁于夷。」章首四句亦非歌詠自然也，春日之句，正指旋歸之時而言，遲遲萋萋之語，皆傍敲側擊，益見獫狁于夷之眞可喜也。故歐陽修《詩本義》解之云「述其歸時，春日暄妍，草木榮茂而禽鳥和鳴，於此之時，執訊獲醜而歸，豈不樂哉！」其言深得詩人之遺義。〈東山〉之詩曰「我來自東，零雨其濛，果臝之實，亦施于宇，伊威在室，蠨蛸在戶，町畽鹿場，熠燿宵行。」此又非歌詠自然也，嚴粲《詩緝》解之云「及我來歸自東，又道遇細雨濛濛然，是尤苦也。行役最以雨爲苦，言雨之濛濛，形容得羈旅愁慘之意。」又云「我之征役，無人在家，田盧必是荒廢，想見栝樓之實，蔓延于屋垂之下矣，壁落間伊威小蟲，必以無人而出行于室矣，蠨蛸小蜘蛛必結網當戶矣，盧傍畦壟必爲麋鹿之場矣，螢火夜必飛行室中矣，此五物不足畏也，乃可懷感也。」嚴氏所解，亦得詩意，要之此章所寫景物，雖言之累累，皆爲章首「我徂東山，慆慆不歸」及章末「不可畏也，伊可懷也」而發。〈氓〉之三章云「桑之未落，其葉沃若」四章云「桑之落矣，其黃而隕。」此亦非歌詠自然也，沃若黃隕之句，皆所比己之容色，故朱子《詩集傳》解之云「言桑之潤澤以比己之容色光麗」又云「言桑之黃落以比己之容色凋謝。」〔註31〕

朱氏但指〈采薇〉、〈出車〉、〈東山〉、〈氓〉四詩以爲說，他若〈采蘩〉〈采蘋〉之供祭祀，亦非寫實沼蘩澗藻，鴟鴞之寫管叔蔡叔不利周室，亦非實咏鴟鴞之生態，〈狼跋〉喻周公之動輒得咎，亦非實寫狼之爲物。其餘諸篇偶有言及鳥獸草木者，亦皆可以類推。蓋作詩者所重者比興也，純粹歌詠自然之詠物詩，於周人之詩，殊爲鮮見。故讀詩者所重亦在引譬連類，興發志意而已。此乃朱氏所云「詩三百五篇之作者其言皆切於人事」者也。

納蘭性德〈毛詩名物解序〉云：

六經名物之多，無踰於詩者：自天文、地理、宮室、器用、山川、

草木、鳥獸、蟲魚，靡一不具，學者非多識博聞，則無以通詩人之
旨意，而得其比興之所在。

又，葉向高〈六家詩名物疏序〉云：

詩之爲比興者，其寄情或深於賦；而比興之物，又必有其義：如〈關
雎〉之配耦，〈棠棣〉之兄弟，薃蘺之親戚，〈蜉蝣〉之娛樂，〈鴇羽〉
之憂勞，皆非泛然漫爲之說。故善說詩者，舉其物而義可知也；不
辨其物而強繹其義，詩之旨日微，而性情日失矣。

蓋假象於物，寓意良深，必研窮物理，方足以通詩人之旨意。然則，三百五
篇之作者所言雖皆切於人事，而無以識鳥獸草木之名，亦無以見其比興之深
義，此即葉氏所云「善說詩者，舉其物而義可知」也。

二、增益博物知識

　　周代並無博物訓解之專著，《爾雅》非周公所作，故《詩經》所載鳥獸草
木蟲魚之名，亦得以爲考察古代博物之資。皇侃云：「〈關雎〉、〈鵲巢〉，是有
鳥也；〈騶虞〉、〈狼跋〉，是有獸也；〈采蘩〉、〈葛覃〉，是有草也；〈甘棠〉、〈樛
樸〉，是有木也。詩並載其名，學詩者則多識之也。」近人胡樸安氏云：「計
全《詩經》中，言草者一百零五，言木者七十五，言鳥者三十九，言獸者六
十七，言蟲者二十九，言魚者二十；其他言器用者約三百餘。」〔註32〕蓋倉
庚知其爲陽之候，鳴鵙知其爲陰之兆，桃蟲知其由鷦鷯而化大鵰，狼知其跋
前而躓後，此詩教「多識於鳥獸草木之名」必資於博物之第二義也。

　　鄭樵〈通志昆蟲草木略序〉云：

昔日關關雎鳩，在河之洲。不識雎鳩，則安知河洲之趣與關關之聲
乎？凡雁鶩之類，其喙褊者，則其聲關關；鷄雉之類，其喙銳者，
則其聲鷕鷕，此天籟也。雎鳩之喙似鳧雁，故其聲如是，又得水邊
之趣也。〈小雅〉曰：呦呦鹿鳴，食野之苹。不識鹿，則安知食苹之
趣與呦呦之聲乎？凡牛羊之屬，有角無齒者，則其聲呦呦；駝馬之
屬，有齒無角者，則其聲蕭蕭，此亦天籟也。鹿之喙似牛羊，故其
聲如是，又得蓡蒿之趣也。使不識鳥獸之情狀，則安知詩人關關呦
呦之興乎？若曰有敦瓜苦，蒸在栗薪者，謂瓜若引蔓於籬落間，而

〔註32〕《詩經學》，頁 155，商務印書館，1978 年 12 月台三版。

有敦然之繫焉。若曰桑之未落，其葉沃若者，謂桑葉最茂，雖未落
之時，而有沃若之澤。使不識草木之精神，則安知詩人敦然沃若之
興乎？

鄭氏所云，殆以爲識其物方足以明其名，其釋關關呦呦之詞，又饒富科學辨
物得實之精神。蓋不識其物，何以知灼灼狀桃花之鮮，依依盡楊柳之貌，喈
喈逐黃鳥之聲，喓喓學草蟲之韻？此由《詩經》所記鳥獸草木之名，以增益
博物之知識也。

　　近人胡樸安氏以爲據《詩經》以求博物之學，當有二種方法：其一爲「據
《詩經》本書，求草木鳥獸蟲魚之命名所由起」，其二爲「據歷代疏草木鳥獸
蟲魚之書，求草木鳥獸蟲魚命名變遷之跡。」〔註 33〕牛字音即與牛鳴相似，
羊字音即與羊鳴相似，豕字音即與豕鳴相似，木字音即與擊木相似，竹字音
即與擊竹相似，雞字音即與雞鳴相似，雀字音即與雀鳴相似，此命名之所由
起也；黃鳥一名黃鸝，一名黃鸝留，一名黃栗留，一名博黍，一名倉庚，一
名商庚，一名鸝黃，一名楚雀，此命名變遷之跡也。然則，《詩經》究非純粹
博物之學，詩人所重者比興也，儒家學者所重者人倫教化也，多識於鳥獸草
木之名但其緒餘耳。

　　綜本節所述，詩教「多識於鳥獸草木之名」，厥有二義，一曰作爲比興之
資，一曰增益博物知識。作爲比興之資者，於作者言爲其文學表達之技巧，
於讀者言可得興發志意之德教；增益博物知識者，則爲純粹知識之學。於此
二者，雖不能偏廢，然究以興發人志意以致德教爲主也。

第五節　溫柔敦厚而不愚

　　「詩教」一詞始見於《禮記・經解篇》：

孔子曰：「入其國，其教可知也。其爲人也溫柔敦厚，詩教也。……。
故詩之失愚，……。其爲人也溫柔敦厚而不愚，則深於詩者也。……。」

《禮記》大約爲漢儒之述作，其中稱引孔子，雖未必爲孔子之語，然其爲儒
家相傳之說，則可無疑。《淮南子・泰族篇》亦論及六藝之教，其文與《禮記・
經解篇》所言之六經之教極近似，然不說出於孔子，其言曰：

六藝異科而皆同道（北堂書鈔九十五引作「六藝異用而皆通」）。溫

〔註 33〕同前註。

惠柔良者，詩之風也。淳龐敦厚者，書之教也。清明條達者，易之義也。恭儉尊讓者，禮之爲也。寬裕簡易者，樂之化也。刺幾辯義者，春秋之靡也。故……，詩之失愚，……。

〈泰族篇〉之「風」、「教」、「義」、「爲」、「化」、「靡」，其實均是「教」，〈經解篇〉皆稱爲「教」，其義更加顯明。〈經解篇〉似乎寫定於《淮南子》之後，所論六藝之教較〈泰族篇〉爲確切，〈泰族篇〉之「詩風」言「溫惠柔良」，與「書教」言「淳龐敦厚」相混，至〈經解篇〉時，方以「溫柔敦厚」說詩教，而以「疏通知遠」說書教，至此，詩教書教之意義不再含混，且〈經解篇〉所言亦甚能契合詩書二經之本質。而「詩之失愚」則爲二篇共同之看法，然〈泰族篇〉不言「其爲人也溫柔敦厚而不愚，則深於詩者也。」

《禮記・經解篇》孔穎達正義釋「溫柔敦厚」句云：

溫謂顏色溫潤，柔謂情性和柔。詩依違諷諫，不指切事情，故云溫柔敦厚是詩教也。

又釋「溫柔敦厚而不愚」句云：

此一經以詩化民，雖用敦厚，能以義節之；欲使民雖敦厚，不至于愚。則是在上深達於詩之義理，能以詩教民也。故云「深於詩者也。」

孔穎達之解釋根底〈詩大序〉之意見。〈詩大序〉云：「上以風化下，下以風刺上，主文而譎諫，言之者無罪，聞之者足以戒。」即孔穎達所謂「詩依違諷諫，不指切事情。」〈詩大序〉又云：「變風發乎情，止乎禮義；發乎情，民之性也；止乎禮義，先王之澤也。」即孔穎達所謂「能以義節之」。至於〈詩大序〉所謂「先王以是經夫婦，成孝敬，厚人倫，美教化，移風俗。」恰相應於孔穎達所云「在上深達於詩之義理，能以詩教民也。」均言詩在政治教化上之功用。

前文已言及，《禮記・經解》所說六經之教，未必即眞爲孔子之語，但其對各經本質之陳述，均深切精要，與西漢經生說經，多流於蔓衍之情形，大異其趣；尤其對詩所提之「溫柔敦厚」，成爲爾後說詩者之最高圭臬，影響至爲重大。孔穎達所釋「顏色溫潤」，對詩之性格而言，無確切意義，因在國風〈小雅〉中吾人所見者不乏憔悴愁苦之形容，在詩之實質上既無確義，則在教化上，又如何能有「顏色溫潤」之效果？所可注意者，在其「詩依違諷諫，不指切事情，故云溫柔敦厚是詩教也。」一段文字，此深深影響後代詩論，以爲情感之表露應爲含蓄委婉，不指切事情，方易具感人之效果。宋黃庭堅

〈書王知載朐山雜詠後〉即要求詩情須含蓄委婉，而不應以直斥怒罵爲詩，
其言曰：

> 詩者，人之情性也，非強諫爭于庭，怒忿詬于道，怨懟罵座之爲
> 也。……其發爲訕謗侵陵，引頸以承戈，披襟而受矢，以快一朝之
> 忿者，人皆以爲詩之禍，是失詩之旨，非詩之過也。〔註34〕

金元好問盛讚唐詩，即以其溫柔敦厚、藹然仁義之言多，其言唐詩之表達方
式爲：

> 責之愈深，其旨愈婉；怨之愈深，其辭愈緩；優柔饜飫，使人涵詠
> 於先王之澤，情性之外，不知有文字。〔註35〕

明李夢陽描繪詩之特質爲其情感柔厚，其聲律悠揚，其文字切合而不急迫，
故可以感動讀者心弦。〈缶音序〉云：

> 夫詩比興錯雜，假物以神變者也。雖言不測之妙，感觸突著，流動
> 情思，故其氣柔厚，其聲悠揚，其言切而不迫，故歌之者心暢而聞
> 之者動也。〔註36〕

明陸時雍《詩鏡總論》亦云：

> 夫溫厚悱惻，詩教者也。愷悌以悅之，婉娩以入之，故詩之道
> 行。……。左思抗色屬聲，則令人畏；潘岳浮詞浪語，則令人厭，
> 其入人也難哉！〔註37〕

明鍾惺〈陸敕先玄要齋稿序〉云：

> 以屈原之文，露才揚己，顯君之失，良史以爲深譏。忠憤之詞，詩
> 人不可苟作也。以是爲政，必有臣誣其君，子訟其父者，溫柔敦厚
> 其衰矣。〔註38〕

清王夫之《古詩評選》卷五云：

> 健之爲病，壯于頑，作色于父，無所不至，故聞溫柔之爲詩教，未
> 聞其以健也。健筆者，酷吏以之成爰書，而殺人藝苑有健訟之言，
> 不足爲人心憂乎？況乎縱橫云者，小人之技，初非雅士之所問津，

〔註34〕《豫章文集》廿六。四部叢刊初編。商務印書館。
〔註35〕見元氏〈楊叔能小亨集引〉。《遺山先生文集》卷三六。四部叢刊初編。
〔註36〕《空同集》卷五一。
〔註37〕頁3下。《續歷代詩話》。藝文印書館。
〔註38〕見馮氏《鈍吟文稿》。

古人以如江如海之才，豈不能然？顧知其不平而自閑耳。〔註39〕

又云：

可以直促處而不直促，故曰溫厚和平。〔註40〕

清焦循〈毛詩補疏序〉云：

夫詩，溫柔敦厚者也，不質直言之，而比興言之，不言理而言情，不務勝人而務感人。……。後世之刺人，一本於私，雖君父不難於指斥，以自鳴其直。學詩三百，於序既知其為刺某某之時矣，而諷其詩文，則婉曲而不直言，寄託而多隱語，故其言足以感人，而不以自禍。

上引諸家之說溫柔敦厚，雖不一其辭，然「婉曲而不直言」則為其共同之宗旨。直可為〈詩大序〉「主文而譎諫，言之者無罪，聞之者足以戒。」及〈正義〉「詩依違諷諫，不指切事情」之引申與補充。然而自〈詩大序〉作者及孔穎達以下諸人之詩觀，是否即契合「溫柔敦厚」之原旨？吾人考察《詩經》本文，以為此種看法，不無商榷之餘地。

古有獻詩諷諫之事，《詩經》本文有明確記載，《左傳》、《國語》亦有述及，然則此種獻詩諷諫之事，果如〈詩序〉作者及孔穎達諸人所言「婉曲而不直言」、「詩依違諷諫，不指切事情」者乎？

〈小雅・何人斯〉：

為鬼為蜮，則不可得。有靦面目，視人罔極。作此好歌，以極反側。

此篇詩旨，〈詩序〉云：「〈何人斯〉，蘇公刺暴公。為卿士而譖蘇公焉，故蘇公作是詩以絕之。」近人屈萬里氏云：「序說未詳何據，然為朋友絕交之詩，則文義甚顯。」今人王靜芝氏云：「此傷友人趨於權勢，反覆無常，作歌以譏之也。」要之，觀其「作此好歌，以極反側」之句，乃欲窮究他人反側之心也。言「為鬼為蜮，則不可得。有靦面目，視人罔極。」殆深怨之詞，何「依違諷諫之有」？

又，〈小雅・巷伯〉：

彼譖人者，誰適與謀？取彼譖人，投畀豺虎！豺虎不食，投畀有北；有北不受，投畀有昊。

楊園之道，猗于畝丘。寺人孟子，作為此詩，凡百君子，敬而聽之。

此篇詩旨，〈詩序〉云：「〈巷伯〉，刺幽王也。寺人傷於讒，故作是詩也。」《漢書·司馬遷傳》贊云：「迹其所以自傷悼，〈小雅〉〈巷伯〉之倫。」《後漢書·宦者傳》序云：「詩之〈小雅〉，亦有〈巷伯〉刺讒之篇。」觀其「取彼譖人，投畀豺虎！豺虎不食，投畀有北；有北不受，投畀有昊。」之語，不但欲將譖人屏之四夷，不與同中國，且不欲與譖人共戴此天，所謂天地之大，無譖人容身之地也。類此聲色俱厲之疾惡峻語，謂之「婉曲不直言」可乎？

　　質言之，若此之疾惡峻語，於《詩經》中俯拾即是，更僕難數。欲更充分反駁「詩教溫柔敦厚在婉曲不直言」此一意見，吾人試再舉數例，予以說明。

　　〈鄘風·鶉之奔奔〉：

　　鶉之奔奔，鵲之彊彊。人之無良，我以為兄。

　　鵲之彊彊，鶉之奔奔。人之無良，我以為君。

〈詩序〉云：「〈鶉之奔奔〉，刺衛宣姜。衛人以為宣姜鶉鵲之不如也。」按此詩乃衛人諷刺公子頑及衛宣公之詩，公子頑乃惠公之兄而竟與惠公之生母宣姜淫亂。衛宣公為太子伋之父，而竟娶太子伋之妻宣姜為妻，一家上下，亂淫一起，儘管焦循謂詩人「雖君父不難於指斥，以自鳴其直」，然如是父子聚麀，兄弟同牝之亂倫，已同於禽獸，甚且不如禽獸，詈其「無良」，並無不宜。吾人觀〈鄘風·牆有茨〉所云，其可道可讀者，皆言之醜也，言之辱也，詩人見此宮中淫亂，倫常敗壞，欲其依違諷諫、婉曲不直言，不可得也。

　　〈鄘風·相鼠〉：

　　相鼠有皮，人而無儀？人而無儀，不死何為！相鼠有齒，人而無止？

　　人而無止，不死何俟！相鼠有體，人而無禮？人而無禮，胡不遄死！

按此詩乃刺無禮之人。古代極重禮教，所謂「人而無禮，焉能為有？焉能為亡？」「能以禮讓為國乎，何有？不能以禮讓為國，如禮何！」又云：「克己復禮為仁，一日克己復禮，天下歸仁焉。」人一旦蒙「無禮」之譏，已甚羞愧，復咀咒其「不死何為」、「不死何俟」、「胡不遄死」，謂之溫柔敦厚、婉曲不直言可乎？孔子之友原壤夷俟，孔子不但以杖叩其脛，又責其「老而不死是為賊」，對於無禮之事，雖朋友亦不假辭色，可見「無禮」在古代乃極嚴重之事，而若干詩論者一意堅主「詩教溫柔敦厚在婉曲不直言」，其不鄰乎鄉愿者幾希！

　　〈小雅·正月〉：

　　謂天蓋高，不敢不局；謂地蓋厚，不敢不蹐。維號是言，有倫有脊。

哀今之人，胡爲虺蜴？（六章）

魚在于沼，亦匪克樂。潛雖伏矣，亦孔之炤。憂心慘慘，念國之爲
虐。（十一章）

彼有旨酒，又有嘉殽。洽比其鄰，昏姻孔云。念我獨兮，憂心慇慇。
（十二章）

按此詩乃刺幽王暴虐無道，嚴刑峻法，終致亡國之詩，其詩共十三章，此處
但錄其三章。六章云天蓋高矣，然不敢不侷身，地蓋厚矣，然不敢不小步而
行。人本爲有理性有脊骨之動物。宜挺身而立，據理而言，然所聞者但長吁
短歎耳，哀今之人，已淪爲虺蜴矣。與所引之第十一章，同爲描敍暴政之語
句，人民生此惡劣環境之中，已至無所遁逃之地步；然反觀貴族之生活，卻
既有旨酒，又有嘉殽，洽比其鄰，談笑晏晏。《孔子家語·卷三·賢君篇》載：

孔子讀詩，于〈正月〉六章，惕焉如懼，曰：彼不達之君子，豈不
殆哉？從上依世則道廢，違上離俗則身危。時不興善，己獨由之，
則曰：「非妖即妄也」。故賢也既不遇天，恐不終其命焉。……。詩
曰：「謂天蓋高，不敢不局；謂地蓋厚，不敢不蹐。」此言上下畏罪，
無所自容也。

雖未必眞爲孔子讀詩之言，然爲儒者之感發則可信也。蓋上下畏罪，無所自
容，惕焉如懼，欲其出言和順，不指切事情，不可得也。

〈小雅·小弁〉：

弁彼鸒斯，歸飛提提。民莫不穀，我獨于罹。何辜于天？我罪伊何？
心之憂矣，云如之何！（一章）

踧踧周道，鞫爲茂草。我心憂傷，惄焉如擣。假寐永歎，維憂用老。
心之憂矣，疢如疾首。（二章）

維桑與梓，必恭敬止。靡瞻匪父，靡依匪母，不屬於毛，不罹於裡，
天之生我，我辰安在？（三章）

〈小弁〉詩，序以爲乃太子之傳所作，方玉潤則以爲「宜臼自傷被廢也。」
近人屈萬里氏曰：「孟子論此詩，大意謂人子不得於其父母者所作，而未坐實
其人，茲從之。」然從《孟子·告子篇下》所載：「〈小弁〉之怨，親親也。
親親，仁也」及「〈小弁〉，親之過大者也，親之過大而不怨，是愈疏也」之
語推之，將此詩視爲宜臼所作，亦無不妥，因幽王寵褒姒，廢太子，引起犬

戎之亂，卒亡其國，此種過錯亦大矣。此詩共八章，此處但引前三章；此對
父母有深怨之作，欲其「婉曲不直言」，亦不可能也。

此外，〈大雅・瞻卬〉有「婦有長舌，維厲之階。亂匪降自天，生自婦人。
匪教匪誨，時維婦寺」之句，其對褒姒禍國之指責，可謂出言不遜，聲色俱
厲，又何「不指切事情」之有？

有此諸多反證，「詩教溫柔敦厚在婉曲不直言」之論點，誠有未能圓允之
處，遂有學者提出相反之意見。

清吳雷發〈說詩管蒯〉云：

> 從古詩人，大約憤世疾邪者居多。今人作詩，切戒罵人，勢必爭妍
> 取憐，學爲妾婦之道，宜乎詩稿中無非祝頌之詞、諂腴之態，而氣
> 骨全不見也。但刺諷之中，須隱而彰，始爲得體耳。至於深可憎戀
> 者，原自不妨痛快，即三百篇中，何嘗無痛罵不留餘地處，以後又
> 不必論矣。〔註41〕

黃宗羲亦基於相似之看法，析其對詩教溫厚之見解，〈萬貞一詩序〉云：

> 彼以爲溫柔敦厚爲詩教，必委蛇頹墮，有懷而不吐，將相趨於厭厭
> 無氣而後已。若是則四時之發斂寒暑，必發斂乃爲溫柔敦厚，寒暑
> 者則非矣；人之喜怒哀樂，必喜樂爲溫柔敦厚，怒哀則非矣。其人
> 之爲詩者，亦必間散放荡，巖居川觀，無所事事而後可；亦必茗椀
> 薰鑪，法書名畫，位置雅潔，入其室蕭然如睹雲林海岳之風而後可。
> 然吾觀夫子所刪，非無考槃丘中之什厠乎其間，而諷之令人低佪而
> 不忍去者，必於變風變雅歸焉。蓋其疾惡思古，指事陳情，不異薰
> 風之南來，履冰之中骨，怒則掣電流虹，哀則淒楚蘊結，激揚以抵
> 和平，謂之溫柔敦厚也。〔註42〕

是以清申涵光一方以「性情之正」要求詩之溫柔敦厚，如〈連克昌詩序〉云：

> 凡詩之道，以和爲正。……太史公謂詩三百大抵聖賢發憤之所爲作。
> 夫發憤則和之反也，其間勞臣怨女憫時悲事之詞誠爲不少，而聖兼
> 著之，所以感發善心而得其性情之正，故曰溫柔敦厚詩教也，所以
> 正夫不和者也。〔註43〕

〔註41〕《清詩話》頁902。
〔註42〕《文定四集》卷一。
〔註43〕《聰山文集》卷一。叢書集成初編。

另一則不反對慷慨不平之音，〈曾黃公詩引〉云：

> 溫柔敦厚詩教也。然吾觀古今爲詩者，大抵憤世嫉俗，多慷慨不平
> 之音。……然則憤而不失其正，固無妨於溫柔敦厚也歟！〔註44〕

上引三家之說，恰可爲反駁「詩教溫柔敦厚在婉曲不直言」論點之確證。然而主張「詩教溫柔敦厚在婉曲不直言」者，亦可由《詩經》本文之中，舉出更多例證以圓成其說，二南之詩篇幾全爲溫柔敦厚，十三國風中亦多怨而不怒之作，〈大雅〉中屬於祭祀詩及記周代先祖之史詩亦多合此準則，三頌之歌功頌德，其雍容穆穆更無論矣；以是「詩教溫柔敦厚在婉曲不直言」之論點，亦非無據而嚮壁虛造者。然則，詩教溫柔敦厚之義，其確切之解釋何在乎？

《管子・內業篇》云：「止怒莫若詩。」詩感發人之意志乃以平正溫和爲貴，是以自來詩即以含蓄爲佳，以有餘味見長，其後甚且有「不著一字，盡得風流」之詩論。《白虎通義・諫諍篇》云：

> 諫有五：其一曰諷諫，二曰順諫，三曰闚諫，四曰指諫，五曰陷諫。
> 諷諫者，……知禍患之萌，深睹其事未彰而諷告焉。……順諫者，……
> 出詞遜順，不逆君心。……闚諫者，……視君顏色不悅，且卻；悅
> 則復前，以禮進退。……指諫者，……指者，質也，質相其事而諫。……
> 陷諫者，……惻隱發於中，直言國之害，勵志忘生，爲君不避喪
> 身。……孔子曰：「諫有五，吾從諷之諫。」事君……去而不訕，諫
> 而不露。故〈曲禮〉曰：「爲人臣不顯諫。」

此處前三種乃婉言一類，後二種爲直言一類；婉言占五分之三，可知諫諍當以此種爲貴。而文中引孔子之語，獨推「諷諫」，並以「諫而不露」與〈曲禮〉「不顯諫」等語申述意旨。此與〈詩大序〉「主文而譎諫」及孔穎達「詩依違諷諫，不指切事情」具有相同之內涵。質言之，《詩經》三百五篇中亦以具有此性質者爲多，然對亦不在少數之抗色厲聲之作，又當作何解釋？

竊以爲：詩教溫柔敦厚以婉曲不直言、不指切事情之譎諫爲常，而以直斥其事、不留餘地爲變。但此變之所以發生、必有關於（一）、政治上之大利大害；（二）、禮教上之大是大非。關於前項，近人徐復觀氏之意見極佳，其言曰：

> 若在反省中，把原先尚未曾觸發到的感憤或感奮，更觸發出來了，
> 此時的理智，便支持著愈燒愈熱的感情，便不知不覺的作出辛辣痛

〔註44〕同前註卷二。

烈的表現，有如〈巷伯〉中對譖人所表現的，……。但這種詩若感
到是有如〈巷伯〉這一類的好詩，一定是關涉到政治社會上共同的
大利大害的問題。對於這類大利大害的問題，而依然假溫柔敦厚之
名，依違苟且，詩道之衰，正由於此。〔註45〕

徐氏於此僅舉〈巷伯〉一詩為例，然前文所引〈小雅〉〈正月〉、〈小弁〉、〈大
雅・瞻卬〉，均屬此類詩篇，「覆巢之下無完卵。」詩人際此國家存亡之秋，
憫國政之衰，於是雖君父亦不難於直斥矣。至於後項「禮教上之大是大非」，
前文所引〈鄘風〉〈鶉之奔奔〉、〈相鼠〉，恰為適當之例。若合乎此二原則，
自不妨痛快，不妨痛斥而不留餘地；因詩人心中所存者，家國之念也，禮教
之思也，乃一「憤而不失其正」之行為，自不傷溫柔敦厚之旨。行不妨狂怪，
言不妨矯激，肝膽外露，氣象崢嶸，於不平中見和平乃真和平者也。蓋溫柔
敦厚之詩教固有「薰風之南來」，亦有「履冰之中骨」，並存而不相妨也。

　　《禮記・經解篇》所云「其為人也溫柔敦厚，詩教也。」大致可作如上
之疏解與釐清；至於其下「其為人也溫柔敦厚而不愚，則深於詩者也」一句
中之「不愚」，似可說成：若有人能認清詩教溫柔敦厚之真義，亦可以謂深有
得於詩而不愚矣。前賢於此兩端，各執一偏，曉曉不能自休，吾人考察《詩
經》本文，發現「溫柔敦厚」之所以有此二層性質，或受有《孟子・告子篇
下》說「〈凱風〉，親之過小者也；〈小弁〉，親之過大者也」之影響，怨與不
怨之間皆得其當，在於親之過有大小之別，於該怨處怨，於不該怨處不怨，
此即「不愚」也。

　　綜本章所述，作詩者以無邪之思作之，讀詩者以無邪之思讀之，「思無邪」
者，詩教之體也。有體斯有用，興觀群怨，邇之事父、遠之事君、多識鳥獸
草木之名者，詩教之用也。明乎詩教之體用，遂有「溫柔敦厚而不愚」之效
矣。

〔註45〕　《中國文學論集》〈釋詩的溫柔敦厚〉頁447。學生書局，1982年9月五版。

第四章　孟子之詩教

　　孟子道性善，言必稱堯舜，私淑孔子，於儒家之道闡揚最力。孔子之教，以詩爲先，孟子承之，亦特重詩教。《史記‧孟荀列傳》云：「天下方務於合從連橫，以攻伐爲賢，而孟軻乃述唐虞三代之德，是以所如者不合，退而與萬章之徒，序詩書，述仲尼之意，作《孟子》七篇。」趙岐孟子題辭云：「孟子生有淑質，……治儒術之道，通五經，尤長於詩書。」《史記》所云「序詩書」之「序」，梁玉繩謂：「七篇中言書凡二十九，援詩凡三十五，故稱『序詩書』。」〔註 1〕然考孟子書中，引述三百篇詩句或涉及《詩經》之處，雖僅三十五處，而其中四處卻連引兩篇，則援詩竟至三十九次矣。孟子雖「長於詩書」，然援書二十九次，援詩三十九次，則於二者，較重詩矣。

　　「說詩者不以文害辭，不以辭害志，以意逆志，是爲得之。」（〈萬章上〉）蓋詩重比興，復有夸飾，不可拘泥於字句之間，而害詩意，人情相去不遠，當以己意逆作者之志，而得其詩旨。「以意逆志」之說，乃孟子不斷章取義，重視全篇以說詩之卓見，然及其運用，有牽於己之王道思想，而違戾斯旨者。蓋孟子以王道立說，說解詩文，但合立論所需，其餘有所不顧，致有此矛盾也。

　　「頌其詩，讀其書，不知其人可乎？是以論其世也，是尚友也。」（〈盡心下〉）孟子以友天下之善士爲未足，又尚論古之人，然古人已杳，僅可由詩書中神交之，蓋於詩書中，古人之德性人格可得而知，古代之政教風俗亦可得而聞矣。「知人論世」之法，可收「以作者明文獻」之效，可謂深知詩者矣。

　　孟子雖揭「以意逆志」及「知人論世」之說詩卓見，然其義趣非欲建立

〔註 1〕《史記會注考證》，頁 919 引。

說詩之圭臬，僅欲以詩爲其王道思想及性善學說之羽翼，「以詩證學」方爲其重心。是以，孟子詩教所重者乃欲其致道德之功用也。

第一節　以意逆志

　　孟子之學，以性善爲本，謂盡心則知性，知性則知天，其立論之據殆以爲人類有一普遍相同之心靈存在，故整體思想遂據「心」而展開。論政，則曰：「人皆有不忍人之心，先王有不忍人之心，斯有不忍人之政矣。」（〈公孫丑上〉）「生於其心，害於其政；發於其政，害於其事。」（同上）論修養，則曰：「惻隱之心，人皆有之；羞惡之心，人皆有之；恭敬之心，人皆有之；是非之心，人皆有之。仁義禮智，非由外鑠我也，我固有之也。」（〈告子上〉）論同然之經驗，則曰：「故凡同類者舉相似也，何獨至於人而疑之？聖人與我同類者，故龍子曰：不知足而爲屨我知其不爲蕢也，屨之相似天下之足同也。口之於味有同耆也，易牙先得我口之所耆者也，如使口之於味也，其性與人殊，若犬馬之與我不同類也，則天下何耆皆從易牙之於味也？至於味，天下期於易牙，是天下之口相似也；惟耳亦然，至於聲，天下期於師曠，是天下之耳相似也；惟目亦然，至於子都，天下莫不知其姣也，不知子都之姣者，無目者也。故曰：口之於味也有同耆焉，耳之於聲也有同聽焉，目之於色也有同美焉，至於心，獨無所同然乎？心之所同然者何也？謂理也，義也，聖人先得我心之所同然耳，故理義之悅我心猶芻豢之悅我口。」（同上）蓋人心無不皆然，聖人不過先得我心之所同耳。是以，其揭「以意逆志」之說詩法，亦基此也。趙歧注云：「志，詩人志所欲之事；意，學者之心意也。人情不遠，以己之意逆詩人之志，是爲得其實也。」以人之感情有相互溝通之可能，故以意逆志，常能探得詩人之本旨。

　　〈萬章上〉：

　　　咸丘蒙曰：「舜之不臣堯，則吾得聞命矣。詩云：『普天之下，莫非王土；率土之濱，莫非王臣。』而舜既爲天子矣，敢問瞽瞍之非臣，如何？」曰：「是詩也，非是之謂也，勞於王事，而不得養父母也。曰：『此莫非王事，我獨賢勞也。』故說詩者，不以文害辭，不以辭害志，以意逆志，是爲得之。如以辭而已矣，〈雲漢〉之詩曰：『周餘黎民，靡有孑遺。』信斯言也，是周無遺民也。……。」

按《呂氏春秋‧孝行覽》謂舜「登爲天子，賢士歸之，萬民譽之，丈夫女子，振振殷殷，無不載說。舜自爲詩曰：『普天之下，莫非王土，率土之濱，莫非王臣。』所以見盡有之也。」《韓非子‧忠孝篇》亦云：「瞽瞍爲舜父而舜放之，象爲舜弟而殺之，放父殺弟，不可謂仁；妻帝二女而取天下，不可謂義；仁義無有，不可謂明。詩云：『普天之下，莫非王土，率土之濱，莫非王臣。』信若詩之言也，是舜出則臣其君，入則臣其父，妾其母，妻其主女也。」大率戰國間之傳說，于舜之爲人，頗多異詞，與儒家之言不合，是以《呂覽》以此四句爲舜所作，《韓非子》亦引此四句而加以撻伐，咸丘蒙所問正承此傳說，與《呂覽》、《韓非子》所言，同出一轍。然吾人考〈北山〉一詩所云，其詩旨絕非如此。

〈小雅‧北山〉：

> 陟彼北山，言采其杞。偕偕士子，朝夕從事。王事靡盬，憂我父母。
>
> 溥天之下，莫非王土。率土之濱，莫非王臣。大夫不均，我從事獨賢。
>
> 四牡彭彭，王事傍傍。嘉我未老，鮮我方將。旅力方剛，經營四方。
>
> 或燕燕居息，或盡瘁事國；或息偃在牀，或不已于行。
>
> 或不知叫號，或慘慘劬勞；或棲遲偃仰，或王事鞅掌。
>
> 或湛樂飲酒，或慘慘畏咎；或出入風議，或靡事不爲。

此詩首章言朝夕從事，憂父母之不得養。次章前四句即咸丘蒙所引以問之詩，後二句「大夫不均，我從事獨賢」即孟子所謂「此莫非王事，我獨賢勞也」之意。三章「嘉我未老，鮮我方將。旅力方剛，經營四方」復引申補足「我獨賢勞」。四、五、六章則連用十二「或」字，以寫燕燕居息與盡瘁事國之對比，怨懟之意，不能養其父母之憂，呼之欲出。〈毛詩序〉即據孟子之說，以爲此乃大夫刺幽王，役使不均，己勞於從事，而不得養其父母之作。〈詩序〉刺幽王之說無據，然其爲行役之人所作則與全詩旨意盡合，是以此詩非舜所作明矣。

　　孟子說〈北山〉詩，直據全篇詩意以說，不斷章取義，不牽強附會，故前此以〈北山〉詩爲舜所作之傳說，遏而不言矣。其說〈北山〉詩既畢，復拈「以意逆志」之說，言說詩之法，不可以一字而害一句之義，不可以一句而害設辭之志，當以文意迎取作者之志，乃可得之。咸丘蒙之說〈北山〉詩，

即以「普天之下，莫非王土，率土之濱，莫非王臣」四句割裂全篇之意，而未能契合詩旨。孟子為申斯旨，復舉〈大雅·雲漢〉之詩「周餘黎民，靡有孑遺」二句以明之。按〈雲漢〉乃大旱祈雨之詩，旱既太甚，山川滌滌，蘊隆蟲蟲，故以此二句喻其慘重。今人糜文開氏云：

> 照字面講，旱災已慘重到周朝的老百姓沒有半個留存的了。但實際情形，不致如此，這只是誇大的形容，以強調災情的慘重而已。孑，無右臂，孓，無左臂，但孑遺，不解為無右臂者的留存，要活用作「半個人的留存」講，這叫做「不以文害辭」。而知道「靡有孑遺」，只是形容災情的慘重，這叫做「不以辭害志」。玩味全篇文意，這兩句話只是天子祈雨時要天老爺和始祖后稷垂憐災情慘重，賜降甘霖而已，這叫做「以意逆志，是為得之。」〔註2〕

糜氏所云頗得其旨。蓋詩辭多隱約微婉，不肯明言，或寄託以寓意，或誇言而驚人，皆非其志之所在，若徒泥辭以求，鮮有不害志者。故朱注云：「若但以其辭而已，則如〈雲漢〉所言，是周之民真無遺種矣。惟以意逆之，則知作詩者之志，在於憂旱，而非真無遺民也。」是以，「以意逆志」常能得詩之本旨，孟子以此法說詩，復有一例。

〈告子下〉：

> 公孫丑問曰：「高子曰：『〈小弁〉，小人之詩也。』」孟子曰：「何以言之？」曰：「怨。」曰：「固哉！高叟之為詩也。有人於此，越人關弓而射之，則己談笑而道之，無他，疏之也；其兄關弓而射之，則己垂涕泣而道之，無他，戚之也。〈小弁〉之怨，親親也，親親，仁也。固矣夫高叟之為詩也！」曰：「〈凱風〉何以不怨？」曰：「〈凱風〉，親之過小者也。〈小弁〉，親之過大者也。親之過大而不怨，是愈疏也；親之過小而怨，是不可磯也。愈疏，不孝也；不可磯，亦不孝也。孔子曰：『舜其至孝矣，五十而慕。』」

按〈小弁〉為〈小雅〉之一篇。〈詩序〉云：「〈小弁〉，刺幽王也。太子之傅所作焉。」〈毛傳〉云：「幽王取申女，生太子宜咎。」又云：「褒姒生子伯服，立以為后，而放宜咎，將殺之。」而齊、魯、韓三家則以為此詩乃尹吉甫之子伯奇所作。集疏云：「魯說曰：〈小弁〉之篇，伯奇之詩也，伯奇仁人，而父虐之，故作〈小弁〉之詩。」又云：「履霜操者，尹吉甫之子伯奇所作也，

〔註2〕〈孟子與詩經（下）〉，《大陸雜誌》第三十六卷第二期，頁26。

吉甫娶後妻，生子曰伯邦。乃譖伯奇於吉甫，放之於野。伯奇，清朝履霜，
自傷無罪見逐，乃援琴而鼓之。宣王出遊，吉甫從之。伯奇乃作歌，以言感
之宣王。王聞之曰：『此孝子之辭也。』吉甫乃求伯奇於野而感悟，乃射殺後
妻。」〔註3〕綜觀毛詩與三家所云，莫衷一是，作者爲誰，無有定說。然吾人
觀首章之「民莫不穀，我獨于罹，何辜于天？我罪伊何？心之憂矣，云如之
何！」次章之「踧踧周道，鞠爲茂草。我心憂傷，惄焉如擣」三章之「維桑
與梓，必恭敬止。靡瞻匪父，靡依匪母，不屬於毛，不罹於裡，天之生我，
我辰安在？」之句，詩人於其父母殆有深怨，蓋幽王寵褒姒，廢太子，引起
犬戎之亂，卒亡其國，此過亦大矣，故以此詩歸之宜臼所作，亦無不妥，則
四家之說皆非，方玉潤《詩經原始》云：「〈小弁〉，宜臼自傷被廢也。」乃得
其旨。人倫之誼，無有踰乎父子之情者，社稷之悲，無有越乎邦國殄瘁者，
宜臼之怨，謂之親親，親親之心，仁之發也。而高叟以其怨而譏爲小人，殆
不明親親之道故也，是以孟子斥其固。

　　然則，〈凱風〉何以不怨，〈詩序〉以爲贊美七子能盡孝道，以慰母心，
使寡母不致改嫁。恐非是。但自此例一開，後之學者多從其說衍釋，鄭玄云：
「衛有七子之母，不能安其室，七子作此以自責也。」孔穎達亦云：「母遂不
嫁。」然吾人考察原詩，七子之母所以不安於室者，非「寡母」而不安於室
也，乃遭丈夫酷虐之故也。〈凱風〉詩首章云：「凱風自南，吹彼棘心。棘心
夭夭，母氏劬勞。」《詩經》中，言風者，多用以比喻暴戾之男子，如〈終風〉
之「終風且暴，顧我則笑。」、〈谷風〉之「習習谷風，以陰以雨。」〈凱風〉
詩中「凱風自南，吹彼棘心。」乃以風指七子之父，棘爲七子之母，下文之
「吹彼棘心。棘心夭夭」仍指棘受風吹而屈傾之貌，以喻母受父之虐待與迫
害，致有「母氏劬勞」之狀。苟如此，七子之母因不堪其夫之酷虐，而下堂
求去，其咎不在母，實爲小過也。孟子之意殆以爲婦人本當從一而終，今欲
離夫捨七子而去，雖有失爲妻爲母之道，然其過失，乃見迫於其夫所致，非
己所願也，故趙歧云：「〈凱風〉言『莫慰母心』，母心不悅也，知親過小也。」
得詩篇及孟子之旨。

　　孟子以此說〈小弁〉、〈凱風〉二詩，言其怨與不怨，皆得其當，其所以
能得此允當之論者，殆「以意逆志」運用之得宜也。欲「以意逆志」得宜，
除必以「己意」逆詩人之志外，亦須觀其全篇之「文意」，不斷章取義，不牽

強附會，更不可以「人情相去不遠」爲護符遂亂斷詩人之意。孟子以「以意逆志」之法說〈北山〉、〈小弁〉、〈凱風〉三詩，合乎其所揭之原則，然亦有爲便其王道思想之立說，而不惜自壞矩矱，亂斷詩人之意者。

〈梁惠王下〉：

> ……。王曰：「寡人有疾，寡人好貨。」對曰：「昔者公劉好貨。詩云：『乃積乃倉，乃裹餱糧。于橐于囊，思戢用光。弓矢斯張，干戈戚揚，爰方啟行。』故居者有積倉，行者有裹糧也，然後可以爰方啟行。王如好貨，與百姓同之，於王何有？」王曰：「寡人有疾，寡人好色。」，對曰：「昔者大王好色，愛厥妃。詩云：『古公亶父，來朝走馬。率西水滸，至于岐下。爰及姜女，聿來胥宇。』當是時也，內無怨女，外無曠夫，王如好色，與百姓同之，於王何有？」

孟子所引「乃積乃倉，乃裹餱糧。于橐于囊，思戢用光。弓矢斯張，干戈戚揚，爰方啟行。」係〈大雅・公劉〉首章後七句之詩，考此詩乃贊美公劉於邰國之時，有田疇之業，有穀食之資，本可安居，然因遭夏人之亂，不忍鬥其民人，故遂棄此積倉，裹此糧食，委其餘而去，此所謂爲民而不愛物也。且其發邰國之時，能張其弓矢，秉其干戈，整其師旅，以盡衛護之責，亦爲愛民之表現，故民從而徙之。孟子釋此詩則謂公劉好貨能與民共之，故民而徙之，以諷齊王若好貨，當與民共之，使可得民心，治天下，爲聖賢之君也。所引「古公亶父，來朝走馬。率西水滸，至于岐下。爰及姜女，聿來胥宇。」係〈大雅・綿篇〉次章全章之詩，本謂太王避狄難之時，既早而疾，又有賢妃之助，相土宇之所宜，故能克成王業。孟子則借此詩勉齊宣王好色並不爲惡，而要在與民同之，使內無怨女，外無曠夫，如此民心歸附而天下平，若己好色，而使民不能享家庭之樂，君王亦不得獨享也。

孟子之王道思想，重與民偕樂，故梁惠王立於沼上，顧鴻雁麋鹿，問賢者亦樂此乎？孟子答以「賢者而後樂此，不賢者雖有此不樂，古之人與民偕樂，故能樂也。」仁者以其所愛及其所不愛，不仁者以其所不愛及其所愛，王道之基，但善推其所愛而已，所謂推恩足以保四海，不推恩無以保妻子。孟子爲申其與民同樂之說，是以詩僅言公劉之遷徙，孟子便斷公劉有好貨之志，詩僅言古公亶父之率其妃避狄難，孟子便斷古公亶父有好色之志，而「內無怨女，外無曠夫」之社會狀況亦推而知之。孟子以「意」所逆之「志」，非眞詩人之「志」，但己主觀之說耳。

綜上所述，孟子以意逆志之詩教，其所逆之志有合於詩旨者，亦有不合於詩旨者。其合於詩旨者乃孟子合「己意」與「文意」以說詩，故無斷章取義及穿鑿附會之弊，確能探詩人之本旨；其不合於詩旨者，則爲孟子但以「己意」說詩，不參研「文意」，復主於王道思想之主觀學說，故有亂斷詩意之病。吾人復考其用意，其說合於詩旨與否，似均非孟子之所重，其說〈北山〉、〈小弁〉、〈凱風〉三詩，得詩旨也，然亦推而至於仁孝親親之理，其說〈公劉〉、〈緜〉二詩，戾於詩旨也，復牽合爲好貨好色與民同之之義。是以，孟子所重者倫理王道之學說，非眞欲解詩之原義，乃孟子詩教之依於德教故也。

第二節　知人論世

孟子道性善，以爲人若能充其本然之心，存其夜氣，則仁義不可勝用矣。然亦重環境予人之影響，所謂「居移氣，養移體。」曾云：「今夫麰麥，播種而耰之，其地同，樹之時又同；浡然而生，至於日至之時，皆熟矣；雖有不同，則地有肥磽，雨露之養，人事之不齊也。」（〈告子上〉）以喻人性本善，其所以爲惡者，乃受客觀環境之影響，是以認爲「文武興則民好善，幽厲興則民好暴。」（同上）「富歲子弟多賴，凶歲子弟多暴。」（同上）雖亦有無待文王猶興者，然必期之於豪傑之士而後可，若夫凡民鮮有不受環境之影響者。其論詩之重「知人論世」殆亦基此。〈萬章下〉云：

> 孟子謂萬章曰：「一鄉之善士，斯友一鄉之善士，一國之善士，斯友一國之善士，天下之善士，斯友天下之善士，以友天下之善士爲未足，又尚論古之人，頌其詩，讀其書，不知其人可乎？是以論其世也，是尚友也。」

孟子以豪傑之士自居，嘗言「如欲平治天下，當今之世，舍我其誰！」（〈公孫丑上〉）此處復以天下之善士自命，而以友天下之善士爲未足，又尚論古之人，然古人已杳，唯由詩書中盡其言行笑貌，是以不得不求其當世之迹及其人行事之實。朱注云：「論其世，論其當世行事之迹也。言既觀其言而不可以不知其爲人之實，是以又考其行也。」得孟子之旨。《史記・管晏列傳》云：「太史公曰：吾讀管氏牧民山高乘馬輕重九府，及《晏子春秋》，詳哉其言之也，既見其著書，欲觀其行事，故次其傳。」是亦可以補足孟子之意。孟子說詩既重「知人論世」之法，故論及《詩經》之時代。〈離婁下〉云：

　　王者之迹熄而詩亡，詩亡然後春秋作。

「詩亡」之意，歷來說解者，約可分四重。趙歧注云：「王者謂聖王也。太平
道衰，王迹止熄，頌聲不作，故詩亡。春秋撥亂，作於衰世也。」此以「頌
亡」爲「詩亡」也。朱熹注云：「王者之迹熄，謂平王東遷，而政教號令，不
及於天下也。詩亡，謂黍離降爲國風而雅亡也。春秋，魯史記名，孔子因而
筆削之，始於魯隱公之元年，實平王之四十九年也。」此以「雅亡」爲「詩
亡」也。今人糜文開氏於〈孟子與詩經（下）〉一文中云：「今人則以爲周室
盛時有采詩之官，蒐集各國風詩，上之太師，得以考察各國政教之得失，平
王東遷後，政令不行於諸侯，采詩之官廢，故《詩經》所存國風，至春秋中
葉而止。孔子作春秋，記各國史實，寓褒貶之意，所以說『詩亡然後春秋作』。」
〔註4〕此以「風亡」爲「詩亡」也。然則，風、雅、頌，成周已具，體各不同，
安得有「黍離降爲國風」之事？至以風亡爲詩亡，則風乃詩之一，亦不足以
該詩，以頌聲不作爲詩亡亦同，是以復有綜此三說而欲予以融通者。糜文開
氏云：

> 以上三種解釋，各據《詩經》風、雅、頌三者之一以立說，都能言
> 之成理，而不免偏而不全。我們只要採前二說以補充第三說，意思
> 便周全了。在周朝的盛世，《詩經》的風雅頌各有其時代的使命，後
> 來漸趨衰亂，先是盛世的頌聲不作，繼而美刺王政的雅詩斷絕，終
> 於國風的採集也終止了。到孔子時，《詩經》時代早已全部終止，孔
> 子便負起了時代的使命，作《春秋》以撥亂世而反之正。〔註5〕

糜氏之論自以爲補苴罅漏之舉，實則其云頌、雅、風淪亡之序，不過想當然
耳，絕非孟子此語之本旨。然其「到孔子時，《詩經》時代早已全部終止，孔
子便負起了時代的使命，作春秋以撥亂世而反之正。」之語，則爲可信。（詳
下文）上述四說，既乖眞實，則「王者之迹熄而詩亡，詩亡然後春秋作」一
語，究作何解方爲確論？顧鎭〈虞東學詩卷首詩說〉云：

> 蓋王者之政，莫大於巡狩述職；巡狩則天子采風，述職則諸侯貢俗；
> 太師陳之，以考其得失，而慶讓行焉；所謂迹也。夷、厲以來，雖
> 經板蕩，而甫田東狩，烏苹來同，撻伐震於徐方，疆理及乎南海，
> 中興之迹，爛然著明，二雅之篇可考焉。洎乎東遷，而天子不省方，

―――――――――――――――――――――

〔註4〕見《大陸雜誌》三十六卷二期。所說今人未言何人。
〔註5〕同前註。

諸侯不入觀，慶讓不行，而陳詩之典廢，所謂迹熄而詩亡也。孔子
傷之，不得巳而託春秋以彰衰鉞，所以存王迹於筆削之文。……。
蓋詩者，風、雅、頌之總名，無容舉彼遺此。

顧氏以王者之政莫大於巡狩述職爲「王迹」之意，遂以陳詩之典廢即「迹熄
而詩亡」，又以爲詩乃風、雅、頌之總名，不容舉彼而遺此，自較趙歧、朱熹
等以頌亡或雅亡或風亡立說爲可據。又，宋翔鳳〈孟子趙注補正〉云：

〈王制〉：「天子五年一巡守，……命太師陳詩以觀民風。」鄭注：「陳
詩，謂采其詩而觀之。」……歷按諸文，知王者有設官采詩之事。
息，止也。言此官止而不行，則下情不上通，天下所苦，天子不知。
政教流失，風俗陵夷，皆由於此。謂之「詩亡」，可耳。儀封人曰：
「天將以夫子爲木鐸」。謂王者不采詩，將使夫子周流四方，以行其
教。春秋之志，其見於此歟？若風、雅、頌，成周已具，體各不同，
安得有「黍離降風」之事？至以雅亡爲詩亡，則雅之一義，亦不足
以該詩也。〈文中子〉：「薛收問曰：『今之民胡無詩？』子曰：『詩者，
民之情性也。情性能亡乎？非民無詩，職詩者之罪也。』」按，此亦
謂詩亡，爲無采詩之官也。

宋氏亦以採詩之官止而不行，下情不上通，天下所苦，天子不知爲「詩亡」
之意，其引〈文中子〉「非民無詩，職詩者之罪也」之說，亦足以補足詩亡爲
無採詩之官之意。蓋風、雅、頌三者皆詩之一體，言「詩亡」即三者皆亡，
不容謂頌亡而風雅不亡，或雅亡而風頌不亡，或風亡而雅頌不亡，亦不得自
爲新說以爲風雅頌之亡有其順序也。是以「王者之迹熄而詩亡」之意，當爲
採詩陳詩之制廢，而風、雅、頌三體之詩俱無之謂也。

　　「王者之迹熄而詩亡」之意既明，而「詩亡然後春秋作」，其意爲何？下
接「然後」二字，承接有序，殆以爲《春秋》繼《詩經》之後而作，《詩經》
之時代後即《春秋》之時代也。

　　欲究《詩經》、《春秋》二書是否爲一前一後之作，吾人首須考明《詩經》
最晚之成書時代及《春秋》最早之成書時代，若《詩經》成書在前，《春秋》
成書在後，則孟子「詩亡然後春秋作」一語，自屬可信。

　　考《詩經》詩篇中其產生時代最晚之詩，據馬瑞辰引何楷之說推考，似
以〈曹風・下泉〉一詩爲最晚。馬氏《毛詩傳箋通釋》云：

何楷《詩世本古義》據《易林》蠱之歸妹云：「下泉苞粮，十年無

王；荀伯遇時，憂念周京」，此詩當爲曹人美晉荀躒納敬王於成周而作。其説以自春秋昭二十二年王子朝作亂，至昭三十二年城成周，爲十年無王。《左傳》，天王使告於晉曰：「天降禍于周，俾我兄弟並有亂心，以爲伯父憂；我一二甥舅不皇啓處，於今十年，勤戍五年，余一人無日忘之」與《易林》「十年無王」合。又以昭二十三年「天王居于狄泉」，即此詩「下泉」，「郇伯」即荀躒也；荀即郇國之後，去邑稱荀也。稱荀伯者，《左傳》昭三十一年「晉侯使荀躒唁公」，「季孫從，知伯如乾侯」，知伯即荀躒也。諸荀在晉別爲知與中行二氏，故又稱知伯也。美荀躒而詩列〈曹風〉者，昭二十五年，晉人爲黃父之會，「謀王室」、「具戍人」；二十七年，會扈，「令戍周」；三十二年，「城成周」，曹人蓋皆與焉，故曹人歌其事也。今按《易林》説詩多本三家，何楷以《左傳》證之，似亦可備一説。昭二十二年：「王猛入于王城」，《公羊傳》：「王城者何？西周也。」二十六年：「冬十月，天王入于成周」，《公羊傳》：「成周者何？東周也。」孔廣森曰：「稱成周，不稱京師者，敬王新居東周，非故京師矣。」此詩「念彼周京」，似王新遷成周，追念故京師王室之詞，自是以後，諸侯不復勤王，故列國風詩終于此。亦可爲何氏增一證也。

何氏引證甚博，馬氏復增一證，則〈曹風‧下泉〉一詩之時代似可確知。若然，此詩可能即《詩經》詩篇中最晚之詩，其產生時代，約爲曹襄公五年，魯昭公三十二年頃，當西元前五一〇年，是年孔子四十一歲。

又，〈陳風‧株林〉一詩，〈詩序〉以爲係刺陳靈公淫於夏姬之作。〈詩序〉云：「〈株林〉，刺靈公也。淫乎夏姬，驅馳而往，朝夕不休息焉。」按夏姬，陳大夫夏御叔之妻，鄭穆公之女，而夏徵舒之母也。其事見於《左傳》，宣公九年云：

> 陳靈公與孔寧、儀行父通於夏姬。皆衷其衵服以戲于朝。洩冶諫曰：「公卿宣淫，民無效焉。且聞不令，君其納之。」公曰：「吾能改矣。」公告二子，二子請殺之，公弗禁，遂殺洩冶。

又，宣公十年云：

> 陳靈公與孔寧、儀行父飲酒於夏氏。公謂行父曰：「徵舒似女。」對曰：「亦似君。」徵舒病之。公出，自其廄射而殺之。二子奔楚。

吾人就其詩文觀之，詩中雖無「夏姬」其人，卻有「夏南」之名，《詩集傳》以爲「淫乎夏姬不可言也，故以從其子言之」，蓋「詩人心存忠厚如此」，朱子所言，似得其眞。若然，則此詩乃產生於魯宣公之時，是時孔子未生。

又〈秦風・黃鳥〉一詩，《左傳》、《史記》、〈詩序〉皆言乃秦人哀悼三良殉葬秦穆公之作。《左傳》文公六年云：秦伯任好卒，以子車氏之三子奄息、仲行、鍼虎爲殉。皆秦之良也，國人哀之，爲之賦〈黃鳥〉。」《史記・秦本紀》云：「繆公卒，葬雍，從死者七十七人。秦人哀之，爲作歌〈黃鳥〉之詩。」〈詩序〉云：「〈黃鳥〉，哀三良也。國人刺穆公以人從死，而作是詩也。」就其詩文考之，有「誰從穆公？子車奄息。」「誰從穆公？子車仲行。」「誰從穆公，子車鍼虎。」之句，則此詩自確屬穆公死後，秦人哀悼三良之作。

按穆公卒於周襄王三十一年，魯文公六年，此詩作於穆公死後，自不能早於文公六年，是時孔子亦未生。

由上推考設若〈曹風・下泉〉一詩產生時代推測無誤，則《詩經》最晚者乃在春秋末期，是時孔子四十一歲。若〈下泉〉一詩推考之時代不足爲據，則〈株林〉、〈黃鳥〉二詩所推考之時代，至少必有一可據，若此，則其最晚之詩，亦必產生於春秋中期，而此二詩產生之時，孔子均未生。

《史記・孔子世家》云：「君子病歿世而名不稱焉，吾道不行矣，吾何以自見於後世哉？乃因《史記》作春秋，上至隱公，下迄哀公十四年，十二公。」是知《春秋》所記止於魯哀公十四年，故其成書之時代不得早於哀公十四年，而孔子卒於哀公十六年四月己丑，則《春秋》當寫成於哀公十五、六年之間，當西元前四八〇年至四七九年之間，上距《詩經》作成之最晚極限——〈曹風・下泉〉產生時代之西元前五一〇年，殆有三十年之譜。是以《詩經》、《春秋》二書作成之時代，雖未能前後接筍無隙，然爲一前一後之作則無可疑，則孟子「詩亡然後春秋作」之說爲可信矣。〔註6〕

近人顧頡剛氏不信孟子「王者之迹熄而詩亡，詩亡然後春秋作」之說，謂：「他只看見《詩經》與《春秋》是代表前後兩種時代的，不看見《詩經》與《春秋》有一部分是在同時代的。」〔註7〕蓋《詩經》所載作品，其時代約爲西周初至《春秋》末期，約當西元前一一〇〇年至西元前五一〇年之間；《春秋》所載，其時代則爲魯隱公元年至魯哀公十四年，當西元前七二二年至西

〔註6〕所言孔子生卒年據《史記・孔子世家》所云。
〔註7〕見〈詩經在春秋戰國間的地位〉一文，《古史辨第三冊下》，頁360。

元前四八一年之間；二書所述時代誠有西元前七二二年至西元前五一〇之間二一二年之相重，然則其相重者「《詩經》《春秋》二書所述內容時代之相重」也，非「《詩經》《春秋》二書完成時代之相重」也。夫《詩經》最晚之作如爲〈陳風・株林〉或〈秦風・黃鳥〉，則孔子俱未出生，吾人可確認「到孔子時，《詩經》時代早已全部終止」〔註8〕如爲〈曹風・下泉〉，則完成於孔子四十一歲之時，是以《詩經》終止之時代至遲亦在孔子之壯年，而《春秋》則作成於孔子之晚年，二書完成之時代相距有三十年之譜。顧氏誤以「二書所述內容之時代」爲「二書完成之時代」，遂未能得孟子之本旨。

孟子「王者之迹熄而詩亡，詩亡然後春秋作」之說，考辨如上，然則孟子之意僅僅欲爲《詩經》《春秋》二書考訂時代者乎？非也，孟子殆另有深意也。蓋孟子以爲孔子成《春秋》而亂臣賊子懼之功，可與禹抑洪水而天下平及周公兼夷狄驅猛獸而百姓寧並，則其以《詩經》與《春秋》爲相繼之作，亦適足以見其推崇《詩經》之意，以詩重諷諭，《春秋》寓褒貶，均有德教存焉，故孟子並重之。此即顧鎭所謂「陳詩之典廢，孔子傷之，不得已而託春秋以彰袞鉞」及宋翔鳳所云「儀封人曰：天將以夫子爲木鐸。謂王者不采詩，將使夫子周流四方，以行其教。春秋之志，其見於此歟？」

孟子「知人論世」之法，除用於考訂《詩經》之時代外，亦藉以知古人之德行及上代之制度。〈梁惠王上〉：

> 孟子見梁惠王。王立於沼上，顧鴻雁麋鹿，曰：「賢者亦樂此乎？」
> 孟子對曰：「賢者而後樂此，不賢者雖有此不樂也。詩云：『經始靈臺，經之營之。庶民攻之，不日成之。經始勿亟，庶民子來。王在靈囿，麀鹿攸伏，麀鹿濯濯，白鳥鶴鶴。王在靈沼，於牣魚躍。』文王以民力爲臺爲沼，而民歡樂之，謂其臺曰靈臺，謂其沼曰靈沼，樂其有麋鹿魚鼈。古之人與民偕樂，故能樂也。」

所引乃《大雅・靈臺篇》首章及次章之詩。〈詩序〉云：「〈靈臺〉，民始附也，文王受命，而民樂其有靈德，以及鳥獸昆蟲焉。」詩意云文王以民力爲臺爲沼，不求其亟成，然文王有與民歡樂之德，經始雖勿亟，而庶民反欲其不日成之也。孟子復以之勸時君修堯舜之道，行文王之政，致國泰民安，以享安樂，否則縱有臺池，亦不能樂也。

又，〈梁惠王下〉：

〔註8〕見註2所揭糜文開氏之語。

　　……王曰：「大哉言矣！寡人有疾，寡人好勇。」對曰：「王請無好
　　小勇，夫撫劍疾視，曰：彼惡敢當我哉！此匹夫之勇，敵一人者也，
　　王請大之。詩云：『王赫斯怒，爰整其旅，以遏徂莒，以篤周祜，以
　　對于天下。』此文王之勇也，文王一怒而安天下之民。……。今王
　　亦一怒而安天下之民，民惟恐王之不好勇也。」

上引乃《大雅·皇矣篇》第五章十二句之末五句，其前七句則為「帝謂文王：
『無然畔援，無然歆羨，誕先登于岸。』密人不恭，敢距大邦，侵阮徂共。」
詩意謂文王不憑恃武力而跋扈逞強，不欣羨物欲而放縱淫侈，所好者僅抵禦
外侮以安天下之大勇耳。孟子復借此詩勉勵齊宣王，不可好匹夫之勇，而要
好大勇，如周文王一怒而安天下之民，則民惟恐君王之不好勇也。

　　又，〈滕文公上〉：

　　……。（孟子曰：）「夏后氏五十而貢，殷人七十而助，周人百畝而
　　徹，其實皆什一也。徹者，徹也。助者，藉也。……詩云：『雨我公
　　田，遂及我私。』惟助為有公田，由此觀之，雖周亦助也。」

此引《小雅·大田篇》「雨我公田，遂我及私」二句，以證周雖行徹法，什一
而稅，但仍有助法，八家助耕中央公田之井田制度。蓋孟子時，典籍盡廢，
惟有此詩可見周亦用助法，故引之也。

　　上述三例，孟子引詩以證文王有與民同樂及好大勇之德，復考知周亦有
八家助耕中央公田之助法，皆「知人論世」之運用。然孟子亦有為其論辯所
牽，其所論之世有非真正之史實者。〈滕文公上〉：

　　……。吾聞用夏變夷者，未聞變於夷者也。陳良，楚產也，悅周公
　　仲尼之道，北學於中國，北方之學者，未能或之先也。……今也南
　　蠻鴃舌之人，非先王之道，子倍子之師而學之。…吾聞出於幽谷，
　　遷於喬木者，未聞下喬木而入於幽谷者。〈魯頌〉曰：『戎狄是膺，
　　荊舒是懲。』周公方且膺之，子是之學，亦為不善變矣。」

所引為〈魯頌·閟宮〉之詩，按此詩乃僖公祀禰廟，而史臣作頌以夸大褒美
也。其詩有「周公之孫，莊公之子」之句，而魯無二莊公，則此詩所頌者乃
僖公非周公，且「戎狄是膺，荊舒是懲」之征伐，殆為宣王以後之事，周公
時尚未有也。孟子引此卻云「周公方且膺之」，顯非史實。又，〈滕文公下篇〉，
孟子亦同引此詩句，亦同以「是周公所膺也」說之。其文曰：

　　……。聖王不作，諸侯放恣，處士橫議，楊朱墨翟之言盈天下，天

下之言，不歸楊則歸墨。楊氏爲我，是無君也；墨氏兼愛，是無父
也。……詩云：「戎狄是膺，荊舒是懲，則莫我敢承。」無父無君，
是周公所膺也。

考孟子所以不顧史實者，殆欲爲其論辯張目也。孟子承孔子「微管仲，吾其
被髮左衽矣」之春秋大義，聞用夏變夷，未聞變於夷，是以陳相棄其師陳良
所授之周公仲尼之道，轉而習許行君臣並耕之學，孟子斥其不善變，謂南蠻
鴃舌之人乃周公之所必懲。又，孟子之時，聖王不作，諸侯放恣，處士橫議，
楊朱墨翟之言盈天下，而楊墨之言乃無君無父之言，爲孟子所必闢，其言疾，
其情切，遂復舉周公以爲說也。

綜上所述，孟子「知人論世」之詩教，其所論之世合於史實者，固可引
而伸之，以勸時君行仁政；不合於史實者，亦無妨於爲己之論說張目。其論
《詩經》《春秋》二書之時代，亦僅重其諷諭褒貶之意。是以雖有藉詩以考察
歷史之精神，然孟子之意趣究非證史，不過欲其致德教之用耳。

第三節　以詩證學

孟子之學，以性善說爲基據，其修養論、政治論均依此而展開，是以論
孟子之學，首須明其性善說。孟子以四端言性善，謂「惻隱之心，人皆有之；
善惡之心，人皆有之；恭敬之心，人皆有之；是非之心，人皆有之。惻隱之
心，仁也；善惡之心，義也；恭敬之心，禮也；是非之心，智也。仁義禮智，
非由外鑠我也，我固有之也。」（〈告子上〉）爲證成其說，孟子復引《詩大雅‧
烝民》之篇，以明性善之說淵源有自，非虛言也。

〈告子上〉云：

詩曰：「天生蒸民，有物有則。民之秉彝，好是懿德。」孔子曰：「爲
此詩者，其知道乎！」故有物必有則，民之秉彝也，故好是懿德。

考〈烝民〉之詩，宣王時尹吉甫美仲山甫所作，上距孔子三百年，若依孟子
之意，則尹吉甫爲中國最早主性善說之人也。孟子於《詩經》中得此性善說
之根據，其意不外託始古人，以增強其論。益有進者，孟子並不以此爲已足，
於引此四句詩後，復引孔子之語：「爲此詩者，其知道乎！」似謂此性善之說
亦孔子所贊同。然則，《論語》之中，言「性」之語，但「性相近也，習相遠
也。」及「夫子之言性與天道，不可得而聞也。」二則，孔子雖有性善說之

傾向，然實未明言性善。〔註9〕孟子欲爲其學說張目，遂託始吉甫及孔子以說。
近人徐復觀氏云：

> 〈大雅‧蒸民〉之詩有「天生蒸民，有物有則；民之秉彝，好是懿
> 德」，孟子曾引此以爲性善之證，後人便常以「秉彝」係就人性之本
> 身而言。其實，這是一種誤解。自春秋時代以至孔子孟子，他們引
> 詩多爲感興地引用，不必合於詩之本義。……，在周初用彝字，多
> 指「常法」而言，有同於春秋時代之所謂禮。「秉彝」，是守常法，〈毛
> 傳〉以「執持常道」釋之，有如所謂「守禮」。「好是懿德」，〈毛傳〉
> 以「莫不好有美德之人」釋之，意即指此詩所頌美之仲山甫而言。
> 而上文之「有物有則」，指有一事，即有一事之法則，「民之秉彝」，
> 即民之執持各事之法則。民能執持事物之法則，則能知愛好有懿德
> 之人；此四句爲作詩者自述作此詩之緣由，並未嘗含有性善之意。

〔註10〕

徐氏所言甚確。按孟子所引乃〈大雅‧烝民〉首章前半之四句，其後四句爲
「天監有周，昭假于下，保茲天子，生仲山甫。」全章八句皆云仲山甫之事，
毛詩言「好是懿德」即以「莫不好有美德之人」釋之，此即徐氏所謂「民能
執持事物之法則，則能知愛好有懿德之人。」並無性善之意，孟子此處之引
用，殆斷章取義耳。後世不察，以引用之義以說詩義，如朱熹云：「言天生眾
民，有是物必有是則。蓋自百骸九竅五藏而達之君臣父子夫婦長幼朋友，無
非物也。而莫不有法焉，如視之明、聽之聰、貌之恭、言之順、君臣有義、
父子有親之類是也。是乃民所執之常性，故其情不好此美德者。」〔註11〕又
云：「故人之情無不好此懿德者，以此觀之，則人性之善可見。」〔註12〕直以
性善之意爲〈烝民〉詩原有之旨也。然斷章取義之引詩，春秋時列國之卿士
大夫已屢用不鮮，孔子之說詩亦迭有運用，則孟子引〈烝民〉詩以說性善，
未爲過也。

　　孟子主人性本善，其論政治，亦受性善說之影響，以爲「人皆有不忍人
之心，先王有不忍人之心，斯有不忍人之政矣。」（〈公孫丑上〉）是以重以德

〔註9〕　參見徐復觀《中國人性論史先秦篇》頁97至98，商務印書館，1984年4月
　　　　七版。
〔註10〕　同前註，頁57。
〔註11〕　《詩集傳》卷一八，頁214，華正書局，1982年8月初版。
〔註12〕　《孟子集註》，頁162，世界書局，1979年8月24版。

服人之仁政，而施行仁政之表率，莫若堯舜文武等先王，以爲遵先王之法而過者，未之有也。其論仁政及法先王，亦不忘引詩以證成其說。〈公孫丑上〉云：

> 孟子曰：「以力假仁者霸；霸，必有大國。以德行仁者王；王，不待大。湯以七十里，文王以百里。以力服人者，非心服也；力不贍也。以德服人者，中心悅而誠服也，如七十子之服孔子也。詩云：『自西自東，自南自北，無思不服。』此之謂也。」

所引〈大雅・文王有聲〉之詩。〈詩序〉云：「〈文王有聲〉，繼伐也。武王能廣文王之聲，卒其伐功也。」考此詩乃云武王於鎬京行辟廱之禮，自四方來觀者，皆感化其德，心無不歸服者。孟子則借此詩勸諫時君應以德行仁，不可以力假仁，若以力假仁，雖能服人，人心不服也；反之，若能以德行仁，則人中心悅而誠服之，於王天下何有？

又，〈離婁上〉云：

> 夫國君好仁，天下無敵。今也欲無敵於天下而不以仁，是猶執熱而不以濯也。詩云：「誰能執熱，逝不以濯！」

此〈大雅・桑柔〉之詩也。按此詩以手持熱物當用水濯喻治國之道當用賢者。孟子則喻欲無敵於天下，當行仁政。

上引二例，皆孟子引詩以證成其仁政之說。

〈離婁上〉云：

> 孟子曰：「離婁之明，公輸子之巧，不以規矩，不能成方員。師曠之聰，不以六律，不能正五音。堯舜之道，不以仁政，不能平治天下。今有仁心仁聞而民不被其澤，不可法於後世者，不行先王之道也……詩云：『不愆不忘，率由舊章。』遵先王之法而過者，未之有也。」

所引〈大雅・假樂〉之詩。〈詩序〉云：「〈假樂〉，嘉成王也。」按此詩乃美成王能不過誤不遺忘，以遵循周公之禮法。孟子則以此勉時君惟行先王之法，方可安民治國。

又，同篇云：

> （孟子曰）：「詩曰：『天之方蹶，無然泄泄。』泄泄，猶沓沓也。事君無義，進退無禮，言則非先王之道者，猶沓沓也。故曰：責難於君謂之恭，陳善閉邪謂之敬，吾君不能謂之賊。」

所引〈大雅・板〉之詩。〈詩序〉云：「〈板〉，凡伯刺厲王也。」按此詩言王

方欲艱難天下之民，又方變更先王之道，爲臣者不可沓沓然爲之制法度，達
其意，以成其惡。孟子則以此詩諷勸爲臣者，應本義禮以進君於善，並責難
爲之事，使君爲敬，不可於君王不遵循先王之道時，而不以正道相匡正。

同篇又云：

> 孟子曰：「……莫若師文王。師文王，大國五年，小國七年，必爲政
> 於天下矣。詩云：『商之子孫，其麗不億，上帝既命，侯于周服。侯
> 服于周，天命靡常。殷士膚敏，祼將于京。』」

所引《大雅・文王篇》第四章之後四句及第五章之前四句。原詩言天命無常，
惟行仁者能爲得民心，有天下。孟子則以此詩證文王行仁政能移殷民之心，
使皆就之，以勉時君師法文王以行仁政，必可爲政於天下。

上引三例，皆孟子引詩以說法先王之意，而孟子所云之先王殆以文王周
公爲主，以爲師文王之仁政，可以爲政於天下；然則，仁政施行之對象，當
以何者爲先？孟子以爲當以鰥寡孤獨爲先。〈梁惠王下〉云：

> （齊宣）王曰：「王政可得聞與？」（孟子）對曰：「昔者文王之治岐
> 也，耕者九一，仕者世祿，關市譏而不征，澤梁無禁，罪人不孥。
> 老而無妻曰鰥，老而無夫曰寡，老而無子曰獨，幼而無父曰孤。此
> 四者，天下之窮民而無告者，文王發政施仁，必先斯四者。詩云：『哿
> 矣富人，哀此煢獨。』」

所引〈小雅・正月〉之詩，言幽王專政之時，民生疾苦，富人尚可生活，窮
苦之民則堪爲憐憫也。孟子意謂文王能施仁愛於民，尤於窮苦無告者更能善
加保護而憐憫之，以勸齊宣王治民以保民安民爲要，惟有保民安民始可謂行
文王之政，有文王之功，亦惟能行文王之政，有文王之功者，方能安萬民王
天下。今人韋政通氏云：「仁政的對象，原則上當然是包括全民，但在具體實
施的時候，實施的對象必有所選擇，必有一個始點，孟子從內容方面構想仁
政，他很清楚這一點，所以選擇了完全與仁道精神符合的始點。……這是
偉大的人道政治的理想，也表現出一個偉大哲人的悲憫情懷；人類的政治無
論如何演變，如果不能包括這種道德精神，就必然失去正義的基礎。」[註13]
蓋仁政之極致當爲「老有所終，壯有所用，幼有所長，矜寡孤獨廢疾者皆有
所養。」（《禮記・禮運》）故有一夫之不得其所，爲政者當引以爲恥，孟子主
張以生民之無告者爲仁政之始，即韋氏所謂「偉大的人道政治的理想」。

〔註13〕《中國思想史上冊》，頁279，大林出版社，1983年6月再版。

　　仁以鰥寡孤獨爲先，固爲孟子之悲憫情懷，然仁政實不止於此，仁政之內容，孟子主張民生與教化並重，而「民生問題的解決，才是解決道德教化問題的基礎」〔註 14〕是以使民有恒產，民事不可緩，遂爲孟子政治思想中重要的概念。〈滕文公上〉云：

> 滕文公問爲國，孟子曰：「民事不可緩也。詩云：『晝爾于茅，宵爾索綯，亟其乘屋，其始播百穀。』民之爲道也，有恒產者有恒心，無恒產者無恒心；苟無恒心，放辟邪侈，無不爲已。及陷乎罪，然後從而刑之，是罔民也。焉有仁人在位，罔民而可爲也？」

所引〈豳風・七月〉之詩，原詩言后稷於穀粟納入困倉之後，即晝取茅草夜索綯，並乘蓋野外之住屋，以待來春播種百穀，時時不得休止。孟子則引此詩以證民事不可緩，夫民有恒產，始有恒心，若無恒產，則無恒心，苟無恒心，放僻邪侈，無不爲已，及陷乎罪，從而刑之，則爲罔民，故仁君在位，必先制民之產，使其養生喪死無憾。蓋恒產所以滿足「生物邏輯」者，生物欲望之滿足方可以言道德之踐履，以「仰足以事父母，俯足以畜妻子；樂歲終身飽，凶年免於死亡；然後驅而之善，故民之從之也輕」。是以孟子亟亟以「與民同樂，推恩於民」勸諫人君，〈梁惠王上篇〉引〈大雅・靈台〉之詩，以證「古之人（文王）與民偕樂，故能樂也。」〈梁惠王下篇〉引〈大雅・公劉〉之詩，以證公劉好貨，與百姓同之，又引〈大雅・緜篇〉證太王好色，與百姓同之，以是勸梁惠王好貨好色無害於王道，但須與民同之。〈梁惠王上篇〉更明言「推恩足以保四海，不推恩無以保妻子。」其文曰：

> （孟子曰）：「老吾老，以及人之老；幼吾幼，以及人之幼：天下可運於掌。詩云：『刑于寡妻，至於兄弟，以御于家邦。』言舉斯心，加諸彼而已。故推恩足以保四海，不推恩無以保妻子。」

所引〈大雅・思齊〉之詩。原詩乃言文王所以聖，在於能先修自身，進而齊家，進而治國平天下。孟子則用其辭，變其意，謂若能將敬己長愛己幼之心推而廣之，以敬天下之長，愛天下之幼，則安天下，保四海，如運於掌。凡此皆孟子引詩以證其「與民同樂，推恩於民，足以王天下」之學說也。蓋仁者以其所愛及其所不愛，民皆有恒產，則王天下何有？

　　然飽食煖衣，逸居而無教，則近於禽獸，於自然欲望滿足後，復須謹庠序之教，申之以孝悌之義，是以孟子復重教化。就國家言，當及是時，明其

政刑之效，無般樂怠敖而自求禍也。〈公孫丑上〉云：

> 孟子曰：「仁則榮，不仁則辱。今惡辱而居不仁，是猶惡溼而居下也。
> 如惡之，莫如貴德而尊士，賢者在位，能者在職，國家閒暇，及是
> 時，明其政刑，雖大國必畏之矣。詩云：『迨天之未陰雨，徹彼桑土，
> 綢繆牖戶，今此下民，或敢侮予？』孔子曰：『為此詩者，其知道乎！
> 能治其國家，誰敢侮之？』今國家閒暇，及是時，般樂怠敖，是自
> 求禍也。禍福無不自己求之者。詩云：『永言配命，自求多福。』太
> 甲曰：『天作孽，猶可違；自作孽，不可活。』此之謂也。」

前者所引乃〈豳風‧鴟鴞〉之詩，言平時當貴德尊士，使賢者在位，能者在
職，復明其政刑之效，則雖大國亦必畏矣。蓋肉腐而後蟲生，人必自侮而後
人侮之，國必自亡而後人亡之，禍福無不自己求之者，故復引〈大雅‧文王〉
之詩以申「自作孽，不可活。」之旨。

教化既為仁政之內容，而教化之推動，端賴賢能之君子，是以公孫丑引
〈魏風‧伐檀〉「不素餐兮」一語，詢孟子以君子不耕而食之義，孟子答以君
子有大功於世，非無功而受祿。〈盡心上〉云：

> 公孫丑曰：「詩曰：『不素餐兮』君子之不耕而食，何也？」孟子曰：
> 「君子居是國也，其君用之，則安富尊榮，其子弟從之，則孝弟忠
> 信。『不素餐兮』孰大於是！」

蓋有勞心者，有勞力者，勞心者治人，勞力者治於人，勞力者食人，勞心者
食於人，此社會之分工也，人人盡一己之心力得一己之衣食，乃勢所必然，
賢能君子佐人君行教化，其功甚有大於勞力者，故孟子言「孰大於是」！

就個人言，孟子特重孝道，亦迭引詩以證成之。〈萬章上〉云：

> 萬章問曰：「詩云：『娶妻如之何？必告父母。』信斯言也，宜莫如
> 舜，舜之不告而娶，何也？」孟子曰：「告則不得娶。男女居室，人
> 之大倫也。如告，則廢人之大倫，以懟父母，是以不告也。」

孟子弟子萬章疑舜之不告而娶，與〈齊風‧南山〉之詩「娶妻如之何？必告
父母」二語不合，執經問難，孟子答舜所以不告而娶者。以告則不得娶，是
以不告也。蓋不孝有三，無後為大，男女居室，人之大倫，所以承宗祧繼後
嗣，舜父頑母嚚，嘗欲害舜，告則不聽其娶，舜所以不告者殆行權也。

同篇又云：

> （孟子曰）：「孝子之至，莫大乎尊親，尊親之至，莫大乎以天下養。

為天子父，尊之至也。以天下養，養之至也。詩曰：『永言孝思，孝
思維則』，此之謂也。」

所引乃〈大雅‧下武〉之詩，本謂周武王所以長言孝道，欲子孫則三后之所
行也。孟子引此詩則明舜所以不臣瞽瞍乃孝之至也，蓋孝之至莫大於尊親，
尊親之至，莫大於以天下養，亦惟有在位者能尊親孝親，始可為天下人之法
則。他說若〈小弁〉詩之怨與〈凱風〉詩之不怨，亦皆言孝子之道。

孟子之學，以性善說及政治思想為主，其政治思想主以德服人之仁政，
論及態度則以先王為典率，施行對象則以鰥寡孤獨為起始，其內容則為注重
民生及教化，於民生言，首須使民有恆產，故民事不可緩，復須人君與民同
樂，推恩於民，於教化言，國家當及是時明其政刑之效及使民知孝悌之義。
而孟子於申言此重要學說時，無不引詩以證，以增強其論，令人不得不從。
蓋孟子雖揭以意逆志及知人論世之說詩準則，然其詩教之大宗，實以證成其
說為主，《詩經》幾成孟子學說之注腳矣。

第五章　荀子之詩教

　　荀子之學，以禮義之統為宗，然亦重詩教。其三十二篇，不引詩句而論詩者十四次，引詩句以為說者八十二次，去逸詩六次，其涉及《詩經》者有九十次之夥，是知荀子亦重詩教也。

　　荀子云：「禮者，法之大分，類之綱紀也。故學至乎禮而止矣。」（〈勸學〉）又云：「不道禮憲，以詩書為之，譬之猶以指測河也，以戈舂黍也，以錐飡壺也，不可以得之矣。故隆禮，雖未明，法士也；不隆禮，雖察辯，散儒也。」（同上）是以雖重詩教，然以「禮」為詩書之總持。蓋「詩書故而不切」，無統類可尋，不切於政事，故需以禮憲統之，此「隆禮義而殺詩書」之義也。

　　樂者，樂也，人情之所必不免，故人不能無樂，然樂必至乎中聲而後有益於世道人心。古者詩樂合一，荀子重詩樂之教，是以謂「詩者，中聲之所止也。」

　　《尚書・舜典》云：「詩言志，歌永言，聲依永，律和聲。」雖揭詩言志之旨，然語焉而不詳，其所言之「志」究為「聖道之志」或為「情性之志」，不可得而知，至荀子始言詩所言者聖道之志也。

　　「隆禮義而殺詩書」、「詩者中聲之所止」、「詩言聖道之志」，此荀子論詩教之三義也。

　　荀子認為「詩書故而不切」，無統類可尋，故其援詩立論，不過斷章取義，隨興引用，以補足其論說耳。孟子道性善，引〈烝民〉詩以說，荀子言性惡，則未引詩以說，其引詩以說如是其眾也，獨不以之說性惡，似荀子最重者「禮」也，非「詩」也。吾人考察其引詩，多為無統類可尋，然亦似有統類可尋者，故由斯二類以覼論稽求。

第一節　由論詩論詩教

〈大略篇〉云：「少不諷，壯不論議，雖可，未成也。」楊注：「諷謂就學諷詩書也。」荀子思想之系統爲客觀之經驗論，〔註1〕諷誦詩書爲學習經驗之一環，故有是言。諷詩既爲學習經驗之重要部分，荀子遂迭有論詩之語，歸納之，其透顯之詩教意義，主要有三。

一、隆禮義而殺詩書

荀子之學，以禮義之統爲宗，隆禮，則不能無所承。就先秦儒家所擔負之時代使命言，孔、孟、荀之共同理想，即欲以周文爲型範而重建一秩序。周公制禮作樂，直接表現於具體文化與生活之中，主客體（人與文）之間，尚未顯對反之分裂，涵「原始諧和」與「順事興發」二義；至孔子時，周文罷敝，禮壞樂崩，由於禮文化之僵化，造成禮文與個體生命之對立，孔子遂有「禮云禮云，玉帛云乎哉！樂云樂云，鍾鼓云乎哉！」及「人而不仁如禮何！人而不仁如樂何！」之反省，孔子所措之意者「個體生命（仁）與客觀法度（禮）之和諧貫通也」。〔註2〕孟子承繼孔子內聖一面，故內轉爲心性論，荀子承周、孔以來「順事興發」一義之禮，故外轉而言「禮義之統」。故重客觀性，其言「隆禮義而殺詩書」，足以顯示其觀念方向與基本基神。今人韋政通氏云：

> 禮義代表客觀之理想，故隆禮義。詩書之義，由主體發，孟子重主體，亦善言詩書。荀子不重主體，故「隆禮義而殺詩書」。隆是推尊，殺是貶抑。〔註3〕

又云：

> 隆禮義是絕對的隆，禮義之統是他系統中獨一的標準；因此我們說他的系統是「絕對性的禮義一元論。」故隆禮義不僅貶抑詩書。凡是不合禮義之統之精神的，皆在貶抑之列，非十二子就是用這樣的獨一標準去褒貶進退先秦諸家思想的。〔註4〕

蓋荀子「隆禮義」所透顯之觀念方向爲一「客觀經驗」之精神，在此中心思

〔註1〕參見韋政通《荀子與古代哲學》頁1～6，商務印書館，1982年8月七版。
〔註2〕參見前所揭書頁1～3。
〔註3〕同前註所揭書，頁5。
〔註4〕同前註，頁6。

想之外，均遭其貶抑，而其主要目的則在成就治道，即「經國定分」（〈非十二子〉）及「明分使群」也。（〈富國〉）欲盡治道之責，必先識禮義之統類，即禮義而識其理，然後能「其有法者以法行，其無法者以類舉。」（〈王制〉）然後於「法教之所不及，聞見之所未至」時，能「舉統類而應之。」（〈儒效〉）是以言「禮義者，治之始也。」（〈王制〉）「不隆禮則國弱。」（〈富國〉）「國無禮則不正。」（〈王霸〉）「禮者，治辨之極也，強國之本也。」（〈議兵〉）「養生安樂者，莫大乎禮義。」（〈彊國〉）「凡治氣養心之術，莫徑由禮。」（〈修身〉）「禮者，所以正身也。」（同上）「行義動靜，度之以禮。」（〈君道〉）「禮及身而行脩」（〈致士〉）禮義之效用殆已包舉政治教化及生活軌範矣。

　　而「詩書故而不切」，無以擔此治道之重任。楊注：「詩書但論先王故事而不委曲切近於人。」韋政通氏云：

> 「故」言其非粲然明備，「不切」言不切近人事。不切近人事，故無用；非粲然明備，故不可言統。詩書雖能興發人，但無條理，無秩序；無條理，無秩序，即不足以「道貫」，而「不知貫不知應變」（〈天論篇〉）。故依荀子，止於詩書之雜，是不足以言治道的。〔註5〕

是以荀子云：「學之經，莫速乎好其人，隆禮次之，上不能好其人，下不能隆禮，安特將學雜識志，順詩書而已耳，則末世窮年，不免為陋儒而已。……不道禮憲，以詩書為之，譬之猶以指測河也，以戈舂黍也，以錐飡壺也，不可得之矣。故隆禮，雖未明，法士也；不隆禮，雖察辯，散儒也。」（〈勸學〉）言作事不由禮法，而以詩書為之，則不可得之也。以「禮者，法之大分，類之綱紀也。故學至乎禮而止矣。」（同上）故〈儒效篇〉荀子復以不知隆禮義而殺詩書為「俗儒」。蓋詩書所言之理，雖亦有足多者，然散於各處，無統類可尋，不若禮之粲然明備又切於政事，故遭荀子貶抑。

　　「詩書故而不切」為「隆禮義而殺詩書」之主要理由，今人復有以荀子之氣質及心靈形態求之者。牟宗三氏云：

> 誠樸篤實之人常用智而重理，喜秩序，愛穩定，厚重少文，剛強而義，而悱惻之感，超脫之悟則不足，其隆禮義而殺詩書，有以也夫！而孟子正相反，孟子善詩書，詩言情，書紀事，皆具體者也。就詩書之為詩書自身言，自不如禮義之整齊而有統，崇高莊嚴而為道之極。然詩可以興，書可以鑑，止於詩書之具體而不能有所悟，則凡

人也。〔註6〕

蓋荀子爲一誠樸篤實之人，而其心靈又表現爲「智之形態」，每缺乏超曠之悟，亦不能洞識具體之精微，此其所以重客觀性之倫理、秩序也。然性稟有偏，人多得一偏以自好，鮮有純而粹者，牟氏以誠樸篤實之人，未能洞徹具體之微爲「凡人」，顯已涉價值判斷，似亦不必。夫荀子雖重詩教，然其思想系統爲一客觀之經驗論，《詩經》所存諸理，故而不切，故僅能爲其「禮義之統」所涵攝也。

二、詩者中聲之所止

荀子以爲人欲之私與氣質之偏，需由禮樂予以導化。荀子所云之「禮」有廣狹二義，上目「隆禮義而殺詩書」所謂之「禮義」乃指廣義之「禮」，而禮樂連言之「體」則爲狹義之「禮」，以其非本文要旨，略而不言，此但究其「樂」與詩教之關係。

荀子言樂之起源，歸於先王之求治，使樂之起源義與樂之效用義不分。〔註7〕〈樂論篇〉云：

> 夫樂者，樂也，人情之所必不免也，故人不能無樂。樂則必發於聲音，形於動靜，而人之道聲音動靜性術之變盡是矣。故人不能不樂，樂則不能無形，形而不爲道，則不能無亂。先王惡其亂也，故制雅頌之聲以道之，使其聲足以樂而不流，使其文足以辨而不諰，使其曲直繁省廉肉節奏足以感動人之善心，使夫邪汙之氣無由得接焉，是先王立樂之方也。

「使其聲足以樂而不流」等四句，即言樂之效，先王所以立樂，即因其有如是之效。樂之始既由於先王之求治，而平治之要求，則由於混亂，亂之所以成，荀子歸於人之自然情欲。興奮快樂爲「人情之所必不免」，但樂極則情溢，情溢則流，是爲亂之源。「先王惡其亂，故制雅頌之聲以道之」，制雅頌之聲以道之，即作樂以和之，遂使人情所不能免之樂能得其正。是混起源與效用爲一矣。〈榮辱篇〉即以節用御欲說詩書禮樂之分。尹文子云：「聖王知人情之易動，故作樂以和之，制禮以節之。」其言禮樂之起在於和節人之情欲，正與荀子之義相合。

〔註6〕《荀學大略》，頁199，中央文物供應社，1953年12月初版。
〔註7〕參見註1所揭書，頁171。

　　兩周詩樂不分，《詩經》所載之詩，均爲樂歌。明劉濂〈樂經元氣〉云：
「六經缺樂，古今有是論矣。愚謂樂經不缺。三百篇者，樂經也；世儒未之
深考耳。……詩在聖門，辭與音樂並存，仲尼歿而微言絕，談經者，不復知
有音。如以辭焉，凡書皆可，何必詩也？」清邵懿辰《禮經通論》云：「樂本
無經也。夫聲之鏗鏘鼓舞，不可言傳也，可以言傳，則如制氏等之琴調曲譜
而已。……樂之原，在詩三百篇之中；樂之用，在禮十七篇之中。」蓋樂教
實即詩教，荀子即以樂之起源歸於先王之求治，則必達乎中聲方能致此，故
〈儒效篇〉云：「詩者，中聲之所止也。」所云之「中聲」即〈樂論篇〉所謂
「樂而不流」之意。

　　〈大略篇〉論國風與〈小雅〉之特點云：「國風之好色也，傳曰：盈其欲
而不愆其止。其誠可比於金石，其聲可內於宗廟。〈小雅〉不以於汙上，自引
而居下，疾今之政，以思往者，其言有文焉，其聲有哀焉。」國風「可內於
宗廟」以其合乎中聲，此《儀禮》所載，燕禮鄉飲酒禮，大射儀鄉射禮，歌
詩必奏〈周南〉〈召南〉首三篇也；〈小雅〉「其聲有哀焉」亦合乎中聲，此朝
聘會同歌詩必奏〈鹿鳴〉、〈四牡〉、〈皇皇者華〉也。以國風樂而不淫，〈小雅〉
哀而不傷，言其爲「中聲」。〈樂論篇〉言「聽其雅頌之聲，而志意得廣焉。」
即以雅頌多雍容穆穆之音，故能至乎此。又：「姚冶之容，鄭衛之音，使人之
心淫；紳端章甫，舞韶歌武，使人之心莊。」（同上）亦皆以聲之得中不得中
言其心莊心淫之效。

　　合乎中聲之詩樂，其於個人修養之效用，則爲：「樂行而志清，禮脩而行
成，耳目聰明，血氣和平，移風易俗，天下皆寧，美善相樂。」（〈樂論〉）及
「君子樂得其道，小人樂得其欲。以道制欲，則樂而不亂；以欲忘道，則惑
而不樂。故樂也者，所以道樂也；金石絲竹，所以道德也；樂行而民鄉方矣。
故樂者，治人之盛者也。」（同上）於社會政治之效用，則爲：「夫聲樂之入
人也深，其化人也速，故先王謹爲之文。樂中平，則民和而不流，樂肅莊則
民齊而不亂；民和齊則兵勁城固，敵國不敢嬰也。如是，則百姓莫不安其處，
樂其鄉，以至足其上矣，然後名聲於是白，光輝於是大，四海之民莫不願得
以爲師，是王者之始也。」及「可以善民心，其感人深，其移風易俗，故先
王導之以禮樂而民和睦。」（同上）其關人心治道如是。蓋荀子思想之系統以
禮義之統爲宗，禮義之統之目的則在成就治道，樂教之目的亦必歸於治道，
故其論詩亦必以止乎中聲爲尚也。

三、詩言聖道之志

荀子思想之系統既以禮義之統爲宗，則詩所言之志必爲聖道之志而非情性之志，以聖道方有益於治道，而成就其客觀化之理想也。〈正論篇〉云：「凡議必將立隆正，然後可也，無隆正則是非不分，而辯訟不決。……故凡言議期命以聖王爲師。」〈非十二子篇〉云：「多言而類，聖人也；少言而法，君子也；多少無法而流湎然，雖辯，小人也。故……辯說譬喻齊給便利而不順禮義謂之姦說。……聖人之所禁也。」又，〈非相篇〉云：「凡言不合先王，不順禮義，謂之姦言。」所謂「以聖王爲師」、「不順禮義謂之姦說，爲聖人之所禁」云云，均透顯荀子必以詩所言之志爲聖道之志也。

詩所言之志爲聖道之志，除由前文可窺知外，〈儒效篇〉則更明言之，其文曰：

> 聖人也者，道之管也，天下之道管是矣，百王之道一是矣，故詩書禮樂之歸是矣。詩言是其志也；書言是其事也；禮言是其行也；樂言是其和也；春秋言是其微也。故風之所以爲不逐者，取是以節之也；〈小雅〉之所以爲〈小雅〉者也，取是而文之也；〈大雅〉之所以爲〈大雅〉者，取是而光之也；頌之所以爲至者，取是而通之也。天下之道畢是矣。

蓋「聖人之道」爲詩書禮樂之所歸，則「詩言是其志也」必爲「聖道之志」無疑。其下分論風雅頌之別亦皆以聖道之志爲樞紐：風雖多言情之作，以其取聖道之志以節之，故能不流蕩也；〈小雅〉多宴享之詩，以其取聖道之志以文飾之，故可用之典禮；〈大雅〉多敍史之作，以其取聖道之志，故能光廣祖先開創之德；頌之所以爲盛德之極者，以其取聖人之志，故能通於幽明之際，察於祭祀之禮。詩所言皆以聖道之志爲依歸，故云「天下之道畢是矣。」

〈榮辱篇〉言詩書禮樂之分在使人「節用御欲」，〈樂論篇〉又有「足以感動人之善心」、「使人心莊」之語，茍詩所言者非聖道之志，何足臻此！雖然姚冶之容，鄭衛之音，亦能使人之心淫，而此非止於中聲之詩樂，必爲荀子所排拒。蓋「人之於文學也，猶玉之於琢磨也。詩曰：『如切如磋，如琢如磨。』謂學問也。和之璧，井里之厥也，玉人琢之，爲天子寶。子贛、季路，故鄙人也，被文學，服禮義，爲天下列士。」（〈大略〉）詩爲文學之一環，又爲禮義之統所攝，所言若非聖道之志，則何助於化性起僞之功？

由荀子之論詩言詩教，大抵有上述三義。另，〈大略篇〉云：「善爲詩者

不說，善爲易者不占，善爲禮者不相；其心同也，」謂與理冥會者，至於無言說者也，此極類似禪學「說似一物即不中」及「言語道斷，心行處滅」之神秘境界，以荀子之誠樸篤實也，以荀子之重客觀性也，而有如是「不涉理路，不落言詮」之論，寧毋令人稱奇！夫荀子所論之「天」乃「自然之天」，是以有「天生人成」及「聖人不求知天」之義，已割絕天人之間感通之紐帶，其所重者乃客觀之現實界，而忽來一「寂然不動，感而遂通」之境界，於其思想系統中實爲不倫。或曰：〈大略篇〉乃後學增入，非荀子本意。果如是夫！

第二節　由引詩論詩教

　　《荀子》三十二篇，除〈樂論篇〉、〈性惡篇〉、〈成相篇〉、〈賦篇〉、〈哀公篇〉五篇未引詩外，其他篇引詩而見於《詩經》者七十六次，中有五次乃記孔子之引詩，然不見於《論語》，其可靠性不大。唯〈堯問篇〉引詩一次，明言荀卿懷將聖之心，蒙佯狂之色，視天下以愚，乃其弟子說荀子之用心，非荀子自引外，其餘七十五次皆《荀子》引《詩經》以作論據者也。《論語》二十篇中，孔子僅引詩三次，《孟子》七篇中，《孟子》亦止引詩三十次，是知引詩之風至《荀子》而極盛。

　　《荀子》於一段文章之末，恒喜引詩以作結，乃隨興引用，即不引詩，文意已足，以是其引詩多無統類可尋，有統類可尋者僅少數耳。今以「有統類可尋者」及「無統類可尋者」標目，論其詩教之意義。

一、有統類可尋者

　　荀子思想系統重客觀性之禮義之統，其貶抑詩書之因即爲詩書故而不切，無統類可尋，不切於治道，然吾人細考其書，其引詩以說者，亦有下述七項，似可以統類說之者，此殆荀子所未知也。

（一）論勸學

　　荀子以爲生民之安危榮辱，國家之興衰治亂，全繫乎教學之成敗，故念念於勸學之義。其以誦經爲始，以禮義爲止，以積習爲法，以化道爲宗，蓋本諸下學而上達之道，歸乎化民而成俗之旨。〔註8〕〈勸學篇〉云：「學不可

〔註 8〕參見周天令《荀子字義疏證》頁 116，國立高雄師範學院國文研究所碩士論文，1984 年 5 月。

以已，……爲之，人也，舍之，禽獸也。」〈儒效篇〉云：「人知謹注錯，愼習俗，大積靡，則爲君子矣，縱性情而不足問學，則爲小人矣。」蓋如欲賤而貴，愚而智，貧而富，其唯學也。是以其書首篇即題以「勸學」之名，首段即引詩以言學問之重要。其文曰：

> 君子曰：「學不可以已。青，出之於藍，而青於藍；冰，水爲之，而寒於水；木直中繩，輮以爲輪，其曲中規，雖有槁暴，不復挺者，輮使之然也。故木受繩則直，金就礪則利，君子博學而日參省乎己，則知明而行無過矣。故不登高山，不知天之高也；不臨深谿，不知地之厚也；不聞先王之遺言，不知學問之大也。干越夷貉之子，生而同聲，長而異俗，教使之然也。詩曰：『嗟爾君子，無恒安息。靖共爾位，好是正直。神之聽之，介爾景福。』」

所引〈小雅・小明〉末章之詩。荀子之意，以人性本惡，必以學正之，所謂木受繩則直，金就礪則利也。蓋君子生非異也，善假於物也，如欲化民成俗，其必由學乎！此「無恒安息，靖恭爾位」之意也。

〈大略篇〉云：

> 天下國有俊士，世有賢人。迷者不問路，溺者不問遂，亡人好獨。
> 詩曰：「我言維服，勿用爲笑；先民有言，詢于芻蕘。」言博問也。

又云：

> 人之於文學也，猶玉之於琢磨。詩曰：「如切如磋，如琢如磨。」謂學問也。

〈宥坐篇〉云：

> 詩曰：「瞻彼日月，悠悠我思；道之云遠，曷云能來！」子曰：「伊稽首不其有來乎！」

「我言維服，勿用爲笑；先民有言，詢于芻蕘。」〈大雅・板〉篇之句也，引之以說博問之重要。「如切如磋，如琢如磨。」〈衛風・淇奧〉之詩也，引之以說爲學之道端在相摩以善，切磋以進。〈宥坐篇〉所引則爲〈邶風・雄雉〉之詩，並證之以孔子之評語，「伊稽首不其有來乎！」言學問之功胥在自求上達，不假外求也；《論語・子罕篇》，孔子引「唐棣之華，偏其反而；豈不爾思，室是遠而！」後，評之曰：「未之思也，夫何遠之有！」與此旨趣正同。

（二）論專壹

〈解蔽篇〉云：「知者擇一而壹焉。」一者，專一也，壹者，壹志也。學

貴專心壹志也。蓋學之有成無成，端視專壹與否。才識雖淺，專心致志，終必有成，稟賦雖厚，不能用心，將無所功。夫心不在焉，則視而不見，聽而不聞，食而不知其味，以一心不可兩用也。荀子引曾子之言曰：「是（視）其庭之可以搏鼠，惡能與我歌矣！」（〈勸學〉），孟子亦曰：「今夫奕之為數，小數也，不專心致志，則不得也。」（〈告子上〉）心有旁騖，則不能歌奕，況為學乎？故荀子曰：「心枝則無知，傾則不精。」（〈解蔽〉）又曰：「目不能兩視而明，耳不能兩聽而聰。」（〈勸學〉）蓋「無冥冥之志者，無昭昭之明，無惛惛之事者，無赫赫之功。」（同上）所謂無冥冥之志，無惛惛之事者，皆專默精誠之意，學而不精誠專一，則其智慧不得清明通達，其成就不能出類拔萃也。為證成其專壹之說，荀子遂引詩以言，〈勸學篇〉云：

> 詩曰：「尸鳩在桑，其子七分；淑人君子，其儀一分。其儀一分，心如結分。」故君子結於一也。

又，〈解蔽篇〉云：

> 心者，形之君也，……故曰心容，其擇也無禁，必自見，其物也雜博，其情之至也不貳。詩云：「采采卷耳，不盈頃匡；嗟我懷人，寘彼周行。」頃匡，易滿也；卷耳，易得也；然而不可貳周行。

〈勸學篇〉引〈曹風·鳲鳩〉之詩以說君子結於一之意，尚不違詩旨，〈解蔽篇〉引〈周南·卷耳〉之詩以說情之至也不貳之意，則已離詩旨，以「嗟我懷人，寘彼周行」乃言思婦懷念其寘於周行之丈夫，非謂思婦采卷耳而寘頃筐於周行也。荀子為說其精於一之意，遂不顧詩之原旨矣。

（三）論慎身

生民之初，莫不畏天敬天，以為天之在上，臨下有赫，吉凶禍福均由天降，人殆無可如何也。及至文化遞衍，民智漸開，遂知自然之變化無涉乎人生命之吉凶，人之遭受災難，非天之所降，乃人事之不修也。天道之載，無聲無臭，天命靡常，駿命不易，然人若能聿脩其德，則天命可求，福祿可至。人類之自覺遂由敬畏天道而轉為敬修人事，此即子產所云：「天道遠，人道邇。」者也。〔註9〕迨乎孔孟，不僅力主人道之敬修，且以為天道即在人道之中，盡人道即所以知天命也。〔註10〕荀子尤甚，以天乃自然之天，遂有「天生人成」、

〔註 9〕《左傳》昭公十八年。
〔註10〕孔子曰：「天何言哉？四時行焉，百物生焉，天何言哉！」（《論語·陽貨》）
又曰：「仁遠乎哉！我欲仁，斯仁至矣。」（《論語·述而》）又曰：「下學而上

「聖人不求知天」及「制天用天」之說，以爲治亂吉凶禍福，無不自己求之者，自此人文之義益顯，而緜邈之天道無與焉。是以亟言愼身之重要，亦迭引詩句以證成之也。

〈天論篇〉云：

> 治亂天邪？曰日月星辰瑞歷，是禹桀之所同也。禹以治，桀以亂，治亂非天也。時邪？……治亂非時也。地邪？……治亂非地也。詩曰：「天作高山，大王荒之；彼作矣，文王康之。」此之謂也。

又，〈正論篇〉云：

> 堯舜者，天下之善教化者也。……故作者不祥，學者受其殃，非者有慶。詩曰：「下民之孽，匪降自天；噂沓背憎，職競由人。」此之謂也。

〈天論篇〉所引《周頌·天作篇》前四句之詩也，以明吉凶由人，如太王之能尊大岐山也。〈正論篇〉所引〈小雅·十月之交〉之詩也，以言下民相爲妖孽，災害非從天降，噂噂沓沓然相對談語，背則相憎，爲此者均由人耳。吉凶由人，故爲善必報，〈致仕篇〉云：

> 師術有四……而博習不與焉。水深而回，樹落則糞本，弟子通利則思師。詩曰：「無言不讎，無德不報。」此之謂也。

爲惡亦必報，〈富國篇〉云：

> 是以臣或弒其君，下或殺其上，粥其城，信其節，而不死其事者，無它故焉，人主自取之。詩曰：「無言不讎，無德不報。」此之謂也。

所引同爲〈大雅·抑篇〉之詩，〈致仕篇〉以之說爲善必報，〈富國篇〉以之說禍由自取，蓋「無言不讎」涵貶意，「無德不報」有褒意，褒貶不嫌同辭，此引詩之妙用也，吉凶由人，善惡必報，故不能不謹愼其身，是以〈勸學篇〉云：

> 故未可與言而言謂之傲，可與言而不言謂之隱，不觀氣色而言謂之瞽。故君子不傲、不隱、不瞽，謹順其身。詩曰：「匪交匪舒，天子所予。」此之謂也。

絞、交聲近義通，《左傳》昭公元年：「叔孫絞而婉。」杜注：「絞，切也。」

達，知我者其天乎！」(《論語·憲問》) 孟子亦曰：「盡其心者，知其性也，知其性，則知天矣。存其心，養其性，所以事天也，夭壽不貳，修身以俟之，所以立命也。」(〈盡心上〉)。

《論語‧泰伯篇》：「直而無禮則絞。」鄭注：「絞，急也。」是絞有急切之訓。俞樾云：「匪絞言不急切，匪紓言不紓緩，上文云：『君子不傲、不隱、不瞽』傲與瞽皆失之急切，隱則失之紓緩也。」〔註11〕蓋謹慎其身則能不急切不紓緩而合乎中道矣，此即《論語‧季氏篇》，孔子所云「侍於君子有三愆，言未及之而言謂之躁，言及之而不言謂之隱，未見顏色而言謂之瞽」之意也。欲致不傲、不隱、不瞽之功，則不可不臨深履薄，〈臣道篇〉云：

> 仁者必敬人，凡人非賢，則案不肖也；人賢而不敬，則是禽獸也；
> 人之不肖而不敬，則是狎虎也。禽獸則亂，狎虎則危，災及其身矣。
> 詩曰：「不敢暴虎，不敢馮河；人知其一，莫知其他。戰戰兢兢，如
> 臨深淵，如履薄冰。」此之謂也。

所引〈小雅‧小旻〉之詩。人賢而敬之，此不傲不隱也，人不肖而敬之，此不瞽也，然敬不肖之人之「敬」非「中心悅而誠服之」之「敬」，乃「敬而遠之」之「敬」，所以敬而遠之者，欲免狎虎之危也。欲免狎虎之禍，則不可與小人處，〈大略篇〉云：

> 以友觀人，焉所疑？取友善人，不可不慎，是德之基也。詩曰：「無
> 將大車，維塵冥冥。」言無與小人處也。

所引〈小雅‧無將大車〉之詩。蓋憂心悄悄，慍於群小，不知其子視其友，不知其君視其左右，同焉者合矣，類焉者聚矣，染於蒼則蒼，染於黃則黃，君子不可不慎取友也。

（四）論禮儀之重要

　　荀子之思想系統以禮義之統為宗，禮有廣狹二義，廣義之「禮」乃純是代表客觀性、具體性、可行性，存乎六藝之中，蛻乎六藝之上，教人所以成仁取義之義理；〔註12〕狹義之「禮」則為周旋揖讓之節文，車服等級之藩飾。

〈修身篇〉云：

> 故人無禮則不生，事無禮則不成，國家無禮則不寧。詩曰：「禮儀卒
> 度，笑語卒獲。」此之謂也。

又，〈禮論篇〉云：

> 故厚者禮之積也，大者禮之廣也，高者禮之隆也，明者禮之盡也。
> 詩曰：「禮儀卒度，笑語卒獲。」此之謂也。

〔註11〕《曲園雜纂第六‧荀子詩說》頁4，春在堂全書。
〔註12〕參見註8所揭書頁122～123。

所引同爲〈小雅‧楚茨〉之詩。所謂「人無禮則不生，事無禮則不成，國家無禮則不寧」及「禮之積也，禮之廣也，禮之隆也，禮之盡也」之「禮」皆指廣義之「禮」而言。

〈大略篇〉云：

> 君人者，隆禮尊賢而王……諸侯召其臣，臣不俟駕，顚倒衣裳而走，禮也。詩曰：「顚之倒之，自公召之。」

又云：

> 天子召諸侯，諸侯輦輿就馬，禮也。詩曰：「我出我輿，于彼牧矣。自天子所，謂我來矣。」

又云：

> 聘禮志曰：「幣厚則傷德，財侈則殄禮。」禮云禮云，玉帛云乎哉！
> 詩曰：「物其指矣，唯其偕矣。」不時宜，不敬交（文之訛），不驩欣，雖指，非禮也。

「顚之倒之，自公召之。」乃〈齊風‧東方未明〉之詩，本謂公門政令無常，急切呼召，故顚倒衣裳而往，荀子引之則以說臣不俟駕而行之禮。「我出我車，于彼牧矣。自天子所，謂我來矣。」乃〈小雅‧出車〉首章四句之詩，本爲戰士平服玁狁凱旋而歸之詩，荀子引之則以說諸侯奉上之禮。「物其指矣，唯其偕矣。」乃〈小雅‧魚麗〉之詩，本爲燕饗通用之樂歌，荀子引之則以說聘好輕財重禮之義。此三例所云均狹義之「禮」也。

（五）論君子之德

荀子引詩以論君子之德，大約有三，曰溫恭，曰容物，曰積微。

〈不苟篇〉云：

> 君子寬而不慢，廉而不劌，辯而不爭，察而不激，寡立而不勝，堅彊而不暴，柔從而不流，恭敬謹愼而容，夫是之謂至文。詩曰：「溫溫恭人，惟德之基。」此之謂矣。

又，〈非十二子篇〉云：

> 故君子恥不修，不恥見汙，恥不信，不恥不見信，恥不能，不恥不見用，是以不誘於譽，不恐於誹，率道而行，端然正己，不爲物傾側，夫是之謂誠君子。詩云：「溫溫恭人，維德之基。」此之謂也。

所引「溫溫恭人，維德之基」爲〈大雅‧抑篇〉之句。蓋君子能爲可貴而不能使人必貴己，能爲可信而不能使人必信己，能爲可用而不能使人必用己，

人不知而不慍，其唯溫恭之君子乎！

〈非相篇〉云：

> 故君子賢而能容罷，知而能容愚，博而能容淺，粹而能容雜，夫是
> 之謂兼術。詩曰：「徐方既同，天子之功。」此之謂也。

所引〈大雅·常武〉之詩，謂君子容物，亦猶天子之同徐方也，此處引詩殆
為比喻法之運用。蓋君子尊賢而容眾，嘉善而矜不能，我之大賢與！於人何
所不容？我之不賢與！人將拒我，如之何其拒人也。(《論語·子張》)是以互
鄉難與言，孔子不拒其童子者，許其進而不究其往也。荀子之義殆有取於孔
子乎！

〈儒效篇〉云：

> 故君子務修內而讓之於外，務積德於身而處之以遵道。如是則貴名
> 起如日月，天下應之如雷霆。故曰君子隱而顯，微而明，辭讓而勝。
> 詩曰：「鶴鳴于九皋，聲聞于天。」此之謂也。

又，〈彊國篇〉云：

> 霸者之善，箸焉可以時託也；王者之功名，不可勝日志也。財物貨
> 寶，以大為重，政教功名反是，能積微者速成。詩曰：「德輶如毛，
> 民鮮克舉之。」此之謂也。

〈儒效篇〉所引〈小雅·鶴鳴〉之詩，以喻內修雖隱微而其感也極顯明之意；
〈彊國篇〉所引〈大雅·烝民〉之詩，以明積微至箸之功。蓋「積土成山，
風雨興焉，積水成淵，蛟龍生焉，積善成德，而神明自得，聖心備焉。故不
積蹞步，無以致千里，不積小流，無以成江海。」(〈勸學〉)「居楚而楚，居
越而越，居夏而夏，是非天性也，積靡使然也。」(〈儒效〉)習俗移志，安久
移質，人得師法之化，日進於仁義而不自知者，積微而著也，是以「財物貨
寶，以大為重，政教功名反是，能積微者速成。」荀子重客觀之移化，衡諸
天下未有不經師法之歷程而能自動自發者，而師法之功亦非一蹴可成，必也
由隱而顯，由微而明矣。

（六）論仁人用國之效

〈君道篇〉云：「法不能獨立，類不能自行，得其人則存，失其人則亡。」
故強調「有治人，無治法。」今人韋政通氏云：

> 「分」、「義」雖「指示出化成之途徑，代表著外王之治的具體內容」，
> 若無篤行人格起用之，實現之，則一切外王理想與實施，仍將落空，

外王之治仍無由達成。因此荀子不能不強調「治人」的重要。治人
即能篤行之人，能篤行之人，荀子或稱之為成人，人師；或稱之謂
君子，大儒；或稱之謂聖人，聖王；其名雖異，而其能篤行則一。
此種能篤行之人，以知統類為本。以實施辨、分、為用；知是為彰
著其用，用是為行其所知；知與行遂積貫於一人之身。〔註13〕

韋氏之言誠是，然此能篤行之人，或稱之成人、人師、君子、大儒、聖人、
聖王，亦有稱為「仁人」者。而仁人用國之效，荀子則不憚煩引詩以說之。〈富
國篇〉云：

故仁人之用國，非特將持其有而已也，又將兼人。詩曰：「淑人君子，
其儀不忒；其儀不忒，正是四國。」此之謂也。

又，〈議兵篇〉云：

故近者親其善，遠方慕其德；兵不血刃，遠邇來服。德盛於此，施
及四極。詩曰：「淑人君子，其儀不忒。」此之謂也。

又，〈君子篇〉云：

備而不矜，一自善也，謂之聖。不矜矣，夫故天下不與爭能，而致
善用其功。有而不有也，夫故為天下貴矣。詩曰：：「淑人君子，其
儀不忒；其儀不忒，正是四國。」此之謂也。

上舉三例所引同為〈曹風·鳲鳩〉之詩，均證仁人用國之效。他若，〈議兵篇〉：
「故仁人用國日明，諸侯先順者安，後順者危。慮敵之者削，反之者亡。詩
曰：『武王載發，有虔秉鉞，如火烈烈，則莫我敢遏。』此之謂也。」則引〈商
頌·長發〉之詩以言仁人用國，無人敢遏也。

（七）論生無所息

儒家喜談生之意義，孔子十有五而志於學，三十而立，四十而不惑，五十
而知天命，六十而耳順，七十而從心所欲不逾矩，即為一「下學而下達」之歷
程；孟子距楊墨，闢邪行，以聖人之徒自居，其生命即為一盡心知性之路；孔
孟以天道即在人道之中，盡人事即所以知天命也。荀子揭「天生人成」之旨，
嘗言：「道者，非天之道，非地之道，人之所以道也，君子之所道也。」（〈儒效〉）
人文之義益顯，是以特重人為之禮樂教化，生之歷程即一不息之歷程也。

〈大略篇〉云：

〔註13〕韋政通《荀子與古代哲學》頁35。

子貢問於孔子曰：「賜倦於學矣，願息事君。」孔子曰：「詩云：『溫
恭朝夕，執事有恪。』事君難，事君焉可息哉！」「然則賜願息事親。」
孔子曰：「詩云：『孝子不匱，永錫爾類。』事親難，事親焉可息哉！」
「然則賜願息於妻子。」孔子曰：「詩云：『刑于寡妻，至于兄弟，
以御于家邦。』妻子難，妻子焉可息哉！」「然則賜願息於朋友。」
孔子曰：「詩云：『朋友攸攝，攝以威儀。』朋友難，朋友焉可息哉！」
「然則賜願息耕。」孔子曰：「詩云：『晝爾于茅，宵爾索綯，亟其
乘屋，其始播百穀。』耕難，耕焉可息哉！」

荀子設爲孔子子貢問答之辭，以陳生之意義。引〈商頌・那〉之詩以說事君
不可息，引〈大雅・既醉〉之詩以說事親不可息，引〈大雅・思齊〉之詩以
說妻子不可息，引〈大雅・既醉〉之詩以說朋友不可息，引〈豳風・七月〉
之詩以說耕不可息。蓋人之可息者，唯闔棺之時也，是以望其壙，皋如也，
鬲如也，則知「息」之意，至若一息尚存，則當日就月將，進德修業，方不
愧生息於天地之間，而盡爲人之道也。

二、無統類可尋者

　　由荀子之引詩以論詩教，有統類可尋者，大抵有上述七項，其餘之引詩，
皆無統類可尋，幾有浮濫之嫌，於此僅舉三例，以概其餘。
　　〈不苟篇〉云：

　　故曰君子行不貴苟難，說不貴苟察，名不貴苟傳，唯其當之爲貴。
　　詩曰：「物其有矣，唯其時矣。」此之謂也。

所引乃〈小雅・魚麗〉之詩，言雖有物亦須得其時，以喻當之爲貴。
　　〈解蔽篇〉云：

　　君人者，宣則直言至矣，而讒言反矣，君子邇而小人遠矣。詩曰：「明
　　明在下，赫赫在上。」此言上明而下化也。

所引乃〈大雅・大明〉之詩，以言上明而下化之義。
　　〈大略篇〉云：

　　故家五畝宅，百畝田，……所以富之也。立大學……所以道之也。
　　詩曰：「飲之食之，教之誨之。」

所引乃〈小雅・緜蠻〉之詩，以明教養之重要。「飲之食之」者，所以養之也，
「教之誨之」者，所以教之也。孔子有富矣庶矣教矣之言，孟子有有恒產者

有恒心之論，荀子亦兼重教養之義，此儒者一貫之說也。

由荀子之引詩以論詩教，大抵可以「有統類可尋者」及「無統類可尋者」二目說之。荀子以後，《禮記》之〈大學〉、〈中庸〉、〈表記〉、〈坊記〉諸篇、《韓詩外傳》、劉向之《說苑》及《列女傳》，幾乎每章末尾均引詩以說，此殆荀子之影響也。

第六章　結　論

　　《詩經》由采、獻而來，成書之始即寓教化之義，而近人有不作如是觀者，以爲《詩經》僅爲一文學書，既不涉倫理，亦不談政治。〔註1〕實則，雅、頌多祭祀宴饗、諷諭頌美之什，其教化之義，不辯自明，即多言情之風詩，亦未始無教諭之旨，孔子語其子伯魚曰：「女爲〈周南〉〈召南〉矣乎？人而不爲〈周南〉〈召南〉，其猶正牆面而立也與！」（《論語·陽貨》）又云：「〈關雎〉，樂而不淫，哀而不傷。」（《論語·八佾》）即風詩亦關教化也。

　　今人錢穆氏云：

　　　　班氏《漢書藝文志》，以五經爲古者王官之學，乃古人治天下之具；
　　　　故向來經學家言詩，往往忽略其文學性，而以文學家眼光治詩者，
　　　　又多忽略其政治性。遂使詩學分道揚鑣，各得其半，亦各失其半，
　　　　求能會通合一以說之者，其選不豐。〔註2〕

錢氏之言誠是。蓋有經學之《詩經》，有文學之《詩經》，捨文學而言《詩經》固不可，棄經學而言《詩經》亦不可。民初以來，新學迭興，舊學衰替，學者騖好新奇，《詩經》研究，千門萬戶，競闢蹊徑，有以弗洛伊德性心理學之觀點研究者，〔註3〕有以民俗學之觀點研究者，〔註4〕有以社會學之角度研究者，〔註5〕有以純文學之角度研究者，〔註6〕百花齊放，蔚爲大觀，但若有以

〔註1〕　見傅斯年《詩經講義稿》。
〔註2〕　錢穆〈讀詩經〉，頁3，《新亞學報》第五卷第一期。
〔註3〕　《聞一多全集》第二冊解釋〈汝墳篇〉「惄如調飢」，〈衡門篇〉「可以樂飢」，
　　　　〈候人篇〉「季女斯飢」諸「飢」字爲男女之「性慾」，並以「魚」爲性之象
　　　　徵。
〔註4〕　其最著者以日人白川靜之《詩經研究》爲代表。
〔註5〕　胡適解〈小星〉、〈蘀兮〉即用此法，見《古史辨》第三冊下〈談談詩經〉一

倫理教化之立場研究者，則群起而嗤之，以爲科學文明之世，猶固守德教之
說，乃落後之舉；以是文學之《詩經》大行其道，學者遂不敢以倫理教化研
《詩經》矣。故不辭魯鈍，感於文學之《詩經》之獨盛，思有以拯其偏，故
作斯研究，欲於舉世披靡之時，使知尚有一「經學之《詩經》」也。

　　凡振其葉者必尋其根，溯其流者必索其源，研究經學之《詩經》亦必先
尋本索源，然後枝葉源委可得而明。研究先秦儒家之詩教，即得其本源之蹊
徑也。

　　先秦儒家之詩教，厥有二義：一爲禮樂用途之詩教，一爲義理用途之詩
教。禮樂用途之詩教，詩、禮、樂三者相需爲用者也；義理用途之詩教，挾
詩義而獨行者也。禮樂用途之詩教，即典禮歌詩之節也，此周公制禮作樂之
深旨；義理用途之詩教，即以詩義爲道德、教育之用也，此孔、孟、荀說詩
引詩之要旨。

　　《漢書・郊祀志》論周公制禮作樂之義云：「周公相成王，王道大洽，制
禮作樂；郊祀后稷以配天，宗祀文王於明堂，以配上帝。四海之內，各以其
職來助祭。」〈中庸〉又云：「郊社之禮，所以事上帝也。宗廟之禮，所以祀
乎其先也。明乎郊社之禮，禘嘗之義，治國其如示諸掌乎！」蓋人孰不有先，
人孰不戴天，而周人之先，克配彼天，則宜其有天下，而天下人亦自無不服，
此周公之詩與禮，所以能深入人心者也。夫制雅頌之詩，用之於祭祀，用之
於燕饗，所以明祖宗之德，所以敦和睦之義，而慎終追遠之教，悅近來遠之
旨存焉。又制房中之樂，婚姻之禮，所以正夫婦之際，立人道之大倫，教倫
常之大節也。

　　至若《左傳》《國語》所載，卿士大夫之賦詩言志及獻詩陳志，則兼有禮
樂之用途及義理之用途。蓋於朝聘燕饗中賦詩獻詩，禮樂之用途也；或斷章
取義以言己志，或自造篇什以爲美刺，義理之用途也。

　　迨孔子時，始獨重詩教之義理用途。錢穆氏云：

　　　　孔子之於詩，重視其對於私人道德心性之修養，乃更重於其在政治
　　　　上之實際使用。故曰：小子何莫學於詩，詩可以興、可以觀、可以
　　　　群、可以怨，邇之事父，遠之事君，多識於鳥獸草木之名。又曰：

文。
〔註6〕黃振民有〈詩三百篇修辭之研究〉一文，收入正中書局出版黃氏《詩經研究》
　　　一書中。

興於詩，立於禮，成於樂。又曰：詩三百，一言以蔽之曰：思無邪。

又曰：〈關雎〉樂而不淫，哀而不傷。凡孔門論詩要旨，畢具於此矣。

故詩至於孔門，遂成為教育工具而非政治工具；至少其教育的意義與價值更超於政治的意義與價值之上。〔註7〕

周公之創作雅頌與孔子之論詩，用意已遠有距離，以一為政治之工具，一為教育之工具也，然用途雖異，其寓教化之旨則一。

今人高明氏謂孔子之詩教云：「一是從人的情志方面講──可以興、可以觀，可以群，可以怨。二是從人的倫理方面講──邇之事父，遠之事君。三是從人的智識方面講──多識於鳥獸草木之名。」〔註8〕而獨以「興觀群怨」論詩者，黃宗羲以之論作詩者之興觀群怨，〔註9〕王夫之以之論讀詩者之興觀群怨。〔註10〕筆者論孔子之詩教，則以「思無邪」為詩教之體，「興觀群怨邇遠多識」為詩教之用，「溫柔敦厚而不愚」為詩教之效，孔子云：「詩三百，一言以蔽之，曰：思無邪。」（《論語・為政》）則「思無邪」為詩教之體明矣，有體斯有用亦明矣。「溫柔敦厚而不愚」為《禮記・經解篇》依託孔子之說，然明乎詩教之體用，固可有此「溫柔敦厚而不愚」之效也。若僅言「興觀群怨」，亦必兼含作詩者與讀詩者而言。陳澧云：「聖門重詩教，子夏言詩，固為文學之科，然『思無邪』則德行之科也，達於政而能言，則政事言語之科也，是詩兼四科也。」〔註11〕陳氏以詩兼四科言孔子之詩教，然亦不出詩教體用之範疇也。

孟子道性善，言必稱堯舜，私淑孔子，於儒家之道闡揚最力，孔子重詩教，孟子承之，亦重詩教。其說詩有「以意逆志」及「知人論世」之卓見，於後代之文學批評啟迪不少，近人所謂歷史之批評、傳記之批評者，均沿其波而來。然孟子之義趣實不在此，以詩證學方為其詩教大宗，是以一部《詩

〔註7〕 見註2所揭文，頁36。

〔註8〕 《高明孔學論叢》，頁177，黎明文化公司，1978年7月初版。

〔註9〕 黃宗羲根據孔安國、鄭康成之注，以「興」為「引譬連類」故後世詠懷遊覽詠物之作亦興也；以「觀」為「觀風俗之盛衰」故後世弔古詠史行旅祖德郊廟之什亦觀也；以「群」為「群居相切磋」故後世公讌贈答送別之類亦群也；以「怨」為「怨刺上政」故後世哀傷挽歌遣謫諷諭之篇亦怨也。

〔註10〕 王夫之《詩繹》云：「可以云者隨所以而皆可也。於所興而可觀，其興也深；於所觀而可興，其觀也審。以其群者而怨，怨愈不忘；以其怨者而群，群乃益摯。」。

〔註11〕 《東塾讀書記》卷二。

經》幾爲其性善說及王道論之註腳矣。

　　荀子生當戰國之末，上承孔孟詩教，下開西漢詩學。汪中《荀子通論》云：「荀卿之學，出於孔氏，而尤有功於諸經。經典敍錄：毛詩……一云子夏傳曾申，申傳魏人李克，克傳魯人孟仲子，孟仲子傳根牟子，根牟子傳趙人孫卿子，孫卿子傳魯人大毛公。由是言之，毛詩，荀卿子之傳也。《漢書・楚元王交傳》：少時嘗與魯穆生、白生、申公，同受詩於浮邱伯，伯者孫卿門人也……。由是言之，魯詩，荀卿子之傳也。韓詩之存者外傳而已，其引荀卿子以說詩者四十有四。由是言之，韓詩，荀卿子之別子也。」蓋毛詩說詩多與荀子合，〈詩序〉云：「發乎情，民之性也；止乎禮義，先王之澤也。」即承荀子中聲說以說者。《韓詩外傳》引詩以作結時，多援用荀子之格式，〔註12〕其引用荀子以說詩者復有四十四次之多，其深受荀子影響殆無可疑。魯詩世家劉向之說苑、新序及列女傳，亦援用荀子以詩作結之方式。

　　孔、孟、荀之詩教，乃爲義理用途之詩教，而其引詩以說不必盡合詩之本旨。近人徐復觀氏云：

> 由春秋賢士大夫的賦詩言志，以及由《論語》所見之詩教，可以了解所謂「興於詩」的興，乃由詩所蘊蓄之感情的感發，而將詩由原有的意味，引伸成爲象徵性的意味。象徵性的意味，是由原有的意味，擴散浮昇而成爲另一精神境界。此時詩的意味，便較原有的意味爲廣爲高爲靈活，可自由進入到領受者的精神領域，而與其當下的情景相應。儘管當下的情景與詩中的情景，有很大的距離。此時詩已突破了字句訓詁的拘束，反射出領受者的心情，以代替了由訓詁而來的意味。試就《論語》孔子許子貢子夏可與言詩的地方加以體悟，應即可以了然於人受到詩的感發的同時，詩即成爲象徵意味之詩的所謂「詩教」。此時的象徵意味與原有的意味的關連，成爲若有若無的狀態，甚至與之不甚相干。〔註13〕

徐氏所言誠是。然此由「原有的意味，引伸成爲象徵性的意味」之詩教，不必限於春秋賢士大夫之賦詩言志及由《論語》所見之詩教，孟子荀子之詩教亦如是也。蓋詩教之義理用途即其象徵意味之用途，其引用之方式則有斷章取義及以詩譬喻二種，但求合於立說之需，不必顧詩之本旨也。

〔註12〕參見徐復觀《兩漢思想史卷三》頁8，學生書局，1984年2月再版。
〔註13〕同前註，頁7～8。

　　先秦儒家之詩教，大略可作如是之分疏，西漢以後之《詩經》學重道德教化之義，即承儒家詩教之影響，其犖犖大者，如毛詩之正變說及美刺說，朱熹、王柏之淫詩說，率皆繼此精神而來。

　　詩教之緒，源遠流長，代有新變，宏富淵深，斯篇之作，重其本源，兩漢以後之詩教研究，請俟諸他日。

附錄：康曉城《先秦儒家詩教思想研究》〔註1〕商榷

　　康曉城這本論著主要採「美育」、「文學教育」之論點，自云：「論藝術教育之價值與其思想系統之再闡明，實為改進美育之關鍵所在，亦為健全整體教育之前提。」〔註2〕研究資料則「以《詩經》三百五篇、《論語》二十篇、《孟子》七篇及《荀子》三十二篇為分析之重點，並以《國語》、《尚書》、《周禮》、《儀禮》、《左傳》等上古典籍，先秦諸子、漢宋以來諸儒及今人之說與西洋美學理論作為輔助資料，進行分析討論。」〔註3〕頗有會通古今中西之深願。然夷考其書，康先生有乖謬學術著作撰述之體例者，論點亦有自相矛盾或不當者，茲分三項說明之。

一、引用他人文字或論點而未註明出處者

　　(一)《康著》第一章第三節頁 51「詩教之形成歷程，孔子居於關鍵地位，其上有所承，而下有所啟，成一綿延不絕之詩教統緒。諸家與儒家相較，其不注重詩教，或不以詩名，益彰彰昭明。而儒家六經之學，復以詩教為最重要。」一段及結論頁 279（內容同上）引用拙作《先秦儒家詩教研究》第一章第四節頁 54，而均未註明出處。〔註4〕

〔註1〕　文史哲出版社，1988 年 8 月初版。在正文及附註中，簡稱《康著》。
〔註2〕　《康著》頁 3～4。
〔註3〕　《康著》頁 7～8。
〔註4〕　林耀潾《先秦儒家詩教研究》，國立高雄師範學院國文研究所碩士論文，1985 年 4 月。在正文及附註中，簡稱「拙作」。

　　（二）《康著》第一章頁 12 第九行至第十二行，引用拙作第一章第四節頁 50 第一行至第五行，而未註明出處。

　　（三）《康著》第二章第一節頁 66 第八行至頁 67 第二行，全引拙作第一章第一節頁 8 倒數第一行至頁 9 第九行，而未註明出處。

　　（四）《康著》第二章第一節頁 70 倒數第五行至倒數第二行，引拙作第一章第一節頁 13 倒數第四行至最後一行，而未註明出處。

　　（五）《康著》第三章第三節頁 186 第一、二段引用拙作第三章第三節頁 178 至頁 181 之觀點，而未註明出處。

　　《康著》：「如〈小雅‧緜蠻〉、〈鴻雁〉，為人臣當發揮仁心，顧念微賤流民之例，〈魏風‧代檀〉，〔註 5〕〈鄭風‧緇衣〉，為人臣忠於職守，靖恭其位之例，〈小雅‧節南山〉、〈何人斯〉，為人臣宣佈其肝膽，勇於勸諫之例等等。」其中「發揮仁心，顧念微賤」、「忠於職守，靖恭其位」、「佈其肝膽，勇於勸諫」均為拙作中所列綱要，所舉例子亦與拙作全同。

　　（六）《康著》第四章第四節頁 226「考〈烝民〉之詩，乃周宣王時尹吉甫讚美仲山甫所作，早於孔子三百年，若依孟子之意，則尹吉甫為中國最早言及性善之人，孟子在《詩經》中得此性善說之根據，其意不外託始古人，以增強其論點。」為徐復觀先生之論點，〔註 6〕而未註明出處。

　　（七）《康著》第四章第四節頁 231 倒數第一、二行至頁 232 第一行，所列三項要義，文字完全抄自王冬珍先生〈孟子詩說〉，〔註 7〕而未註明出處。

　　（八）《康著》第五章第三節之論點襲自拙作第五章第一節，其中「隆禮義而殺詩書」、「詩者中聲之所止」兩項完全相同，但將其中一項「詩言聖道之志」改為「詩言其志」。〔註 8〕《康著》於此亦未註明出處。

　　（九）《康著》第五章第四節之論點襲自拙作第五章第二節，拙作之論點有「論勸學」、「論專壹」、「論慎身」、「論禮儀之重要」、「論君子之德」、「論仁人用國之效」、「論生無所息」等七項，《康著》襲用其中五項，而略去「論專壹」、「論仁人用國之效」二項，所襲用五項部分，論證、文字、舉例亦均

〔註 5〕當為〈魏風‧伐檀〉之誤。
〔註 6〕參見徐復觀《中國人性論史先秦篇》頁 97～98，臺灣商務印書館，1984 年 4 月再版。
〔註 7〕見《詩經研究論集》頁 202，黎明文化事業公司，1982 年 10 月再版。
〔註 8〕見《康著》頁 251～258，拙作頁 236～242。

與拙作雷同，然均未註明出處。〔註9〕

（十）《康著》第五章第四節，頁 261 第八、九行，引用周天令先生《荀子字義疏證》，〔註10〕頁 116，而未註明出處。

（十一）《康著》第五章第四節頁 264 倒數第二、一行，引用周天令先生《荀子字義疏證》頁 122 至 123，而未註明出處。

以上僅就所知列舉十一條，國內大圖書館及政大社會科學資料中心均有書可覆按，讀者一一比對可也。

二、引用文獻資料，行文中已說明出處，而又不憚其煩加註者

（一）《康著》頁 22：如《尚書》〈舜典〉云：詩言志，歌永言，聲依永，律和聲。

既於正文明言出處，又加註云：見《尚書》〈虞書·舜典篇〉。

（二）《康著》頁 23：《史記》〈滑稽列傳〉引孔子語：書以道事，詩以達意。

既於正文明言出處，又加註云：見《史記》〈滑稽列傳〉。

（三）《康著》頁 26：《禮記》〈樂記〉云：詩，言其志也；歌，詠其聲也；舞，動其容也；三者本於小，然後樂器從之。

既於正文明言出處，又加註云：《禮記》〈樂記篇〉。

（四）《康著》頁 34：《通鑑外紀》：成王在位三十年，通周公攝政三十七年，康王在位二十六年。

既於正文明言出處，又加註云：見《通鑑外紀》。

（五）《康著》頁 34：《尚書》〈大傳〉：周公居攝六年，制禮作樂。

既於正文明言出處，又加註云：《尚書》·〈大傳〉。

（六）《康著》頁 35：〈史記·孔子世家〉亦云：孔子以詩書禮樂教，弟子蓋三千焉，身通六藝者七十有二人。

既於正文明言出處，又加註云：《史記》〈孔子世家〉。

（七）《康著》頁 39：《周禮》〈大司徒〉云：以鄉三物，教萬民而賓興之……三曰六藝：禮、樂、射、御、書、數。

既於正文明言出處，又加註云：《周禮》〈大司徒〉篇。

〔註 9〕 見《康著》頁 261～269，拙作頁 244 至 255。
〔註10〕 國立高雄師範學院國文研究所碩士論文，1984 年 5 月。

　　（八）《康著》頁 40：六經之目，首先見於《莊子》〈天運篇〉：孔子謂老聃曰：「丘治詩、書、禮、樂、易、春秋六經，自以爲久矣。」

　　既於正文明言出處，又加註云：《莊子》〈天運篇〉。

　　此種例子，全書之中，俯拾可見，更僕難數，爲省篇幅，不再舉例，讀者自行查閱可知。另外，部分附註，不知所云，〔註 11〕想必出於轉引之間，未加查考所致，於此，均見《康著》之不夠嚴謹。

　　綜觀一、二項，《康著》顯然犯了「須加註者不註，不必加註者猛註」之病。

三、論點自相矛盾或不當者

　　（一）《康著》第一章第二節頁 21 第九行云：「近代所發現之甲骨文與金文中，據說尚無『詩』字。」同頁第十一行又云：「堯典據說戰國時始出。」第一章第二節頁 35 倒數第一行云：「據說當時少正卯亦曾大招學生。」《康著》於此三處「據說」下均未引證學者意見或文獻資料說明，不知其所「據」爲何「說」，有失學術力求客觀有據之立場。

　　（二）《康著》第一章第一節頁 22 第七行云：「近世疑古風氣大開，經考據家之研究，周以前之歷史尚爲疑案。」同章第二節頁 31 則云：「文王征服四周之犬戎、密須、耆國、崇侯虎諸部落，而向中原發展，由岐山遷於豐邑，實行翦商。至於武王，伐商而建立周之天下。滅商以後，周室形成統一局面，遂開始建立一種封建社會。」頁 32 則云：「嗣後又將商朝原有土地封給商朝後裔。」既云「周以前之歷史尚爲疑案」，則何來文王翦商、武王滅商及將商朝原有土地封給商朝後裔之舉。且「經考據家之研究」云云，此等「考據家」又爲何人？論證又如何？均未指出，以此短短三句話就把中國之信史斷自周代，實過於草率輕忽。

　　（三）《康著》第一章第二節頁 38 云：「在中國教育史上，由於孔子之杏壇設帳授徒，廣施教化，成材甚眾，遂使民間之私人講學，蔚然成風。此不僅爲中國教育上一大革命，而且亦是中國政治上一大進步。因爲政治上之平

〔註11〕如《康著》頁 59 註 121 云：「《漢書》〈藝文志〉將《管子》列於道家，劉克雄先生此處當從〈漢志〉之說。」註 122 云：「參見劉克雄著，據先秦諸子引詩論孔子刪詩之說，刊於《詩經研究論集》，前揭書，頁 135。」所云「前揭書」爲何書？出版情形又如何？均未註明。

等，實基於教育上之平等，一般平民亦有受高深教育之機會，乃是透過公平考試制度，『學而優則仕』，才逐漸可以參與政治，而所謂『布衣卿相』，亦始有產生之可能。」蓋「學而優則仕」、「布衣卿相」均爲春秋戰國時之社會現象，此與教育之發達，學術文化之流向民間，有密切關係，但絕非「透過公平考試制度」才逐漸可以參與政治；考中國科舉取士始於隋煬帝大業二年（606），在此之前，平民參與政治之途徑，或爲郡縣薦舉，或爲詔舉賢良方正，並無「公平考試制度」，《康著》對中國歷史顯然認識不足。

（四）《康著》第一章〈詩教觀念之淵源〉之第三節〈先秦諸子之文學觀念〉，似可省略，因其與詩教觀念之淵源，並無直接關係。《康著》云：「除儒家『尚文兼尚用』之文學觀外，其他諸子均不崇尚文學。春秋公卿大夫重即景應對，斷章取義。墨家則重功利，尚質而輕文。道家尚自然，以文字爲言筌爲糟粕。法家尊法，以文學之士徒亂藻而無裨於治，故亦輕之。由此可推，先秦諸子之言詩，顯然以儒家爲宗。」〔註12〕諸子既均不崇尚文學，則又與詩教淵源何干？《康著》不外欲突顯儒家特重詩教之義，然儒家詩教之淵源，求之於儒家本身經典已足，實不必再乞靈於不崇尚詩教之詩子學說。

（五）《康著》第三章第三節頁 173 云：「已在第一章中引高明先生〈論孔子的詩教〉一文，由三方面分析孔子論詩之功能，即分爲『興觀群怨』之情志、『事父事君』之倫理、『多識於鳥獸草木之名』之知識三端。於此，再加一端，爲『達政專對』之言辭，而成爲四端。」然「達政專對」即在「事君」之中，實不必另立一端，因在春秋時代，事君與從政、外交同爲一事也。

由上舉五例可知，《康著》犯了不察史實、自相矛盾及累贅不辭之病。

學術爲天下公器，研究著作一經發表、出版，即具有傳播之功能，從事學術研究者應具有基本的學術良心，以免自誤誤人。筆者深恐學者不察康先生之未當處，亦雅不願個人研究成果爲他人所冒竊，故撰本文，並歡迎康先生及同好者理性客觀之回應。

（原載《書目季刊》第二十二卷四期）

〔註12〕頁 50。

主要參考書目

一、經部之屬

1. 《毛詩正義》,《十三經注疏本》,藝文,1979 年。
2. 《尚書正義》,《十三經注疏本》,藝文,1979 年。
3. 《禮記正義》,《十三經注疏本》,藝文,1979 年。
4. 《儀禮注疏》,《十三經注疏本》,藝文,1979 年。
5. 《周禮注疏》,《十三經注疏本》,藝文,1979 年。
6. 《周易正義》,《十三經注疏本》,藝文,1979 年。
7. 《春秋左傳正義》,《十三經注疏本》,藝文,1979 年。
8. 《論語注疏》,《十三經注疏本》,藝文,1979 年。
9. 《孟子注疏》,《十三經注疏本》,藝文,1979 年。
10. 《四書集注》,朱熹注,世界,1979 年。
11. 《論語集釋》,程樹德集釋,藝文,1965 年。
12. 《經義考》,朱彝尊,中華,1970 年。
13. 《經學通論》,皮錫瑞,商務,1980 年。

二、專著之屬

1. 《韓詩外傳》,韓嬰,漢魏叢書。
2. 《詩考》,王應麟,商務,津逮秘書本。
3. 《詩疑》,王柏,開明,1969 年。
4. 《詩傳遺說》,朱熹,大通,通志堂經解。
5. 《呂氏家塾讀詩記》,呂祖謙,大通,上海涵芬樓。
6. 《讀風偶識》,崔述,崔東壁遺書。

7. 《春秋詩話》，勞孝輿，商務，百部叢書集成。

8. 《詩經學》，胡樸安，商務，1978 年。

9. 《詩經研究》，謝无量，商務，1980 年。

10. 《詩經研究》，白川靜著、杜正勝譯，幼獅，1982 年。

11. 《詩經研究》，黃振民，正中，1981 年。

12. 《詩經研究》，李辰冬，水牛，1982 年。

13. 《詩經研究論集》，熊公哲等，黎明，1982 年。

14. 《詩經今論》，何定生，商務，1973 年。

15. 《詩言志辨》，朱自清，漢京，1983 年。

16. 《三百篇演論》，蔣善國，商務，1980 年。

17. 《定生論學集》、《詩經與孔學研究》，何定生，幼獅，1978 年。

18. 《詩經〈周南〉〈召南〉發微》，文幸福，師大國研所 1978 碩士論文。

19. 《詩樂論》，羅倬漢，正中，1970 年。

20. 《〈詩序〉闡微》，張成秋，文大中研所 1976 年博士論文。

21. 《詩集傳》，朱熹，華正，1982 年。

22. 《詩經原始》，方玉潤，藝文，1979 年。

23. 《詩經通論》，姚際恒，廣文，1971 年。

24. 《詩三家義集疏》，王先謙集疏，商務，1957 年。

25. 《詩經詮釋》，屈萬里，聯經，1983 年。

26. 《詩經通釋》，王靜芝，輔大，1978 年。

三、史部之屬

1. 《國語韋氏解》，韋昭，世界，1975 年。

2. 《史記會注考證》，瀧川龜太郎，中新，1978 年。

3. 《漢書》，班固撰、顏師古注，鼎文，1983 年。

4. 《後漢書》，范曄撰、李賢注，鼎文，1983 年。

5. 《古史辨第三冊下》，顧頡剛等，未撰出版社及年月。

6. 《中國文學發展史》，劉大杰，華正，1979 年。

7. 《中國文學批評史》，郭紹虞，文史哲，1982 年。

8. 《中國文學批評史》，羅根澤，學海，1980 年。

9. 《中國詩史》，陸侃如、馮沅君，未撰出版社及年月。

10. 《中國哲學史》，馮友蘭，未撰出版社及年月。

11. 《中國古代哲學史》，胡適，商務，1982 年。

12. 《中國哲學史》，勞思光，友聯，1980 年。

13. 《中國思想史》，韋政通，大林，1983 年。

14. 《中國人性論史》〈先秦篇〉，徐復觀，商務，1984 年。

15. 《中國經學史的基礎》，徐復觀，學生，1982 年。

16. 《兩漢思想史》〈卷三〉，徐復觀，學生，1984 年。

四、子部之屬

1. 《荀子集解》，王先謙集解，藝文，1977 年。

2. 《荀子詩說》，俞樾，春在堂全書。

3. 《荀學大略》，牟宗三，中央文物，1953 年。

4. 《荀子與古代哲學》，韋政通，商務，1982 年。

5. 《荀子字義疏證》，周天令，高師國研所 1984 年碩士論文。

五、集部之屬

1. 《文心雕龍注》，劉勰著、黃叔琳註，維明，1983 年。

2. 《詩品注》，鍾嶸著、陳延傑注，開明，1978 年。

3. 《豫章文集》，黃庭堅，商務，四部叢書初編。

4. 《遺山先生文集》，元好問，商務，四部叢書初編。

5. 《聰山文集》，申涵光，商務，叢書集成初編。

6. 《續歷代詩話》，丁仲祐輯，藝文，1971 年。

7. 《東塾讀書記》，陳澧，商務，萬有文庫薈要。

8. 《中國文學論集》，徐復觀，學生，1982 年。

六、單篇論文之屬

1. 〈古詩說摭遺〉，朱東潤，《武漢大學文哲季刊》六卷一號。

2. 〈詩心論發凡〉，朱東潤，《武漢大學文哲季刊》六卷二號。

3. 〈讀詩經〉，錢穆，《新亞學報》五卷一期。

4. 〈詩經與詩教〉，易君左，《中華詩學》二卷三期。

5. 〈詩經的思想要略〉，余家菊，《醒獅》五卷六期。

6. 〈詩在周代運用之分析〉，何敬群，《民主評論》十三卷六、七、八期。

7. 〈詩在春秋時代〉，黃寶實，《大陸雜誌》七卷八期。

8. 〈孔子之詩教〉，王甦，《淡江學報文學門》十一期。

9. 〈孔子的詩教與詩經〉，蔣勵材，《孔孟學報》二七、二八期。

10. 〈論語與詩經〉，糜文開，《大陸雜誌》三十一卷九期。

11. 〈關雎「思無邪」的詩觀〉，張垣鐸，《中央月刊》十一卷九期。

12. 〈國風「淫詩公案」述評〉，蔣勵材，《東方雜誌》十卷十一、十二期。

13. 〈從詩經二南看修齊治平之道〉，黃永武，《孔孟月刊》十六卷四期。

14. 〈溫柔敦厚，詩教也〉，楊松年，《中外文學》十一卷十期。

15. 〈孟子與詩經〉，糜文開，《大陸雜誌》三十六卷一、二期。

16. 〈荀子與詩經〉，裴溥言，《文史哲學報》十七期。